書下ろし

殺しの口づけ

悪漢《わる》刑事《デカ》

安達 瑶

祥伝社文庫

目次

第一章　嵐の前の静けさ

瓦礫《がれき》があった。

二階建てだった家は、骨組みだけがかろうじて残っている状態で全焼していた。ところどころ白煙が立ちのぼっている焼け跡は、ほとんどが真っ黒な炭と化して、焼け焦《こ》げた臭《にお》いが強烈に鼻を衝《つ》く。

隣家に延焼しなかったのが奇跡的だと思えるほど、その家だけが完全に焼け落ちていた。

「見事に丸焼けだな」

黄色いテープをくぐって現場に入ってきたのは白手袋をした中年男だ。

「柱も残ってねえ」

風呂嫌いなのか髪の毛が乱れているうえに無精髭《ぶしょうひげ》、ヨレたワイシャツに古びたネクタイ、脂《あぶら》ぎって汗臭い臭いを「男臭い」と表現するなら、男臭さ満点の男といえるだろう。

「佐脇《さわき》さん。口を慎《つつし》んでください」

呼びかけたのは、いささかくたびれた中年の刑事とは対照的な、若々しくて精悍《せいかん》な若手だ。先輩より一足先に現場入りしていたのだろう、「T県警」の腕章が巻かれたグレーのスーツが汚れている。

「言葉には気をつけていただかないと。ホラ、消防が嫌な顔してます」

ほんの数メートル先では、消防の制服を着た係官がしゃがみ込んで、燃えたモノを一つ一つ確認する詳細な実況検分がすでに始まっている。

「水野《みずの》君。いちいち他人の目を気にしてるようでは、いい仕事は出来ないよキミ」

佐脇と呼ばれた中年の刑事は先輩風を吹かせた。デリカシーには無縁のタイプのようだ。

「朝一番の仕事が焼死事件だもんな。今日はツイてねえや。で?」

文句を垂れつつ、水野と呼ばれる若手に報告を求める。

「はい。焼死したのは勝田忠興《かったただおき》、七十二歳。バイパス建設で立ち退き料《の》が入って、ここ数年は悠々自適の一人暮らしでした。死因は一酸化炭素にプラスして塩化水素やシアン化水素などの新建材が出す有毒ガス中毒であろうと。詳しくは司法解剖の所見待ちです」

水野は簡潔に要領よく報告する。

「で、出火原因はなんだ?　どうせタバコの火の不始末か漏電だろう?」

いいえ、それが、と水野は言下に否定した。

「勝田老人は酒もタバコも嗜《たしな》まない人で、電気は寝るときにはブレーカーごと切ってしまうという……つまり」

「つまり、どケチってことか」

まあそういうことで、と水野は頷《うなず》いた。

「出火は本日未明、ブレーカーは切られた状態で、漏電の痕跡《こんせき》はありませんでした。さきほど消防に確認したところ、火元はまだ特定出来ていない、とのことです」

「火事のプロなら、とっとと特定しろってんだ」

中年の刑事は不機嫌そうだ。

「火災の現場検証は佐脇さんも初めてではないでしょうからお判りのことと思いますが、それはもう慎重にやりますので」

佐脇の不機嫌に、若手刑事は根気良く付き合っている。

ふ〜んと気のない返事をし、釈然としない様子の佐脇は、相変わらずの仏頂面《ぶっちょうづら》で焼け跡を歩いた。焼け焦げた材木を蹴《け》ったり、目に付いたモノを適当に拾い上げ、一応手に取ってはためつすがめつしたりするが、やる気のなさは一目瞭然《りょうぜん》だ。傍目《はため》には暇つぶしをしているようにしか見えない。

佐脇は消防署の初老の係員に歩み寄った。

「やあ綾野《あやの》さん。どんなもんスかね？」

った。

鳴海《なるみ》市消防本部の原因調査担当官である綾野は、部下への指示を中断し、佐脇に向き直った。

「一係のお出ましか。わざわざ来てもらってご苦労なことだが、他殺ではないね、これは」

「じゃあ事故か？　まあ、お前さんがそういうのなら間違いないんだろうが……」

佐脇は提案するように言った。

「自殺の線はどうだ？　窓やドアに目張りして練炭を使ったとか？」

「それが……この通り、ほとんど燃えてしまってるから、ハッキリしない」

綾野は、焼け跡を指さした。窓もドアもすべて焼けてしまっている。

「ガムテープの燃えカスでも出てくれれば別だが……」

「ブレーカーは燃え残ったんだろ？」

「火元から一番遠い玄関口にあったからな」

綾野の足元には、燃え残った新聞片が濡れそぼって散乱している。

「仮の話だが、練炭を使った火鉢に紙が落ちて燃え広がったとか、そういう可能性はある。老人はけっこう古新聞や書類の扱いがぞんざいになるだろ」

なるほどねと言って、佐脇は水野のところに戻ってきた。

「仮に自殺だった場合、証拠はともかく動機は？　金は持ってる年寄りがなぜ自殺する?」

「老人性の鬱《うつ》での通院歴がありました。それと、勝田老人は、利殖のために株をやっていたようです。ですが、こちらも去年の夏頃から、持ち株の売却を繰り返しています。取引よりも、売って現金に換えることのほうが多くなっていることが判りました」

「調べが早いな。優秀優秀」

佐脇はニンマリした。

「この件はおれ、ラクできそうだな。事件性はナシか。しかし株を売り払っては現金に換えてたのは何故だ? 勝田のジイサンには、なにかカネの要ることがあったのか?」

「投資詐欺に引っかかっていた可能性があります。ここ最近、ウチの管内でも、老人をカモにする悪徳商法の被害が激増してます。太陽光発電だとかメタンハイドレート投資だとか」

「カネの流れを摑《つか》もうか」

鑑識と他の警官を残して、佐脇と水野は鳴海署に戻ることにした。

＊

鳴海署刑事課のドアを開けると、いつもの生温かな空気が流れていた。

勝田老人の焼死事件に刑事課が総動員されるわけでもなく、早朝から駆り出された佐脇と水野たち以外の面々は溜《た》まった書類を整理しているか、パソコンで調べ物をしながらノンビリした声で世間話に興じている。

「しかし結城《ゆうき》さんも浮かばれないな、あれじゃ」

デスクで鼻毛を抜きながら、課長代理の光田《みつだ》が気の抜けた声で話している。それに別の刑事たちが答える。

「ノンキャリの星だったのに、あれじゃあなあ」

「あの様子じゃ娘さんもかなり苦労しているみたいだしなあ」

「ウチとしても協力してやるしかないだろうなあ。警察一家ということで」

「結城さんも心残りだったろう」

「しかし、健康ドリンクを買って、署として協力するのはいいとして……マズいぞ。佐脇と彼女が顔を合わせるのは」

そこまで聞いた佐脇は、わざとドタドタと足音をさせて刑事部屋に入った。

「なんだよ。健康ドリンクがどうした？　おれと彼女が顔を合わせるのがどうしたって？誰だよ彼女って？　いやそもそも、何が『マズい』んだ？」

「いやいやいやいやいや」

いきなり入ってきた佐脇に、光田は仰天《ぎょうてん》し、激しい狼狽《ろうばい》を隠せない。

「誤魔化《ごまか》すなよ光田。結城ってどこの結城だ?」

「佐脇、お前、検分はもう済んだのか。早すぎるだろ」

「仕事はテキパキやれ、能率第一って最近言い出したのは誰だよ。で、何の話だ?」

「いやいやいやいや、だから。しかし……なんでいきなり入ってくるんだ!」

「刑事が刑事課に帰ってきたのに、いちいちハイリマスとか言うか? 署長室でもあるまいし」

「いやいやいやいや」

光田はどういうわけか耳まで真っ赤になっている。

「だから、どこの結城さんの話だよ? おれと彼女がなんだ? 彼女って誰だ?」

「別になんてことない世間話だよ。いつもの暇つぶしだ。なんせ……お前は鳴海署のホープ、期待の星だからな」

そう言って光田はハハハと笑い、他の刑事たちもお追従笑いをした。

田舎《いなか》の警察署は、基本的に事件がない日の方が多い。あっても、簡単な窃盗《せっとう》や酔っ払いの喧嘩《けんか》みたいなものばかり。だから、たまに大きな事件が起きると署がひっくり返るほどの大騒ぎになるが、普段は暇で、刑事たちも定時まで駄弁《だべ》っていることが多い。

「そろそろ昼だな。何食うかな」

話を変えようというのがミエミエな光田が、不自然なほどの大声で言った。

この男は口を尖《とが》らせていつも文句ばかり言っている嫌味な中年だが、立ち回りが上手くて県警本部に愛想がいいので、刑事課長代理の座についた。

「『ラーメンがばちょ』も飽きたしなあ。どこか新しい店、知らないか?」

「バスターミナルの方に京風ラーメンが出来ましたけど」

自分の席に戻りながら、水野が答えた。

「何言ってる。あそこは潰《つぶ》れたよ。二ヵ月続かなかった」

即座に否定したのは捜査二係の定年退職寸前の老刑事・川辺《かわべ》だ。

鳴海署の捜査二係は川辺ただ一人しかいない。二係が担当する知能犯事件が、管内ではほとんど起きないからだ。せいぜいが振り込め詐欺《さぎ》と流しの悪質なセールスマンの押し売り程度、それも年間数件の事だ。例外的に忙しくなるのは選挙の時だけだが、選挙違反の摘発もポーズだけで、実際にはほとんど捜査すらしない。鳴海市が属する選挙区は長年にわたって無風だからだ。

「え。京風ラーメンも潰れたの? まあ、いつ見ても客が居たためしがなかったからな」

と、光田がわざとらしく明るい声で応じた。

「じゃあ、バイパス沿いの店に行くしかないですよ」

「あの国道バイパスは、鳴海市の姿を根本的に変えてしまったからなあ」

光田が嘆《なげ》いた。

「あれで繁華《はんか》街《がい》が駄目になった。誰もがクルマに乗るこのご時世に、街中《まちなか》には駐車場がない。道も狭い。誰も来なくなって当然だ。おかげでおれたちもバイパスのロードサイド店で食うしか選択肢《し》がなくなったってわけだ」

佐脇以外の全員が協力して話を逸らせようとしている。

鳴海も地方都市のご多分に漏れず、中心部はシャッター商店街化している。一方、バイパスの四車線道路は渋滞《じゅうたい》もなく快適で、沿道に並ぶ店には広い駐車場も完備している。しかも新しく都会から進出してきた店や大型量販店もあるので、市民の足は一気にバイパス沿いに向いてしまった。

「駅前には店がない。バイパスのロードサイドは飽きた。だったら、あとは港の方しかないでしょ？」

「そういや、二条《にじょう》町の飲み屋がランチも始めたらしいですよ」

居合わせた他の刑事たちも口を挟む。

旧市街はバイパス沿いに押されてあっけなくシャッター商店街と化してしまったが、その逆風の中、独自の進化を遂《と》げたのが港に近い「二条町」だ。

二条町は鳴海港が栄えていた頃から船員や商用の客を相手に賑《にぎ》わっていた飲食店街だ。酒を出せば当然女もということで一部はいわゆる「青線地帯」でもあった。その後、鳴海港も鳴海市も落ち目になったが、その衰退《すいたい》と反比例するかのように、二条町は「ヤバい街」として隆盛《りゅうせい》を誇るようになった。それは当時から街を仕切っていた鳴龍会《めいりゅうかい》、もっと言えば若頭だった伊草智洋《いぐさともひろ》の手腕によるものと言ってもいいだろう。

その一助を担《にな》ったのは鳴龍会の伊草と、いわば盟友の間柄にあった鳴海署の佐脇で、殺人や目に余る暴力事件以外の犯罪一切をオメコボシしていたのだ。風俗店への手入れの日時を前もって教えてやったことも数知れない。鳴龍会は麻薬や覚醒剤《かくせいざい》を扱わなかったので、問題になることもなかった。少し前、暴排条例が鳴海でも施行《しこう》されるまでは。

だが今、伊草は鳴海を去り、鳴龍会は表向き解散し、佐脇も大きな資金源を失っている。

「二条町でランチ？　昼間からあんなとこに行くカタギが居るのか？　客はヤクザか売春婦か？」

「ヤクザやその同類の中で、おんなじ金がぐるぐる回ってるようなもんだよなあ。縮小再生産これに極まれり、だな」

光田と川辺たちが呑気《のんき》な話を続け、それにヒマそうな刑事が口を出す。

和気藹々《あいあい》としているのは居心地がいいが、進歩というものがない。

手柄《てがら》を立てて出世したい者や、この地域から犯罪を一掃する使命に燃える者には、なんともぬるま湯で歯痒《はがゆ》い職場だが、鳴海署の刑事課にはそんなギラギラした人間は居ない。

いや、そういう奴が一人でもいると、邪魔なのだ。「和」が乱れる。

やる気のある者は去れ、という某有名脱力タレントの名言があるが、それを忠実に実践しているのが、この鳴海署刑事課なのだ。

「佐脇さんよ。あの辺ならアンタが生き字引だろ。二条町の用心棒というか、今でも顧問みたいなもんだもんな。ヤクザ御用達の」

光田に話を振られた佐脇は、素知らぬ顔をして自分のデスクに足を載せ、わざとらしくスポーツ新聞を広げた。

「何の話だ？　この鳴海にはもう、ヤクザは居ないはずだろ？」

佐脇は、署内禁煙もお構いなしにタバコに火をつけた。

「暴力団壊滅作戦が成功したことになってるんだからな。しかしおかしいな。昨日の昼も二条町に行ったが、おれの見たものは幻覚かな。どう見たってヤクザそのものの連中がタムロしてたけどな。ランチ食ってビール飲んでバクチして女を買ってたぜ」

そう言いながら、佐脇がデスクの上にある健康ドリンクの瓶を持ち上げた瞬間、場の空気が変わった。生ぬるいものが一気に冷え込んで、緊張感すら漲《みなぎ》ってきた。

「なんだこりゃ。さっきお前らが言ってた健康ドリンクってこれか？」

「ああ、それは試供品だ。ついさっき飲んでみてくれって、セールスが持ってきた。いつものアレだよ」

強《こわ》ばった顔で説明する光田に、佐脇は、ふ～んと関心無さそうにボトルを置いた。

「暴排条例で鳴龍会は消えたが、それでおれたちの仕事は減ったか？　連中がやってた店はそのまま残ってるし、連中が使ってた売春婦もそのままだ。組の構成員は全員、別会社に就職して以前と同じ事をやってる。違うのはただひとつ、揉《も》め事には絶対に手を出さなくなったことだ。だから、酔っ払いの食い逃げ飲み逃げヤリ逃げが全部こっちに廻ってくる。前は連中がウチウチに処理してたことが全部警察沙汰《ざた》だ。面倒で仕方ねえ」

佐脇はスポーツ新聞を放り出し、鼻からタバコの煙を吐き出した。

「食い逃げなんて、詐欺と言えないこともないから二係の仕事でもいいだろうが。おい、川辺さんよ。あんたそこでヒマそうにしてるが」

名指しされた二係の古参・川辺は、こそこそと刑事課から出ていこうとした。

「なんだ。都合の悪い話は無視か？　メシなら早く済ませて帰ってこいよ。今朝の火事で焼死した爺《じい》さんだがな、株をやってたそうだ。投資詐欺に引っかかってた可能性もあるんだとよ。詐欺ならそっちの領分だろ」

「そんな話聞いてないぞ」

「だから今話したろ。ちょっとは働け！」

佐脇の八つ当たりの標的にされた川辺は、首をすくめてドアの向こうに消えた。

ヤバい雲行きを察したほかの刑事たちも、「じゃ早メシにすっかな」とか言いながら、次々に部屋から出て行ってしまった。

のどかな昼飯談議に水を差された光田が呆《あき》れたように言った。

「佐脇、お前もそう、いちいち突っかかるな。たわいないメシの話じゃないかよ」

光田はニヤニヤと笑いかけて、なんとか雰囲気をほぐそうとしたが、佐脇は再びさっきの瓶を手に取った。

「これ、前に、四方木《よもぎ》マリエが扱ってた健康ドリンクじゃねえか。そんなものが、なんでまたここにあるんだよ？」

さっきはスルーしたんじゃないのか、と光田は苛《いら》ついた。

「蒸し返すなよ。だから、あの四方木さんが亡くなった後に、新しい代理店が出来て新しいセールスレディがやって来て、強引に置いてったんだよ。別に不思議はないだろ」

これ、飲んでも全然効《き》かねえんだよなあと言いつつ、佐脇はグビグビと飲み干した。

「ホラ。マズいだけだ」

「前はそんなこと言ってなかっただろ。それとも何か？　四方木さんが色っぽかったから、美味《おい》しく感じただけか？」

この健康飲料は、以前にセールスレディが営業に来て署の人間が何人か買わされていたものだ。だがその女性が殺人事件の被害者になり、代理店が鳴海から撤退《てったい》して以来、配達も自然消滅という形になっていた。

「まあな。彼女が殺されたのは気の毒だったが、飲みたくもないものを断るにはいい機会だったのに。ったく」

佐脇は空のボトルをしげしげと見て、光田の机の上に置いた。

「ところで新しいセールスレディとおれが、なんか関係あるのか?」

ないないない、と光田は大げさに手を振った。

「まったく別の話。妙に気を回すなって!」

「なに慌ててるんだよ。なんか疚《やま》しいことでもあるのか?」

「ないよ! カリカリしてるのはお前の方だろ! 妙な事で突っかかるなよ」

光田は佐脇を睨《にら》みつけた。

「課長代理をあんまり舐《な》めるな」

光田は昔から、佐脇の敵なのか味方なのかよく判らない。

「へいへい判りました。どうせおれはしがない万年巡査長ですからね」

お気楽が一番、と鼻歌交《ま》じりに言って、またスポーツ新聞を取り上げる。

「判ってるならいちいちカドが立つ物言いをするな」

と言ってから、光田は「はは~ん」と頷いた。

「お前、アレだろ。鳴龍会の伊草が消えちまって、金欠なんだろ。そんなカネヅルでマブダチの若頭《わかがしら》が居なくなった上に、お前の財布も同然だった組まで消滅してしまったんで、カリカリしてるんだろ。どうだ、これに相違あるまい」

「ご心配なく。これまでの賄賂《わいろ》は全部貯金してある。一生遊んで暮らせるほどでもないが、警察の安月給の足《た》しには充分」

「だが使ってればどんどん減ってくだろ。タバコだって安くないぜ。新しいカネヅルを見つけなきゃいかんだろ、え？」

光田は挑発するように言った。

「それもご心配なく。おれはお前より賢いんでな、ちゃんと策は講じてある。詳しい事は、さすがにここでは言えないが」

本気なのか「お約束」なのか、もはやよく判らないやり取りを水野は聞き流して、すでに仕事に没頭していた。ヒマなオヤジ同士のじゃれ合いに構っていられないのだろう。

突然、佐脇がすっと立ち上がった。光田が反射的に身構える。

「上の職員食堂でカレーとラーメンでも食ってくるかな」

「また炭水化物コラボか。よく飽きないな」

光田は一瞬、殴られるかと怯《おび》えた自分を照れ笑いでごまかした。

その時、ドアがノックされて、一階入口の総合案内にいる女性警察官が入ってきた。

「失礼します。ご相談に見えた方をお連れしたんですが……ご家族が妙な女性に引っかかっていて、もしかして結婚詐欺に遭《あ》っているかもしれない、ということで」

「しまった。ついさっき、担当の二係の川辺がメシに行っちまったよ。担当者を差し置いておれが話を聞くのもナア」

面倒だから帰って貰《もら》おうという気持ちが、光田の満面に現れている。

「そういう相談は、市民相談室の担当だろ」

「はい。そう思って私がお話を伺ったのですが、これは刑事課にきちんと通すべきだろうと」

「詐欺に遭ってるかもしれないって……それ、刑事課の仕事か？　結婚絡みのあれこれって、家庭内で解決できないの？　民事不介入の原則ってモンがあるからなあ」

何のかんのと理由をつけて、光田は話を聞こうとしない。仕事が増えるのがイヤなのだ。

「でも、お話だけでも……」

食い下がる女性警察官に、佐脇が歩み寄った。

「そりゃそうだ。君の言う通り！　市民の皆さんの困り事に手を差し伸べるのは、警察の立派かつ重要な職務ではないか」

「またそんな正論を」

佐脇の気まぐれに辟易《へきえき》している光田は、露骨《ろこつ》に嫌な顔をした。

「オンナコドモの話を聞くのは時間の無駄だと常日頃言ってるアンタがどの口で」

「バカかお前」

佐脇は階級も職級も上の相手に、遠慮《えんりょ》が無い。

「この前の本部長通達を忘れたのか？　男女間の揉め事は一応民事だが、最近はストーカー殺人に発展するなど重大な結果になる場合が増えているから、訴えには真摯《しんし》に対応し、よく事情を聞いて正しい対処をするようにってのがあったろ。民事不介入を楯《たて》にして市民の相談を拒絶するな、民事不介入という言葉を便利に解釈して門前払いするなって言われたの、もう忘れたのか！」

「本部長通達を鼻先で嗤《わら》うのも常日頃のお前の行動だろ」

ったく他所の県警がドジを踏んだせいで、いらん仕事が増えた、などとなおもブツブツ言う光田を無視した佐脇は、こちらにお通しして、と女性警察官に言った。

「お昼前に申し訳ありません……」

腰を折って申し訳なさそうに入ってきたのは、俗に言う『妙齢の美女』だった。年の頃なら三十前後。落ち着きのある聡明《そうめい》な美しさを控えめに見せる術《すべ》を心得た、大人の女性だ。

すらりとした長身がモデルのようで華やかさがあるが、それを地味な色合いの服でほどよく抑《おさ》えるセンスが洗練されている。

門前払いしようとしたことも忘れ、光田はその女性の美貌《びぼう》をぽかんと見つめている。

佐脇は獲物《えもの》に急降下するハヤブサのようにその女性に歩み寄った。

「失礼しました。あのボンヤリしたイヤミな顔の男がここでは一番偉いんですが、どうも融通《ゆうずう》がきかなくて申し訳ない。あの男は、警察の仕事は拳銃をバンバン撃って凶悪犯を撃ち殺す『西部警察』みたいなものだと思い込んでる阿呆《あほう》です。私がお話を伺いましょう」

佐脇は、入ってきたばかりの美女の腕を取って外に連れ出そうとした。

「佐脇、ちょっと待て！　その方の話なら私が聞こう」

「いやいや課長代理。それには及びません。課長代理には、鳴海市全域の治安を守る、もっと重くて崇高《すうこう》な仕事に専念して戴《いただ》いて、こういう一般市民からの相談事は本官のような身分の低い下《した》っ端《ぱ》が承りますので、ご心配なくどうぞ」

佐脇は真面目《まじめ》くさった顔でそう言い放ち、水野に「ちょっと来い」と声をかけた。

「水野は忙しいからおれが行く」

光田が立ち上がって椅子の背に掛けた上着に袖《そで》を通そうとしたが、遅きに失した。焦《あせ》って袖が通らない光田の向こうで水野が素早く立ち上がり、佐脇と相談者の女性の後に続く。刑事部屋に残っているのは光田だけだった。

鳴海署の会議室で、佐脇と水野は相談者と向かい合った。

「……お名前は、上林《かみばやし》杏子《きょうこ》さん、二十九歳。会社員、ということでよろしいですね？

で、今日のご相談というのは？　ご家族が妙な女性に引っかかっていて、結婚詐欺に遭っているかもしれないとのことですが、どうぞ詳しいお話を聞かせてください。ご家族というのは？」

調査票を手に、水野が話を促した。佐脇はその横で腕組みをして話を聞いている。

「……私の兄なんです」

上林杏子は、出されたお茶に口もつけず、水野と佐脇を交互に見つめた。

「ヘンな女に騙《だま》されているんです。これは結婚詐欺です。間違いありません！」

杏子はキッパリと言いきった。

「お兄さんはお幾《いく》つですか？　お金持ちですか？　というか、早い話がお宅は資産家で、それを女が狙《ねら》っているという線ですか？」

横から佐脇が口を挟む。

「それに近いです。ハッキリ言って、兄の恵一《けいいち》は女にモテるタイプではありません。大学は出て、家業の不動産管理の仕事以外にも自分で仕事をして、そこそこの収入はあるのですが、なんというか……」

杏子は言葉を捜して目を徘徊《さまよ》わせた。

「オタク、とでも言うのでしょうか、女性よりも趣味を大切にしていて……と申しますか、現実の女性よりもアニメのキャラクターの方が好きだと兄自身が日頃から公言していたので、たぶん一生独身を通すものだと思っていたのですが」

杏子の口調には教養のようなものが漂っている。水野が要約した。

「つまりそこに生身の女性が現れて、失礼ですが女にモテないはずのお兄さんと相思相愛の仲になって、あり得ないはずの結婚を前提にした交際が始まった、と?」

「あの……それだけだと、ハッピーでたいへん結構な話じゃないかと刑事さんは仰《おっしゃ》ると思うんですけど」

杏子はちょっとムキになって水野に向けて身を乗り出した。

「兄は三十五歳にして、頭髪がかなり後退していて、運動嫌いなのでかなり肥満が進んでいて……妹の私から見ても、ハッキリ言ってお付き合いしたくないタイプなんです。背も高いとはいえないですし」

佐脇が割って入り、身も蓋《ふた》もないことを言う。

「要するに三十五歳のハゲでデブでチビだと。しかしアナタのお兄さんなら、痩《や》せればかなりのイケメンだったりするんじゃないですか?」

フォローというより、杏子の気を惹《ひ》きたいのが本音だ。だが杏子はにべもなく言った。

「痩せても、そんなことはないでしょう。げんに今は太っているのですから」

意味がないということだろう。女性の現実認識はシビアだ。

佐脇は、目の前に居る女性を変形させて、彼女の兄の外見を想像してみた。どんなハンサムでも肉がつき過ぎればただのデブになるだろうと言うことは判った。

「では、お兄さんにはそういう外見の欠点を上回る人間的な魅力があるのでは？　話術が巧《たく》みで爆笑トークが出来るとか、深い慈愛に溢《あふ》れているとか、弱きを助け強きをくじく正義感の持ち主だとか」

杏子は首を傾《かし》げて聞いている。

「それとも……お金を使うのが大好きで、札びらを切って他人に奢《おご》るのが趣味だという、お大尽気質《だいじんかたぎ》だとか」

佐脇は、彼なりに表現に配慮したつもりだった。

「お金、ですか。そうですね。父は遺産としてかなりのものを残してくれましたけれど。預金は兄と分けて、あとは兄が住んでいる実家の家と土地ですか。それは私との共有名義になっています。まあ、それなりにお金はある方かもしれません。兄は一族の会社から給料を貰いつつ趣味三昧《ざんまい》の生活を送っています。兄は社交的ではないし喋りで人を楽しませるタイプじゃありません。口数が少ないくせに妙に理屈っぽくて、すぐ絡んできて、言い合いになると相手が根負けするまであれこれ言い募《つの》るんです」

杏子は一気に言って、溜息《ためいき》をついた。

「イヤな性格だと思いませんか？」

「まあ、ある種一本気な性格だと言えないこともありませんな」

「それに、かなりのシブチンなんです。食に関心が無いので、牛丼かカレーかラーメンでお腹が一杯になればそれでいいし、お酒だって酔っ払えばそれで充分だし、そもそも外で誰かとお酒を飲むことがありません」

「まあ、酒なんてものは誰かと飲まなきゃいけないものではないですが……」

杏子の気を惹きたくて、なんとか兄の美点を見つけようとした佐脇だが、どうやら杏子自身がそんなものを全く認めてはいないらしい。

「ええと……差し支《つか》えなければ、その趣味三昧とやらの内容を教えて貰えますか？　女性が興味を持ちそうな趣味だったりしませんか？」

マジメな水野は軌道修正をした。

「普通の女性が興味を持つとは思えないです。兄は、趣味でアニメ研究の文章を書いたり本を出したりしているんです。本を出すと言っても自腹を切った自費出版で、年数回開かれる同人誌の即売会で売るんですけど……そこそこの知名度と収入はあるらしいですけど」

「アニメが好きな女性だってたくさんいるでしょう？　お兄さんと現在お付き合いしている女性もそうなんじゃないですか」

水野の指摘に杏子は複雑な笑みを浮かべた。

「兄の専門は、有名なアニメではなくて、もっとマニアックな、誰も知らないんじゃないかっていうマイナーなものばかりなんです。同好の人たちから『ディープだ』『レアだ』『コアすぎる』とか言われるのが自慢のようで、ますますそっちの方向に突き進んでいるんです。誰も相手にしないモノを発掘して評価することにこそ価値があると思っていて……そんなものが好きな女性がいるんでしょうか?」

「まあ……男女を問わず、あまりいないでしょうな」

オタクの世界は思ったよりも深くて意味不明だ。佐脇は理解しようとするのをやめた。

水野はめげずに質問を続けている。

「ではお兄さんとその女性のなれ初《そ》めはどうなんでしょう? お二人はどこで出会ったんですか? 共通の趣味で意気投合したとか?」

「ですから、兄のマニアックなアニメ趣味についてこられる人はほとんどいないし、ましてや女性となると……たぶん、ネットの婚活サイトで知り合ったんじゃないかと」

「その事について、お兄さんと話した事はありますか?」

「ないです。立ち入ったことだと思うし、一度探りを入れようとしたら逆ギレして怒り出したので、それっきりで」

水野は頷きながらメモを取った。

「で、あなたはその女性に会ったことはあるんですか?」

方向を変えた問いにも、杏子は即座に「ありません」と答えた。

「そんな、兄の財産を狙ってるような女、顔も見たくないですから」

キッパリと言う美女に、佐脇は首を捻《ひね》らざるを得ない。

「失礼ですが、あなたのお話には、警察が事件として取り上げるには、どうも決定的なものが欠けてる感じですな。今までの話は、全部あなたの感情論でしょ？　あなたは、いわゆるオタクでブサイクなお兄さんに言い寄ってきたその女が、生理的に嫌いなだけなんじゃないんですか？」

「女性経験がなくて女に免疫《めんえき》のない兄を利用しようとしてる女ですよ。嫌って当然じゃないんでしょうか？」

「ほら。それもあなたの感情でしょ。そもそも女にモテそうもないブサイクな男に彼女が出来たら不自然なんですか？　男女の間には理屈じゃ説明できない部分があるでしょ？　その二人にしか判らない微妙でデリケートなあれこれが。だからいつでも恋はミステリアスなものであって」

「一昔前の歌謡曲の歌詞みたいなこと仰るんですね」

杏子はムッとした顔を佐脇に向けた。

「刑事さんは兄を知らないから、そんなロマンティックなことを仰るんです。兄は、大学を出てからずっと、親から結婚しろとやいのやいの言われていたのに婚活なんかまったくせず、女に興味がないんじゃないか、実は男性に興味があるんじゃないかと思ったほど、結婚にも女性にも関心を持たなかったんです。もしかすると女性経験は絶無だったかもしれません」

杏子は、明らかにイライラし始めた。

「ねえ。刑事さんのその言い方だと、結婚詐欺なんかこの世に存在しないみたいじゃないですか。男女間のことには警察は一切介入しないんですか？　結局、面倒だから刑事さんは私に難癖《なんくせ》つけて追い返そうとしてるんじゃないんですか？」

いやいやいや、と佐脇は両手を広げた。

「警察としては、証拠が欲しいんですよ。その女が結婚詐欺をしようとしているという証拠をね」

「だけど、そういうのが警察の仕事じゃないんですか？　証拠を集めるって、被害者がそこまでしなきゃいけないんですか？」

杏子は立ち上がり、声のトーンも跳《は》ね上がった。

「女に免疫のない兄は、あの女とセックスして有頂天《うちょうてん》になってるだけなんです！　四十近くまで童貞だったんだから、させてくれた女に夢中になるのは判りますけど」

かなり露骨なことを口走ってしまったことに気づいた杏子は、顔を赤らめて再びパイプ椅子《いす》に腰をおろした。

「……お兄さんを心配するあなたのお気持ちは痛いほど判ります。判るんですが、ここは是非あなたにもご理解をいただかないと」

佐脇は、杏子の目をじっと見つめた。

「警察は、疑わしいという話だけで誰かを捕まえるわけにはいかんのです。判るでしょう？　もし仮に、あなたと仲の悪い誰かが警察に駆け込んであることないこと訴えて、それを鵜呑《うの》みにした警察があなたを即逮捕するような世の中になったら大変でしょ？　我々が動くには、それ相応の具体的な証拠が必要なんですよ」

「兄は、その女にお金を貸してます。数百万。デートのたびに貢《みつ》いでるようです」

「判りました。数百万。それで？」

「それで、って……。その状態が続いてるんです！」

「しかし、その金を持って女が逃げたわけではないんですよね？　きちんと連絡が取れていて、現在もお兄さんと継続的に会ってるんですね？」

ええ、と杏子は頷いた。

佐脇と水野は顔を見合わせた。

「たいへん申し訳ないのですが、現時点では結婚詐欺と判断するのは難しいです」

水野がマジメな口調で言いながら、手許《てもと》の手引き書を紐《ひも》解いた。

「結婚の約束をして、それを口実に、『結婚する前に借金の清算をしたい』とか『身辺を整理したい』といった理由をつけて金を引き出し、そのまま音信不通の行方《ゆくえ》知れずになったら、それは立派な結婚詐欺です。しかし、今の段階では、連絡も取れている訳ですよね？　そしてお兄さんの側にも騙されている、あるいは被害を受けているという認識はないわけですよね？」

「ひどい！　じゃあ、その女がお金を持って逃げるまで警察は動いてくれないんですか？」

「と言いますか、今の段階では被害というか、事件が起きてませんから……」

「もういいです！」

激昂《げっこう》して顔を赤くした杏子はすっくと立ち上がった。

「警察は人が殺されなきゃ動かないって聞きましたけど、本当なんですね！　実際に被害が出てヒトが傷つくまで動かない警察なんて、意味あるんですか？　犯罪の予防とか言ってるくせして、実際は全然予防なんかする気ないじゃないですか！」

まあまあまあ、と佐脇はにこやかな顔を作って彼女の肩に手を置いて、座らせた。

「落ち着いて。今この若いのが言ったのは、あくまでタテマエです。犯罪が起きる前にそれを防ぐことが出来れば、我々としてもそれはまさに望むところです」

そこで、と佐脇は杏子の手をぎゅっと握った。

「あなたにもご協力をいただきたいんです。その女について、何か具体的な証拠を押さえて貰えますか？　お兄さんとの結婚の約束は空手形だという証拠だとか、お兄さんから引き出した金が、本来の目的に使われていない証拠だとか」

「そういうものが押さえられたら、まず兄に突き付けてますよ。それが出来ないからこうして！」

杏子は佐脇の手を振りほどいて、怒りを剝《む》き出しにした。

美女は怒った顔が最も魅力的だというのが佐脇の持論だが、またしてもそれが証明された、と思った。それほど杏子の怒った顔は凜《りん》として美しかった。

この女がベッドで乱れる様を見てみたい、と佐脇は思った。

幾多の女を抱いてきた彼だが、その中でも杏子には強烈にそそるものがある。こういうキツい感じの女をメロメロにして恥部をさらけ出してやりたいというサディスティックな欲望が刺激される。

とは言え、佐脇はとりあえずそういう私情は押し殺した。

「難しく考えないでください。取りあえずは傍証《ぼうしよう》でいいんです。傍証というのは……間接的な、そのものズバリの証拠じゃなくても構わないということです。例えば、その女がお兄さん以外の男とイチャイチャしてるところを目撃したとか、誰かとラブコールしてるのを盗み聞きしたとか、まあ、そんなような」

判ってください、と佐脇は再度、杏子の手を握った。

「我々は、何かあれば必ず動きますから。録音でも写真でも、なるほど、と思える材料があればいいんです。お話を聞いて、私は今すぐ動いてもいいと思いますが、上の者が納得しなければなりません。さっき刑事課にいた、あのボンクラでも納得するような、そういう証拠が必要なんです」

憤然《ふんぜん》としていた杏子だったが、そう言われると次第《しだい》に落ち着きを取り戻した。

「判りました……まあ、仰ることもそうなのかもしれないとは思いますので……つまり、私の思い過ごしではないと証明できるものがあればいいんですよね？」

ええ、と佐脇と水野は頷いた。

「詐欺というのは、案外、扱いが難しいんです。何卒《なにとぞ》ご協力を」

二人の刑事に頭を下げられて、杏子は半《なか》ば納得、半ば釈然としない様子で帰って行った。

「まあ、ざっとこんなもんだ。ブサイクくんの彼女が全員、結婚詐欺女とは限らん。男女のトラブルは重大犯罪に繋《つな》がりやすいとは言え、何でもかんでも事件にするわけにはいかん。そうだろ？」

佐脇は先輩風を吹かせて水野に教えてやった。

刑事課に戻ると、また市民の相談が舞い込んだ。女子中学生の非行について保護者が相談に来たというので、今度は光田が熟女の母親を当て込んで飛びついたのだが、やって来たのは女子中学生の祖母だった。

そんなこんなで、世はすべてこともなし。

一日が終わり、刑事たちが定時に帰ろうとした時。

佐脇の携帯電話が鳴った。

『ワタクシ、倉島《くらしま》中央署刑事課の矢部《やべ》と申しますが』

いきなり名乗られて、佐脇は相手が誰だかすぐには判らなかった。

『この前、例の冤罪《えんざい》事件の絡みで、ウチの捜査資料をお渡しした……』

「あ。ああ、あーあーあー」

そこまで言われて、矢部が何者かやっと思い出した佐脇は、コロリと手のひらを返していきなり親しげな口調になった。

「いやいやいや、大変失礼。今日はいろいろ取り込んでいて忙しくて頭が混乱しておりまして……あの事件では本当にお世話になりました。おかげさんで大変助かりまして」

「あの事件」とは『睢鳩《みさご》山女児死体遺棄事件』として知られる「原田沙希《はらださき》ちゃん殺人並びに死体遺棄事件」のことだ。佐脇はかつて類似《るいじ》の事件が起きていた岡山県に足を延ばして捜査した。そこで、事件の解決に結びつく内部資料を渡してくれたのが、岡山県警の矢部刑事だった。

「あんたは大恩人だ」

『……でも、私のこと、忘れてたでしょ？』

「とんでもない。大恩人のことを忘れるはずがないじゃありませんか」

完全に忘れていたのだが、そんなことはおくびにも出さず、佐脇は努《つと》めて明るい声を出した。

「で、矢部さん、どうしました？」

『ワタクシ、出張でちょっとこちらに参っておりまして』

「こちらって、鳴海ですか？」

矢部は実はそうなんです、と返事をした。

「ああ、じゃあ、是非ともご馳走《ちそう》させてください。鳴海で一番美味《うま》い店にお連れしますよ！　下へも置かない接待をさせて戴きますから」

忘れていたバツの悪さから、接待する側が言うべき事ではないことまで佐脇は口走った。

「では今からお迎えに参上します。お泊まりはどちらで？」

宿の名前を聞き出した佐脇は、水野を「おい行くぞ」と有無を言わせず連れ出した。

＊

「あの時は本当にお世話になりました。おおいに役立ちましたよ」

二条町の行きつけの小料理屋で、佐脇は矢部に酌《しゃく》をしつつ頭を下げた。

「いえいえ……あの時は、同僚が佐脇さんに誰ひとり協力せず、けんもほろろな態度で、見ていた私自身、非常に腹が立ちましたので」

年格好も、真面目《まじめ》そうな感じも水野に似ている矢部は、お猪口《ちょこ》をぐっと呷《あお》った。

「これは美味い。鳴海の地酒ですか？」

「鳴海はね、美味いモノ以外何にも無いんだけどね」

会社もねえ工場もねえあるのは役所にソープだけ、オラこんな町いやだ〜♪と歌い出した佐脇に、矢部は笑い出すわけにもいかず、三人が座る小上がりにはなんとも微妙な空気が漂った。

「しかしなんですね、この界隈《かいわい》はなかなか昭和ですね。まるで往年の東映実録ヤクザ映画にでも出てきそうな」

矢部は、二条町について、極めて正直な感想を述べた。

「おっしゃるとおりです。なにしろついこの前まで、ここは地元の暴力団の管理下に置かれてましたからね。治外法権、とまでは行かないけど」

「佐脇さんがいわば顧問として目を光らせてたので、問題は起きてなかったですけどね」

手酌で飲み、遠慮なく料理に箸《はし》を伸ばしている水野は、これまた遠慮なく言った。

「癒着《ゆちゃく》を通り越して、もはや一心同体だったというか」

「ホントですか？　いやあ、ますます東映だ！」

冗談《じょうだん》だと思って面白がっているのか、調子を合わせているだけなのか、矢部も楽しそうに笑った。

佐脇は板場に向かって「じゃんじゃん持ってきて！」と怒鳴《どな》った。

「どうぞ矢部さん、どんどんやってください。岡山も瀬戸内の魚とか果物とか美味いモノは多いでしょうが、この辺は外洋の魚がいけます。ほれ、矢部さんにお酌お酌」

佐脇は水野の背中をドンと叩いた。

「お気遣いなく。こんなにたくさん、食べきれませんよ」

小上がりのテーブルにはお造りに魚の焼き物、フライに肉料理などが満載で、新しい皿が来ても置く場所がない。

「だから、どんどんやってください。で、本来の仕事はもう済んだんでしょ？」

「ええ。T県警本部で、近県の警察の連携に関する事務的なものですが」

矢部は苦笑いした。

「でまあ、せっかく近くまで来たんで、佐脇さんを表敬訪問しようかと」

「なんとまあ」

佐脇は相好《そうごう》を崩した。

「それは光栄ですな。美女に惚《ほ》れられるより名誉《めいよ》なことです」

横にいた水野が「譬《たと》えがヘンなのでは」と呟《つぶや》いたが、佐脇には聞こえない。

「お世辞でも嬉《うれ》しいですな」

佐脇は矢部に酒を注いだ。

「それだけじゃなく、まあちょっと愚痴《ぐち》も聞いていただきたくて」

「伺いましょう。ワタシでよければ」

佐脇はハマチの刺身にわさびをたっぷりつけて頰張《ほおば》りながら答えた。

「いやね、実は、ウチの管内で、ちょっと気になる事案がありましてね」

「汚職とか?」

イエイエと矢部は手を振った。

「自殺として処理された一件が、どうも腑《ふ》に落ちなくて。偽装された感じがするんです」

矢部は、浮かない顔のまま佐脇に打ち明けた。

「しかし怪しいと思うのは自分の勘でしかなくて、公式には自殺として処理されてしまいました。自分の考えは同僚には相手にされなくて」

「同僚って、あの意地が悪い意固地な野郎のこと?」

佐脇が思わず訊《き》いた。

「あれだけ頼んだのに捜査資料を見せてくれなかった、あの荻島《おぎしま》のことですね?」

矢部は苦笑して頷いた。

「そうです。荻島です。しかしそれはウチだけの事じゃなくて、警察は一般に、一度決着の付いた事件を蒸し返すの、嫌がりますよね？　裁判所が再審請求をなかなか通さないのも、同じことだと思うんですが」

矢部に助けて貰ったこの前の一件でも、鳴海在住の、引退した元高裁の判事が、なんと誘拐された自分の孫娘を見殺しにしようとした。それもただ、ひたすら自分の誤審を認めたくない一心からだった。

警察が再捜査を嫌がるのも、面倒だという以上に、捜査をした担当者の名誉を守るという、基本的に同じ心理が働いているはずだ。組織を守るために同僚や先輩の名誉を傷つけないようにする。そういう心理が働いて、強力な隠蔽《いんぺい》構造が出来上がるのだろう。

「この前の、佐脇さんが解決した事件だって、外の人間に蒸し返されたくないからああいう対応になったんです。なにしろ身内の私でさえ蒸し返そうとすれば総スカンですからね」

「ウチの県警も一緒です。ま、警官も公務員だから、小役人根性に染まってるんですな。大過なく人生をやり過ごしたいというのは、唾棄《だき》すべき、腐った小役人根性と言うしかありません」

「佐脇さんはそうじゃないんですか？」

水野がチャチャを入れた。

「お前、長い付き合いで判らないのか？」

佐脇は呆れた顔で水野を見た。

「おれは巧みに足を引っ張られないように回遊してるの。普段は突っ張ってるように見えるだろうが、ここぞというところで、おれは長いモノに巻かれるのよ」

「もちろん、公務員として生きるためには、そういうテクニックは不可欠ですよね」

矢部は今さら佐脇を批判もできないので、仕方なくフォローしつつ、バッグから大きな書類封筒を取り出した。

「もし宜《よろ》しければ、この捜査概要に目を通して戴ければと。そして、自分にご指導戴ければと」

「なによ、これ？」

自分の仕事でさえ書類を読むのが嫌いな佐脇は、分厚い封筒を差し出されて面食らった。

「『結婚間近の男が山中で首吊り自殺』の捜査資料です。なにかお気づきの点があれば、何卒、ご指導を」

「オイ聞いたか水野」

佐脇は横にいる若手刑事をじっと見た。

「お前はおれと一緒にずっとやってるのに、おれの指導を仰《あお》いだこともなければ、教えを請《こ》うたこともないよな。なんだこの違いは」

「佐脇さんとは毎日顔を突き合わせているので、自然と教わるべきものは教わってますよ。尻ぬぐいもしてますし、書類作成も始終丸投げされてますし……」

各種調書や捜査経費の精算など、刑事が作成しなければいけない書類は膨大《ぼうだい》だ。佐脇はその大半を、下請けと称して水野にやらせている。

「だから頻繁《ひんぱん》に飲ませてるだろ」

「最近、安い店ばっかりですけどね……」

自意識が芽生《めば》えたのか、水野は最近、妙に反抗的だ。

そんな二人を矢部はニコニコして見ている。

「羨《うらや》ましい師弟関係ですね。自分には佐脇さんみたいな師匠がいないので」

ではちょっと拝見、と佐脇は仕方なく袋から書類を取り出した。

矢部が内容を諳《そら》んじた。

「亡くなったのは西川克彦《にしかわかつひこ》、四十二歳。現場は倉島市郊外の山中で、昨年の十月二十日午前六時ごろ、犬の散歩に来た近所に住む市民が遺体を発見。死後五時間以上が経過していたとのことで、十九日の深夜に首を吊ったと思われます。現場を見た荻島の判断で自殺とされて、一応、検視官による検視はしましたが司法解剖は行わず火葬に付されました。よって他殺であると判断できる証拠や材料は残っていません」

「死体検案書では……前頸部《ぜんけい》に索条《さくじょう》の深い痕《あと》がある定型的縊死《いし》で、顔面鬱血《うっけつ》・結膜鬱血点もほとんどなく、懸架死体直下に糞尿失禁の痕アリ、舌骨骨折アリ、争った形跡や着衣の乱れナシ、とあるな」

死体検案書のコピーには現場の写真も添えられていて、枝振りのいい木の枝からぶら下がっている男性の首吊り死体が写っている。その状態は、まさしく縊死による自殺としか見えない。

「索条には、柔らかな布製のロープが用いられておりまして、これも自殺であるという心証を強くしています」

「まあなあ。自殺に荒縄とか針金は使わないからな」

佐脇は死体検案書を眺めながらイカの塩辛をつるっと食べ、美味そうに日本酒を飲んだ。

水野は口をゆすぐようにして日本酒を飲んだが、顔をしかめ吐き気をこらえているようにも見える。

「なんだ水野。まだダメなのか？　いい加減ホトケを見て平気にならなきゃ一人前のデカになれんぞ。おれなんか、死体検案書を見ながらマスだってかける」

「いくらなんでもそれはないでしょう」

水野はうんざりしたような口調だ。

「まあ、これを見れば、自分で首を吊ったとしか思えないわな。おれだってそう判断するだろうなあ。自殺じゃないと考えるとしたら……たとえば催眠術で首を吊れと暗示をかけられた、とかか？　お前さんはこの件の何に引っかかってるの？」

「知人友人の証言です。その男性、西川克彦さんは最近とてもいいことがあったらしく、毎日がバラ色といった様子で浮かれていたとのことで、生前の様子を知る人たちはみんな、口々に信じられないと言っていたからです」

「ちょっといいですか？」

水野が割り込んだ。

「自殺の動機、ですよね。たとえば、その男性には、たしかに最近良いことがあったかもしれませんが、一転、奈落に突き落とされるような出来事があり、反動のあまりショックも大きく絶望して死を選んだとか、そういうことはなかったんですか？」

「そうだ。その男の職業は？　会社員か自営業か？　結婚していたのか？　付き合っていた女はいるのか？　いやそれよりも金の動きだな」

佐脇も矢継《やつ》ぎ早《ばや》に質問した。

「西川さんは、地元の銀行員です。結婚歴はありません。ごく普通に勤務していて、仕事上の失敗もなければ私生活でのトラブルもありません。銀行預金の推移も見ましたが、なにかに投資したり、投機的なものにカネを注ぎ込んでいた形跡もありません。ただ」

　矢部は、佐脇が持っている書類の一点をボールペンで指し示した。

「百万単位で頻繁に預金が引き出されていて、とくに死の直前には、五百万もの大金が引き出されています」

「これが預金通帳のコピーか。ええと、おととしまでは預金が増える一方だったのに、去年の春頃から定期預金が立て続けに解約されていたり……普通預金も残高が減る一方だな」

　佐脇は通帳のコピーに見入った。それを水野も脇から覗き込んで暗算している。

「二千三百万……去年の春から合計二千三百万近い額が引き出されてますね」

「それについては、親しくしている人物がモノイリだから、いろいろ出来ることをしてあげている、という話を聞いた友人が複数おります」

「そうか。確かに怪しいな。それで？」

　コピーに目を落としたまま、佐脇は矢部に話の先を促した。

「おかしいと思うでしょう？　自分も、どうしても腑に落ちなくて」

「しかしなあ。自殺する人間の心理ってのは、常人には理解しがたいところがあるのも事実だから……その『親しくしている人物』ってのは誰だ？　おそらく女だと思うが、そっちは調べたのか？」

「調べておりません。自殺と判断されたので、それ以上の捜査は打ち切りです。ご遺族の方からも、これ以上調べなくてもいいとの意向がありましたので」

ですが、と矢部は話を終わらせない。

「この一件だけなら、自分も流していたと思います。首吊りの状態が完全に自殺であると、自分の目で見てもそう思いましたし。しかし、近県で類似した不審死があったことを知って、また疑念が膨らんできまして」

矢部はちょっと失礼、と断って、佐脇から書類袋を取り戻すと、中からもう一通のコピーを取り出した。

「これは岡山ではなく、隣の兵庫県での事件です。兵庫県姫路《ひめじ》市で起きた、『エリート医師の交通事故死』の捜査資料です。こちらはさらに疑惑が濃厚です」

佐脇は、もう一つの資料に目を通した。

「服部和宏《はっとりかずひろ》、三十七歳。姫路医科大学の専任講師。昨年十二月二十五日午後九時ごろ、自家用車を運転中、姫路市総合スポーツ会館付近で神姫バスと正面衝突して即死。遺族の意向で司法解剖した結果、遺体から睡眠導入剤が検出されたので自殺の線が濃厚とされた、と」

佐脇は不謹慎にも、ちょっと笑ってしまった。

「どう考えてもこれはヘンだろ。笑っちゃいけないが、まじめに考えたら笑えてくるぞ」

佐脇は矢部を見据えた。

「わざわざ睡眠導入剤を飲んでから車を運転したってことか?」

はい、と矢部は頷いた。

「自殺にしても普通、こんなことはしないだろう? こんな、自爆テロみたいな真似《まね》をするやつなんて」

「ええ。しかし姫路西署としては自殺だと判断したようです。恐怖心に打ち克《か》とうとして睡眠導入剤を飲んだのだろうということで。実際、服部医師はバスと正面衝突して即死してます」

佐脇は首を捻った。

「普通なら、もっとラクに死ねる方法を選ぶんじゃないか? 発作的にやったとしても……鉄道に飛び込むとか高いところから飛び降りるとか」

仰る通りです、と矢部は頷いた。

「他県の事件ですが、こういう事故が起きていたことをつい最近知りまして。何か別件を調べているときにこの事故の記事だったかデータだかを目にして、とても気になったので調べてみたのですが」

「お前さん、偉いね。自分のところの仕事だけでも手一杯だろうに、他県の事件まで調べるのはね……今は広域事件が増えてるんだから、矢部君を見習って視野を広げなきゃいかんよ、水野君」

　先輩にそう言われた水野は、ハイと言うしかない。

「それで……調べてみたら、こっちの方がより不可解であると。なにしろ、この服部医師は、近々、京都にある大病院に転任することが決まっていたようで……」

「まあ、順風満帆な医者だって、ヒトには言えない悩みを抱えていた可能性はある。誤診か医療ミスをやらかしていたのかもしれんぞ。裁判になって負けると数千万円ぐらいは軽く取られるんだろ？」

「それが……服部医師の専門は呼吸器内科で、医療ミスはないとは言えないとは思いますが、手術に失敗するような、そういう大きな事故はないと思うので」

「じゃあ仕事以外の、プライベートでトラブルを抱えていたとか？　ナースと不倫してバレたとか」

「おととしに離婚していますけど、別れた奥さんと揉めていた形跡はない、と」

「離婚の陰に女アリでは？」

　佐脇はしつこくその線を突ついた。

「そこまでは判りません。なにしろ他県での事故ですし、なんの名目もないので所轄《しょかつ》の姫路西署に照会するのも躊躇《ためら》われて……アチラでは、早々と『覚悟の自殺』という線で処理が終わっておりますしね」

「金銭の動きはどうなんです、この服部医師については？」

水野も訊《たず》ねた。

「はい。これは新聞記事で知ったのですが、服部医師は、いわゆるレアものコレクターだったようで、これも、去年の二月頃までは集めるだけだったのが、三月以降は手放すようになって、コレクションをかなりの金額に換えていたようです」

「その、レアものってなんだ？」

「要するに現存するものが極めて少ない、昔のブリキのおもちゃとか、マンガ雑誌の創刊号とか、新品同然の付録のオモチャですとか、興味のない人から見ればただのガラクタですが、価値を認める人にとってはお宝なもののことです。服部医師は自宅の一室をコレクション・ルームにしていて」

「そのコレクションの数が減っていたと？」

矢部はうなずいた。

「これについては、残念ながら捜査資料的なものは、ありません。地元のローカル紙が、この事故死に不審なものを感じて取材した記事があるだけです」

佐脇は、チッと舌を鳴らして舌で歯をほじった。

「なるほどね。この二件の共通点は、金が絡んでるらしいってことか。ずっと堅実にやってきた、若くはない男が、急に金を使い出すようになったってことだな？」

佐脇はヤキトリの串で奥歯に挟まった物をほじくりながら話を続けた。

「ところで、西川とかいうその銀行員の、最近モノイリが多い親しい人物って、女じゃないのか?」

佐脇は返答に困っている矢部を見た。

水野も、佐脇の手にあるコピーをあちこち読み返しながら確かめた。

「つまり、この『西川さんの親しい人物』には話を聞けてるんですか?」

「それについては……」

矢部は身を乗り出して、佐脇が持っているコピーのページを繰った。

「友人知人の話を総合してみたのですが……ハッキリしたことが判らないままです。全員の言うことがまちまちで。ある知人は西川氏に結婚相手が見つかったのではないかと言い、別の知人は仕事上のいい取引相手が見つかったのだと断言し、またある人はヘッドハンティングされたのに違いないと決めつけて」

「女って線は、本当にないのか?」

「友人知人、そして当人が残した写真そのほかを探したのですが、それらしい女性が写ったものはありませんでした。また、『結婚相手が見つかった』説を唱える友人知人の誰ひとりとして、その女性に会ったことがなかったようで、単なる噂、あるいはデマ、もしくは見栄を張った嘘だったんだろうなどと……『幻の女』ネタ、などと言ってギャグにする口の悪い人物までいました」

佐脇はコピーを水野に渡しながら矢部に訊いた。

「お前さんが怪しいと思ったのは、この二件だけか?」

「未解決の事件はほかにも当然ありますが、他殺の可能性のある自殺や事故死は、自分が知る限りでは、この二件です。しかも亡くなったのは二人とも男性で、去年の春から夏にかけて資産を現金化、あるいは現金化したらしいという共通点があります」

「まあ、どんな犯罪も、たいていは金が絡んでるもんだけどな……」

佐脇はタバコに火をつけて、頭の中を整理するように、深々と吸い込んだ。

「もしこの二件が、アンタの見立ての通りに自殺ではなくて殺人だとしたら、犯人の動機はなんだ? やはり金か?」

佐脇はビールをぐいっと飲み干した。

「両方とも不自然な金の動きがあるからな。しかしだ。じゃあどうして犯人はガイシャから洗いざらい金を搾《しぼ》り取らなかったんだ? 金目当てなら、逆立《さかだ》ちしても金が出なくなってから、口封じのために自殺に見せかけて殺すと思うんだが」

「西川氏も服部医師も、ある時点で自分たちが騙されていることに気づいたのかもしれません。そこで、それまでに渡した金の返還を求めた結果、殺されてしまった。あるいは、洗いざらいむしり取るとさすがに遺族も騒ぐでしょうから、その前に自殺と判断されるラインを狙って殺害。そののちに犯人は姿を消した、という線はどうでしょう?」

水野が自分の推理を開陳した。

「なるほど。一度に全額を狙わず、あえて余力を残す形でやった、ということか。そういうやつなら、他所でも同じことをやってるかもしれんな」

佐脇はふたたび矢部に訊いた。

「ところで、首吊りで死んだ西川の場合、金を渡していたのはその『モノイリな親しい人物』だけ、だったのかな？　二千三百万もの金は、誰が受け取っていたのか？」

「それについては、調べておりません。自殺なんだから、金をどう使おうが犯罪ではないと言うことで……」

矢部は、申し訳なさそうに答えた。

「矢部君！」

ちょっと酔っ払った佐脇は、矢部を見据えて説教を始めた。

「おれのところに教えを請いに来るまえに、やれることは全部やっておくというのが常識ではないのか？」

「仰る通りです」

矢部は頭を下げた。

「これじゃ、酒の席の噂話というか四方山《よもやま》話でしかないだろ！」

カサにかかって説経し始めた佐脇に、矢部は済みません、となおも頭を下げた。

「いやいや佐脇さん。矢部さんは出張のついでに鳴海に来てくれたんですよ。佐脇さんに捜査協力を依頼するとか、そういう形で来られたんじゃなくて、それこそ酒の席の話題に出しただけなんですから、そこまで言うのは失礼でしょう」

見兼ねた水野が取りなし、ついでに小さな声でつぶやいた。

「そもそも誰かに説教出来るタマでもないくせに」

「お。大先輩に向かって、なんという口の利き方！」

と怒ってはみせたものの、佐脇は矢部に素直に謝った。

「いや、水野の言うとおりだ。すまん」

言い訳をするかのように、少し真面目な口調になって、確認をした。

「西川克彦の件はともかく、服部医師についてなんだが」

佐脇は鶏の唐揚げを箸で突き刺すと、そのまま口に放り込んだ。

「おれは、この自殺の方法自体に強い疑問を持つがね。例えば、睡眠導入剤を飲まされて、寝込んでしまう前になんとか自宅か何処かに辿《たど》り着こうと、必死になって車を運転していた。だが結局力尽きてと言うか、睡魔に勝てずに眠り込んだ結果、事故を起こしてしまったという仮説は立てられないのか？」

「佐脇さん。自分としても、その仮説を立てたからこそ、怪しいと思ったわけでして」

「じゃあ、服部和宏の身辺を徹底して……いやいや、姫路の事件は、そもそもお前さんには扱えないんだよな。西川の件だけではなく、こっちも限りなくクサいけどな」

佐脇は、隣の水野に話を振った。

「お前、得意のパソコンでちょちょいと調べてみろや。倉島と姫路で起きてるんだから、他の県でも似たような不審死はあるんじゃないか？　とは言っても、なあ」

佐脇の言いたいことは、水野にも矢部にも判っていた。

警官なら暗黙の了解なのだが、この世に「不審死」は山ほどある。その大半は自殺、あるいは不慮の事故死として処理されているが、中には事件に巻き込まれて死亡したのではないかと疑われるケースも多数ある。しかし、疑わしいと言うだけですべての不審死を捜査するだけの人員は無い。不審死の死因をハッキリさせるための司法解剖すら予算が限られているので、すべての遺体を解剖するわけにもいかない。

遺体をＣＴスキャンすれば解剖しなくてもかなりのことが判るのだと、小説家としても高名な医師が繰り返し訴えてはいるが、それもなかなか定着しない。

つまり、「不審死」として処理されれば、その死の真相は事実上、闇に葬《ほうむ》られてしまうのだ。

迷宮入りになりそうな面倒な殺人事件を抱え込むよりは「不審死」として処理してしまいたい、そういう気持ちが警察に無いともいえない。とは言え、明らかな殺人の場合、どこかに妙な点が見えてくる。刑事の目は、そんなに甘くない。

「手始めに警察庁のデータベースを洗ってみますよ。でもそれは矢部さんの方でもやったんですよね？」

水野に水を向けられて、矢部はハイと答えた。

「ただまあ、自分のスキルでは検索漏れもあるかもしれませんし、単純に不審死という要素だけでは、出て来る件数が膨大になりますので……」

「で、お前さんとしては、どうして欲しい？　おれに何をして欲しいんだ？」

佐脇は、残り物のサルベージ態勢に入っていた。少しずつ皿に残った料理を、一気に全部平らげに掛かったのだ。

「ですから、最初に申したように、教えを請いたいと思いまして」

「だからこの程度の材料じゃあ、何も言えないよ。ただまあ、この二件は、お前さんの読みの通りで、かなりクサいと思う。おれなら、取りあえず、自分のところの、西川だっけ？　あの件の追加捜査をするだろうね。ボンクラな上司なんぞクソ食らえだ。ガンガンやるべし」

「とは言っても、佐脇さんを見習うと刑事のダークサイドに落ちますから、やり方には気をつけないと」

「それはどういう意味だ」

判っているくせに、佐脇は水野にお約束の突っ込みを返す。

「ともかく、目標をハッキリしないとな。もしも他殺なら犯人を逮捕するまで頑張るのか」

「それ以外、何がありますか？ 真犯人が判っただけで満足する刑事が、この世にいますか？ 殺人の時効はなくなったんですから、逮捕して送検するしかないでしょう！」

「エライ！ よく言った！ もう一軒行こう！」

もっと飲む口実を探していたかのように、佐脇は矢部の言葉に飛びついた。

「この界隈は熟知してるんで、任せてくれ。どんな店がいい？ オネエチャンとスケベな事するか？ それともジャズを聴きながら渋く飲むか？ それともオネエチャンとホンバンするか？」

自分を頼ってくれる人間がいた嬉しさからか、佐脇はいつもより機嫌がいい。年甲斐《としがい》もなくはしゃいでいるようでもあった。

「それとも、お前さんのホテルの部屋にオネエチャンを呼んで乱交パーティでもやるか？」

「いえいえ、そんなことしたら、真相究明の前にクビになってしまいます」

あくまで冷静な矢部は手を振って断った。

「矢部さん、あんまり気にしないでください。佐脇さんは言うだけの事が多いから」

脇からフォローする水野に、佐脇はムッとして見せた。

「水野君。オトナを揶揄《からか》ってはいけないよ。不言実行。それがおれだから。次行こう、次！」

佐脇は矢部の背中を押し、水野がそれを止めると佐脇が怒り、矢部がまあまあと取りなす。

「バカかお前、行くぞホラ！」

二条町ではごくありがちな光景だ。悪酔いしたオッサンがジャレているようにしか見えない酔い方で佐脇は騒ぎ、三人は朝まで飲み歩いた。

その、明け方。

さすがに飲み疲れた三人は、二条町をフラフラ歩いていた。これから矢部を宿に送り届けるところだ。

ミニ不夜城の二条町も、さすがに朝の五時まで開けている店は少ない。徹夜で遊ぶ客が少なくなってしまったからだ。

飲み屋にフーゾク店が軒を並べる二条町の狭い通りには、ゴミと吐瀉《としゃ》物が散乱し、大きなネズミが走り、足元が覚束《おぼつか》ない酔っ払いが敗残兵のようにトボトボと歩いている。

水野と矢部は酒に弱い。というより、佐脇が強すぎるのだ。

ヘロヘロ状態の二人を両手で抱きかかえるようにして佐脇が歩いていると、一軒のスナックから婆さんの怒鳴り声がした。

「まったく気の利かない役立たずだね！」

店のドアは開けっ放しだ。閉店後の掃除タイムのようだ。

声の主は、二条町でも評判で、知らぬ者のない名物因業《いんごう》婆だ。本名は誰も知らないが、店やこの界隈では「マチコ」「マチコママ」「マチコ婆さん」と呼ばれている。もちろん佐脇も顔見知りだが、あまりに客にズケズケ言いすぎるので敬遠している。

噂ではかなりな金を貯め込んでいて、元鳴龍会の貸し物件の多い二条町としては珍しく、店も土地も自前で、婆さんは店の二階に住んでいる。以前はその部屋で客を取っていたという話もあるが、すでに大昔のことだ。

寄る年波でガタが来て、いい加減に店を閉めて引退したらと言われているが、婆さんはかたくなに現役を続行している。とは言え、掃除や後片付けまでやるのはさすがに辛いのだろう、どうやら人を雇ったようだ。

「だから何度も言ってるだろ！　グラスはお湯で洗ってすぐに拭けって。じゃないとピカピカにならないんだよ！　ええいまだるっこしいね！」

ゴミの出し方、店内の片付け、グラスや皿の洗い方などを矢継ぎ早かつ高圧的に指図する声が辺りにキンキンと響いている。

店からゴミを詰めたビニール袋を持って出てきたのは、ちょっとこの場にそぐわない女性だった。

後ろ姿しか見えないが、派手な服を着ているというのではなく、下働きに似合う地味な色のパンツ・スタイルなのだが、そんな格好なのに全身から色香が漂っている。イイ女はTシャツにジーンズでも素の魅力が溢れる。朝早くから働いて疲れた感じが、逆に色っぽさを増す作用を果たしているようでもある。

「ホラさっさとやって、店の中早く片付けな！」

飛んで来る罵声《ばせい》に、その女性は「ごめんなさい。気が利かなくて。一生懸命にやっているんですけど」と健気《けなげ》に答え、ゴミの袋を置くと、すぐに店の中に戻った。

佐脇はハッとした。澄んだその声に、聞き覚えがあったからだ。

思わず足が止まった。

スナックの中では相変わらずババアの罵声が続いていた。

「ふん。口だけなら何とでも言えるよ。まったく最近の若い女は口先ばかり達者で、全然手が動いてないからね」

「すみません。気をつけます」

ふたたびその声を聞いた佐脇の足は勝手に動き、その店に吸い寄せられていた。

開けっ放しのドアから、カウンターだけの狭い店内が見える。店内の明かりは消えていて、暗い。

その女は、薄暗い中でカウンターを拭き、床を掃《は》き、流しを洗い、コマネズミのように忙しく立ち働いていた。

「ああまたそんなことをして。何度も言わせるんじゃないよ!」

「はい。済みません……」

その女は我慢強く、あくまでも下手に出ている。

「こまめに電気も消しておくれよ」

これ以上電気を消すと掃除もできない。

が、マチコババアは切ってあるスイッチを間違えて入れてしまった。

店内がぱあっと明るくなり、カウンターのうしろの流し場で洗い物をしていた女の顔を照らし出した。

「!」

その顔を見た佐脇の全身に、電気が走った。全身が凝固《ぎょうこ》して、動かない。

「……あの、どうしたんですか、佐脇さん」

恐る恐る声をかけてきたのは水野だ。もしかすると、脳出血とか脳梗塞《のうこうそく》、もしくは心臓関係の発作《ほっさ》でも起きたのではないかと思ったのだ。

「ちょっと佐脇さん! 大丈夫ですか?」

水野の声を聞きつけた女が視線を上げ、店の外を見た。

佐脇と女の、目が合った……。

水野が佐脇の肩を揺さぶった。

佐脇の表情は強ばり、足は止まったまま、身体も完全に固まっている。

「佐脇さん？」

水野が呼びかけても、佐脇の目は、その女に完全に魅入《みい》られて、釘づけになっている。

水野はその視線の先を追い、掃き溜めに鶴、というのがふさわしい魅力的な女の姿を認め、再び佐脇の名を呼んだ。

「佐脇さん！　どうしたんですか！」

水野の声にハッとして我に返った佐脇だが、その瞬間、脱兎の如く走り出した。いや、逃げ出した、と言うべきか。水野も、酔って正体をなくした矢部のことも、完全に置き去りだ。

「ちょっと佐脇さん！　どこへ行くんですか？」

佐脇は後ろも振り返らず、水野と矢部をそこに残し、あっという間に姿を消した。

第二章　詐欺師《さぎ》が多すぎる

逃げるようにして鳴海市郊外の自宅アパートまでたどりついた佐脇は、ドアを開けた途端、床に倒れ込んだ。普段なら打たれ強く、何があってもショックを受けることはない。だが、こればかりは別だった。過去の悪夢が、というよりずっと封印し、忘れようとしてきた悪事がいきなり甦《よみがえ》り、目の前に突きつけられたからだ。

酔いも醒《さ》め果てた。だが飲み直す気にもなれない。何もかも忘れて眠ってしまいたいが、目が冴《さ》えてしまって、それは無理だと判った。

目に浮かぶのは、二条町のスナックでコマネズミのように働いていた、あの女の姿だ。見間違えることは、けっしてない。

彼女はかつて、一時期とはいえ、佐脇にとって大切な女《ひと》だったのだ。だが、事情があったとはいえ、裏切ってしまった。結果的に別れることになったのだが、それは彼女をひどく傷つけ、それまでの生活、家族を含め、彼女のすべてを奪う結果となった。

もしも彼女が真相を知れば、佐脇がどれだけ謝っても許されることはないだろう。

悔やんでもどうにもならず、謝ることも償《つぐな》うこともできない。だから佐脇は忘れるしかなかった。無理やり記憶を封印し、彼女とのことはずっと「なかったこと」にして、そうして今まで生きてきたのだ。

だがその彼女が、鳴海に戻って来ている……。

『珍しくもない家庭料理ですけど、あなたは独《ひと》り暮らしで、お酒を飲むことが多いって父から聞いています。栄養のバランスが崩れると健康を害して、いい刑事にはなれないって』

彼女、結城晶子《あきこ》は、独り暮らしだった佐脇の部屋に食材を持ってやってきて、いそいそと料理を作った。手慣れた様子で肉の筋を切り、手際《てぎわ》よくトンカツを揚《あ》げた。

カリッと揚がったトンカツの仕上がりは見事だった。

『美味い！　ヘソまで温まる』

手製の豚汁も最高の味だった。

『別にこのくらい何でもありません。家で毎日作ってますから』

彼女はそう言って、料理をもりもり食べる佐脇を、ニコニコして見ていたのだ。

晶子と引き合わされた時、小さい頃からピアノやバレエを習っていると聞いていたので、そんなお嬢様は自分には似合わないと思い、最初は交際にも気が進まなかった。だが、料理が上手で家庭的な一面を知ると、心が動いた。しかも、自分にはもったいないほど美しい。

晶子との交際を勧《すす》めてお膳立《ぜんだて》したのは、晶子自身の父親である結城忠朗《ただあき》警視だった。結城警視は当時の鳴海署長で佐脇の上司だったので、断ることはできなかった。

その頃、若き佐脇は射撃の選手として国体に出るほどの腕前で、T県警のホープとして結城署長に見込まれ、将来を嘱望《しょくぼう》されていたのだ。

『母は家事が苦手なので、小さい頃から結構やってたんです』

晶子は当然のことのように言った。

『しかし……それならきみが結婚して家を出ると、結城署長は困るんじゃないのか？』

『大丈夫です。父は敷地内に家をもう一軒建てていて、そこを私にくれると言っていますから。両方の家の面倒を見られます』

佐脇が娘と結婚することを結城は望んでいた。それは佐脇が出世街道に乗ることでもあった。

結城はいわゆる「ノンキャリの星」で、このまま行けば警視正に昇格して、ノンキャリのトップに昇りつめることは間違いないと思われていた人物だ。その娘婿《むこ》になれば、佐脇も当然、県警内ではエリートとして出世することを要求される。

だが、それは正直気が重かった。佐脇は刑事の仕事は好きだったが、いずれは署長や県警本部の刑事部長に、などという野望を抱いたことはない。しかも仕事だけではなく、プライベートでまで、結城の監視を身近に受けることになるのは必定で、その息苦しさも容易に想像できた。

だが、童貞同然だった真面目な青年刑事と警視の愛娘は、その日、関係を持った。

独り暮らしの男性の部屋を娘が訪ねて手料理を作ることに、その父親は反対しなかったのだ。

晶子は処女ではなかったが、その分、セックスへの妙なタブー意識も嫌悪感もなかった。

お互い若かったし、快楽を知ってしまうと、夢中になるのも早かった。その日以降、お互いの躰《からだ》に溺《おぼ》れ、貪《むさぼ》るように二人の仲は一気に深まった。

二度目に愛を交わしたのは、ラブホテルでのことだった。

最初こそ控えめで受け身だった晶子だが、快楽にのめり込むと貪欲《どんよく》になった。特に好きだったのが、騎乗位だった。

男にとっては刺激的な体位だし、普段は慎ましやかで、上品な令嬢としか見えない晶子の変貌ぶりが、佐脇の欲望を強烈に煽《あお》った。

騎乗位の彼女は、貪欲に腰を使った。しかも、わざと全裸ではなく、躰に服が残った状態で交わった。それはまるで父親の目を盗み、大急ぎで交わっているかのようで、真っ当な人間として、警官として、二重の意味でタブーを犯す劣情《れつじょう》をどうしようもなく刺激される性交だった。

しかも、彼女の女芯はまだ硬さが残って痴肉は強く締めつけてきた。その締まりに逆らうように、ぐいぐいと突き上げた、その感触までがまざまざと甦ってくる。彼女も佐脇の欲情をさらに煽り立てるかのように、くねりくねりと自分から腰を左右に振っていた。

佐脇も負けまいとして、がんがんと強烈に突き上げた。肉棒の先端が若い肉壁を押し広げ、いっそう奥に食い込んだ。淫液が晶子の奥底からシャワーのように噴き出して、彼の亀頭を濡らした。

これを……こんなにも気持ちがいいのに、終わらせてしまうのは惜《お》しい。

腰を使いつつ、自分の肉棒が挿さっているところ、ぱっくりと口を開けた晶子の秘処に指を這《は》わし、こりっとした肉芽を摘《つま》み上げて、ころころとくじってやったことも思い出した。

『ひっ。は、はあああ！』

彼は、晶子の腕をとってかがみ込ませ、悶《もだ》える彼女の唇を唇でふさぎ、舌をねろりと絡めた。

晶子の舌もすぐにそれに応《こた》えて軟体動物のようにぬめぬめと動き、むっちりと絡みついて離れない。

ディープキスをほどこしつつ彼が摑《つか》んだ晶子の乳房も、まだ芯が固い、若々しいものだった。

『凄くイイ……とても気持ちいいの……はあぁっ！』

晶子は絶頂に向かって昂《たか》まっていき、やがて、いきなり全身を硬直させた。

女芯は強く締めつけて、佐脇はそれに抗しきれず、熱い思いの丈が弾《はじ》け飛んだ。

事が終わり、晶子への愛おしさで一杯になった佐脇は、彼女を抱きしめた。

ホテルの薄暗い部屋で、ベッドに横たわる晶子の裸身は、若さに満ちていた。

すらりと伸びた長身は均整が見事に取れている。無駄な肉のついていないスリムな躰には、見事に実った胸の双丘が盛り上がっている。

若さの象徴のようにぴんと、はちきれんばかりに膨《ふく》らんだ乳房は、素晴らしいフォルムを描いている。サイズとしては優にDカップ。素晴らしいお椀型の、理想的な乳房だ。その頂上には、いかにも男に吸って欲しいと訴えているかのようなルビー色の乳首が、ツンと勃《た》って上を向いている。

ウェストはきゅっと引き締まって、見事にスレンダーだ。縦型のへそが実にノーブルな印象を醸《かも》し出し、エロスは健康美にこそ宿るものだと知らしめている。

むっちりと左右に広がった骨盤は、魅惑的で卑猥《ひわい》とも言える腰つきを作りだしている。

その、胸から腰にかけての豊かな曲線といったら！　腰のくびれと、対照的な腰の張りが、煽情的《せんじょう》ですらある。

伸びやかに長い太腿《ふともも》の付け根には、薄目のデルタが茂っている。そして腿はむっちりと張りつめて男を誘う餌《えさ》のようだ。両脚で強く挟まれてみたいと思わせずにはおかない、長くて美しい描線を持つ脚だ。足首の締まりを見ればアソコの締まりが判ると言われるが、その足首もきわめてきゅっと締まっていて、なにやら淫猥《いんわい》な想像をかき立てるのだ。

果てたばかりだというのに、佐脇はその、陶器のように滑《なめ》らかな美しい肌に舌を這わさずにはいられなくなった。

そのままゆっくりと下に移動して晶子の下腹部に顔を埋め、愛液でしとどに濡れる女陰を舐《な》め始めた。

『……う、ううん』

若い肉欲が再び昂まってゆくのが判る。

濃厚な愛撫に若い女はまたも悶《もだ》え始めた。

その反応に彼もすぐに点火した。

佐脇は、すぐに復活した逸物を女陰にあてがい、腰を突き上げた。

『う、ふ』

肉棒に侵入される喜悦に、晶子の背中は反《そ》り、ふるふると震えた。

両の腿を抱え、接合部分を見下ろしながら、佐脇はグイグイと腰を使い続けた。

その行為は、飽きる事など永遠にないように思えた。

抱けば抱くほどに晶子の女体に愛着は増し、その快楽も深く激しくなっていく。

佐脇は、完全に、晶子のセックスの虜《とりこ》になっていた。

そして、普通とは順序が違うかもしれないが、セックス以外のデートも重ねた。

お嬢様育ちで佐脇のような一般庶民が日常に食べて育ったものを知らない晶子が珍しくて、お好み焼きやたこ焼きのようなB級グルメをいろいろ食べ歩くのが楽しかった。

その中で彼女が気に入ったのが、「大判焼き」だった。ホットケーキの生地のようなものを円形の型に流し込んで焼き、中に餡《あん》を包みこんで分厚い円筒型に焼いたもの。佐脇は普通の粒あんが好きだが、彼女はうぐいす餡が好きで、映画を観た後、きちんと食事をしても、デートの〆は大判焼きを食べながら歩くのがいつしか定番になった。

セックスから入ったような二人の関係は、すべての面で深まって離れ難《がた》いものになっていった。

だが。

躰の関係が進展し、佐脇が晶子と離れられなくなりつつあるのをまるで見透《みす》かしたかのように、結城の束縛《そくばく》が見え始めた。

佐脇に対して、昇進試験を受けろという勧めが、あからさまな命令に変わってきたのだ。

その高圧的な態度に、佐脇は反感を抑えるのが難しくなってきた。同時に、晶子が親離れできない女であることも判ってきた。結城の言いなりになって出世コースに乗せられるわだかまりと反感。結婚した後には、晶子の実家と同じ敷地にある家に住まわされ、結城の監視を受ける未来が待っている。

しかも結城からの指示はどんどんハードルが上がり、厳しいものになってゆく。

『佐脇君。私の娘婿になるのなら、昇進試験を受けてもらわなければ。少なくとも、娘との結婚までには。君のことは私が見込んだんだ。ゆくゆくは私以上の階級とポストを狙って欲しい。ああそうだ。学費は出すから夜間大学にでも通って、大卒の学歴もとりたまえ』

ノンキャリのトップ以上というと、いわゆる「推薦組《すいせん》」として警察庁に転籍して警視正以上の階級に就《つ》き、県警本部長になれ、いや中央で警察官僚の中枢《ちゆうすう》を担えと言っているようなものだ。

出世こそが目的と言わんばかりの、警察官の本分を忘れたかのような結城の言動に、最初から違和感と反発を覚えていた佐脇だったが、ついに耐えられなくなった。

犯罪の捜査、社会の安全を守ることこそ、警察官の本分ではないのか？　昇進試験や大学での勉強を刑事の仕事より優先すべきだというのか？　役人として偉くなるのが目的だというのか？

他のことなら我慢できたかもしれないが、こればかりは、ほとんど生理的なレベルで相容《あい》れないものを感じたのだ。

生来の反抗心が頭をもたげた。

結城との関係を切って管理されないようにするには、晶子と別れるしかない。もう、この結婚の話は無かったことにしたい。

だが、事ここに至って、晶子との縁談を断れば、大切な娘をキズモノにされたと結城は怒り狂い、佐脇が警察で有形無形のバッシングを受けるのは必至だ。すぐに警察に居辛くなって、辞めざるを得なくなるだろう。

自分を完全にコントロールしたい義父を持って希望しない昇進レースに身を投じるか。それとも、縁談を断って警察を辞め、ゼロから人生をやり直すか。

いずれにしても刑事の仕事は続けられない。佐脇にとってはまったく望まない行く末だが、どちらかを採るしかないという、究極の選択をしなければならなくなってしまったのだ。

このジレンマからなんとか逃れられないものかと思い詰めていた時。

そんな悩みを見透かすように、あるヤクザが接近してきたのだ。

『いろいろお困りのようですね。いや、判りますよ。商売柄ね。ご相談に応じますよ』

あのヤクザ……名前は十三《じゅうぞう》……遠藤《えんどう》十三と言ったが……あの男はどうしているのだ？

ふと魔が差して、悪魔の囁《ささや》きに耳を貸してしまったあの時の自分……。

佐脇はその若いヤクザに「あること」を教え、「あるもの」を渡した。

『決して旦那にご迷惑がかかるようなことにはなりません。何もかも穏便《おんびん》に解決しますよ。すべてお任せください』

そう言って胸を張った遠藤の言葉を信じたのだ。美味しいことを言ってヤクザがカタギに取り入る、その手口を知らない自分ではなかったのに、その時は、信じてしまった。

その結果はすぐに出た。

遠藤から送られてきたものを見た佐脇は、激しいショックを受けた。

……自分は何ということをしてしまったのだろう。そんな後悔ばかりが沸《わ》き起こった。

思い出したくないことだが、結果的に、晶子には本当にひどいことをしてしまったのだ。

毎日のように電話がかかってきていた彼女からは、その日を境にふっつりと連絡が途絶えた。そして……。

数日後、佐脇は署長室に呼び出された。そして結城が蒼白になり、頭を下げて訥々《とつとつ》と詫《わ》び始めたのに困惑した。

『君には本当に済まないことをした。娘との話はなかったことにしてくれ。武士の情けで、理由については何も聞かないでくれ。この通りだ』

あれほど高圧的だった結城が、土下座して詫びるのに、佐脇自身も身の置き所の無い思いだった。だが、実際に何があったかは、口が裂けても言うことは出来なかった。

『この不始末については、何かの形で埋め合わせしたいと思っている。とにかく、君には申し訳ないことをしてしまった』

床に額を擦りつけて謝罪する上司の姿を眺めながら、佐脇自身、後悔と自責の念で心が折れそうになっていた。何もかも洗いざらい告白してしまいたい、という衝動を抑えつけるだけで精一杯だったのだ。

佐脇には、何があったのかすべて判っていた。そのきっかけを作ったのは自分だ。しかし、そのことは誰にも言えない。

そして。一ヵ月も経たないうちに、噂が静かに広がり始めた。

晶子が婚約していた佐脇を捨て、県警幹部の娘なのにもかかわらず、よりにもよってヤクザと駆け落ちした、という噂だ。一部には、晶子の、とても表には出せないような、猥《わい》褻《せつ》極まりない写真が存在するという尾鰭《おひれ》までついていた。

そうなると、警察内部の人間だけではなく鳴龍会の関係者まで、つまり周囲のあらゆる人間が、佐脇に対して、まるで腫《は》れ物をさわるように接してくるようになった。

婚約者をヤクザに寝取られた阿呆と嘲《あざけ》るには、余りにも気の毒と思われたのだろう。

むしろ笑われ、馬鹿にされていれば、良心の痛みも少なくて済んだかもしれない。だがそうはならず、佐脇はみんなに同情されてしまったのだ。

間もなく、結城は県警を退職した。理由が明らかにされることはなかったが、いずれは警視正に昇進するのは確実と見られていた地位を棄《す》て、地元の地味な企業に再就職したのだ。有力OBとして警察に影響力を行使することもなく、結城はきっぱりと古巣の警察と関係を断った。

その結果、佐脇は警察を辞めずに済んだ。晶子の父親の飼い犬になるか、警察を追われるか、という絶体絶命のピンチを、無事に切り抜けることが出来たのだ。

その意味で、一切佐脇に迷惑はかけない、穏便に解決するという遠藤の言葉は嘘ではなかった。だがその代わり、佐脇は長く罪の意識に苦しむことになった。

それ故、晶子とのことを考えることも、思い出すことも一切、佐脇は封印してきたのだ。記憶のすべてを閉じ込めて、鍵を掛けた。

人間というものは便利な生き物で、時が経つとともにその良心の痛みも消えた。

忘れた頃に、佐脇を寝取られ刑事と侮《あなど》って舐めた真似をするヤクザが何人か現れたが、そのたびに佐脇はそいつらを徹底的に叩きのめして、再起不能にしてやった。

もう出世など望まない。自分はワルとして生きていくしかない。そう腹が据わったのもこの頃だ。そうと決まれば、ヤクザに舐められるのは死活問題だ。

警察内部でも、鳴龍会関係者の間でも、結城と佐脇は、ヤクザのセックスに籠絡《ろうらく》された淫乱娘に人生を狂わされた被害者ということになっていた。だが、その真相は違う。

本当の事は、佐脇と、そして遠藤十三だけが知っている。

晶子は何も悪くない。佐脇のせいで汚名を着せられ、人生を狂わされてしまった、無垢《むく》の被害者なのだ。

その晶子が、鳴海に居て、因業婆の小間使い、いやまるで奴隷《どれい》のように働かされている……。それも、自分のせいなのか？

ひとりの女を不幸にしてしまったことは間違いない。だが、あのヤクザはどうなっただろうか？

遠藤十三……あの男はどうしているのだ？　今でも晶子を奴隷のように働かせてヒモ生活を送っているのか？　それとも晶子は十三から逃げてきたのか？

十三と晶子のその後について調べなくてはならない。しばらく悩んだあと、ようやく決心がついた。このことは佐脇にとって、ほとんど唯一の、「絶対に開けたくない蓋」だったのだが、晶子がこの鳴海に居ると判った以上、このままでいられるわけがない。

そして……再会するなら、しなくてはならないのなら、これまでのことを知った上で相対したい。

そんな決意が出来たときには、既に陽は高く昇っていた。

＊

佐脇が黙って刑事課の部屋に入って来たのを、光田がめざとく見つけた。

「よ。いつものように重役出勤か」

佐脇が勤務時間を無視するのはいつものことだ。刑事に勤務時間はあってないようなものので、残業は常にサービス。だったら朝なんか定時に出勤するのはバカバカしい、というのが佐脇の理屈だ。

いつもなら、光田のチャチャ入れに即座に反応してやり返すところなのに、佐脇は完全に無視して、デスクワークをしている水野のところに真《ま》っ直《す》ぐ向かった。

「おい。データベースでちょっと調べてくれ。遠藤十三というヤクザなんだが、十五年前に遡《さかのぼ》って、犯歴そのほかなんでも構わない、洗い出せ」

いつになく厳しい表情の佐脇に、光田は首を捻っている。

「なんだそのヤクザ。初めて聞く名前だな」

課長代理はなんとか嚙《か》んでこようとするが、佐脇は完全に無視した。端末を操作しながら、水野が冷静に答える。

「……警察庁のデータベースには、遠藤十三に関するファイルはないですね。新聞記事検索を各紙横断で掛けていますが……これにも該当《がいとう》記事はないようです」

ディスプレイを目で追いながら話す水野に、そうかと応じた佐脇の目は、心ここにあらずという風情《ふぜい》で、窓越しに遠くを見つめていた。

「佐脇さん、昨夜はどうしたんです？　あれから寝たんですか？」

水野は、突然逃げ出すようにして走り去った先輩を気遣った。

「目が血走ってますけど」

「ちょっと、出て来るわ。なんかあったら電話くれ」

水野の気遣いに応える余裕も無く、佐脇は、刑事課を出ていった。


「おう。早瀬《はやせ》いるか？」

二条町のピンサロの二階が、この辺の風俗店を一手に経営する『鳴海エンタープライズ』の事務所になっている。地元暴力団・鳴龍会が持っていた資産を継承した、表向き「一般企業」を装っている会社だ。早瀬健太郎《けんたろう》は、旧鳴龍会では伊草の下で直系企業の経営に勤《いそ》しんでいた（自称）フーゾク界の帝王だ。

「誰だ偉そうに。社長と呼べ社長と」

と言いながら奥から出てきたのは、真っ赤なアロハを着て首にスカーフを巻いた、珍妙な格好の男だった。

初老で酒焼けした顔の早瀬は、来訪者が佐脇だと判った途端《とたん》、腰を折って最敬礼した。

「これはどうも、旦那」

「おう早瀬。ここんとこ景気いいみたいじゃねえか」

「イエイエそんな。こんな田舎まで景気のオコボレが廻ってくる頃には、東京の景気が悪くなってまさあ」

佐脇が無言で事務所のソファにどっかと座ると、「旦那にドリンクお持ちしろ！」と早瀬が叫んだ。

「どうも、若いのが気がつきませんで」

「歳月というものは驚くべき速さで流れるものらしいな。え？　ケンタロウよ」

佐脇が睨むと、早瀬の顔が赤くなった。

「お前の若い衆は、組さえ解散すれば暴排条例の適用から外れて、自由にやれると勘違いしてるんじゃねえのか？　え？　社長」

「そんな……とんでもないことです」

「一昨日、この界隈で女に売春させてる店があるってタレコミがあった。十八の女子高生と、秘密厳守が絶対条件でヤレるという触れ込みだったのに、やって来たのは三十代を完全に過ぎている『女子高生の母親』だったそうだ。そのタレコミ電話、おれが受けて幸運だったな」

はい……と早瀬の目が泳いだ。佐脇の真意が摑めないからだ。

「で、あのう……」

「十八の女子高生を抱かせるって言ったのにその母親が出て来るのは完全な詐欺だろ。二条町は『明朗会計・安心して遊べる街』に生まれ変わるんじゃなかったのか?」

「イヤそれは旦那。本物の女子高生を出せば淫行《いんこう》条例に違反するし、ついこないだ、三十過ぎた女が高校生になるドラマもやってたんだし、人生やり直しでアラフォーの女子高生がいたって、あながち嘘ってワケでも」

「十八の、というのはどうなる?」

どこまで冗談で済ませようという気なのか、今日の佐脇はまるで読めない。言葉や表情にもヒントがまったくない。

「旦那。女のトシについちゃ、この業界のシャレというか幅ってモンがあるじゃないですか。シロウト女が自分で自分を売るんじゃないんだし」

「いいか。おれは、売春という根本の部分をスルーしてやってるんだ。おれがその気になって完全に法律に従って取り締まったら、お前ら全員、路頭に迷うだろ」

早瀬は蒼《あお》くなった。額には脂汗も滲んできた。

「……その辺、判ってるんだろうな? え?」

早瀬にはピンと来るものがあって、部屋の片隅に鎮座している金庫に飛びついて中から札束を鷲掴《わしづか》みにすると、三束を佐脇の前に置いた。

「今はこれくらいしかないんで、どうかひとつ」

佐脇はすかさず札束の厚さとおよその枚数を確かめた。

「三百ぽっちか。まあいいや。ここんとこおれも忙しくて集金に来れなかったがな、今後はビシビシやるからな」

安物スーツの内ポケットに押し込みながら、ついでのように言い足した。

「これからは、暗黙の了解っつーか、お約束っつーか、そういうことも知らないトーシロー な客も増えるんだから、お前らも突っ込まれないような商売しろ。十八とか言わずに、もっと上手いこと言って誤魔化せよ。伊草がいなくなったら、そんな知恵も消えたのか？」

「まったく仰せのとおりで。今後も何卒ご指導のほど、宜しくお願い致します」

早瀬健太郎はテーブルに額を擦りつけた。

「常連はいいんだよ。判ってるからな。鳴龍会は消えても、前と同じ顔がウロウロしてるんだ。だが、お前らが『ヤクザが消えた二条町』とかバカな宣伝をするもんだから、何も知らない連中がやって来るだろ。で、そいつらが騙されただのボッタくられただのと騒ぐ。通報されれば警察としても動くしかない。そういう連中に、バイパス沿いに並んでる店の感覚で二条町に来るとヤバいんだぞって教育するのがお前らの役目だろ。まさか学校じゃ教えられないしな」

「ヤクザが消えた二条町」というフレーズは警察も使っているのだが、そのへんを佐脇は華麗にスルーし、「で」と話題を変えて、相手を推《お》し量《はか》るような目付きになった。

「県警本部《ほんしゃ》とのナニもあるんで、この辺でちょっと取り締まりをやっとこう。生贄《いけにえ》を差し出せ。なあに、二泊三日程度で帰してやる。例によって、そのあとで店の名前は変えておけ」

要するに店の責任者を形だけしょっ引いて店は潰さず、名前だけ変えてオシマイにするという、世間にアピールすることだけが目的の、出来レースな取り締まりだ。

「あのう……それは大体、何時ごろのお話で？」

「おれの胸先三寸だから、生贄の店とか決まったら教えろや。判ってるだろうが、その時」

佐脇は早瀬に顔を近づけて囁《ささや》いた。

「売春とか違法なことは止めとけ。オメコボシ出来なくなって本気のガサ入れにならんように案配しろ。ヤクの方は扱ってないよな？」

「ええ。ウチは女とノミ行為専門で」

「いいことだ。人間、分を守るのは大事な事だから。背伸びするからトラブルになる」

そこに、若い衆がシングルモルトのスコッチとチェイサー、そしてクラッカーを持ってきた。

「ちょっとタイミングが悪いな。前はもっと気持ちよくスッと出てきたもんじゃねえか。伊草がいないとレベルが一気に落ちるもんだな」

さんざんクサすので、早瀬は面白くないという態度を見せた。

「ねえ旦那。もう過去のヒトになった人物のことをあれこれ持ち上げられても……仲がお宜しかったのは存じてますが」

「そう言うならお前らが、ちゃんとやれよ。おれたちポリ公に揚げ足取られないようにな。さっきも言ったように、カタギ衆からのタレコミがあったら、おれたちも動かなきゃなんねえんだから」

鳴海、いやこのT県、いやいや、西日本で有数のヤバい街・二条町を育てあげたのは伊草とおれだ、と言う自負のようなものが佐脇にはあった。

昔からあった船乗り向けのガラの悪い盛り場を、一般人向けのガラの悪い酒場に変貌させたのは伊草の才覚だが、事実上のアンタッチャブルな場所にまで育て上げたのは、警官であるおれの協力なくしては無理だったろうと、佐脇は思っている。

悪徳警官は山ほどいる。下手《へた》を打って捕まってしまったドジ野郎も数多《あまた》いるが、たいがいの場合は身分不相応に高望みをし、欲をかきすぎて摘発される。もしくは政界財界の有力者と結託した結果、「悪徳」の範疇《はんちゅう》を超えて「黒幕」化しようとして、あげくもっと悪いヤツに切られてしまった野心家たちだ。

そんな連中に比べれば、身の丈に合った悪事をここまで続けて破滅することもなく、幾多の窮地《きゅうち》もあったが無事逃れて安泰な佐脇の現状も、なかなかのものであるはずだ。

佐脇は早瀬に、噛んで含めるように言って聞かせた。

「なあ。判んねえことがあったら、遠慮ナシにもっとおれに相談しろ。おれは貰った分はきっちり面倒見るぜ。そこんところが、並のワイロ警官と違うところだ」

それは佐脇の偽《いつわ》らざる気持ちだ。二条町全体の顧問として、貰ったカネ以上の知恵と努力は傾注《けいちゅう》しているはずだ。

「へい。旦那。何卒今後とも、ご指導ご鞭撻《べんたつ》のほど宜しくお願い致します」

そう言って頭を下げた早瀬は、佐脇の顔を探るように見た。

「あの……どうされます？　今空《あ》いているコは、あんまりオススメできないのばっかりなんですが」

思えば、佐脇対策というか佐脇への接待については伊草が仕切っていたので、早瀬たちは自分で考えたり裁量することがなかった。だから、伊草が消えてしまうと、この扱いにくい問題刑事をどう煽《おだ》てて転がせばいいのか、まるで判っていないのだ。

「いや、今はいい。最近ちょっと元気がなくてな」

「ああ、そうですか。イヤそれはワタクシも同じで……闇で手に入れたバイアグラとか、お試しになります？」

そう言った瞬間に、早瀬の額に軽くグーパンチが飛んだ。

「お前はまだおれのリズムが判ってないな。さりげない謙遜《けんそん》だと受け止めて、そんなことないでしょうとかマタマタご冗談を、とか言え」

しかし、そう言われたら言われたで見え透いたお世辞を言うなと、またもグーパンチを繰り出すのはミエミエだった。

「ところで今日来たのはな、集金でもないしお前をいたぶるためでもない。遠藤十三について、知ってることがあったら教えろ」

エンドウジュウゾウ……と早瀬は口の中で繰り返した。

「ああ、たしかに、そういうの、居ましたねえ。しかしそれは、若頭……いや、伊草サンがノシてくる前の話ですよね。ウチの組……いや昔の組の話ですけど」

「面倒だから、『解散してもう存在しない鳴龍会』という枕詞《まくらことば》はカットして話せ」

へい、と早瀬は軽く頭を下げた。早瀬は頼りないが古株なので、昔の話を聞くには重宝なのだ。

「十五年くらい前の話ですよね？　居たことは居たけど……あっ！」

佐脇絡みのスキャンダルをようやく思い出したのか、早瀬は絶句して言葉を探した。

「いいんだよ。昔はいろいろあったのは確かだ。気を遣われるのは面倒だから、そのへんも素っ飛ばして、お前の知ってることだけ教えて貰いたいんだ」

はい……と言いつつ、早瀬は喋りにくそうだ。

「まあ、要するに、半端《はんぱ》なやつだった、ってことですかねえ。調子がよくて、機を見るのに敏で、当人は頭が切れてやり手だと思ってたけど、そう思ってたのは当人だけで、女に手が早くてだらしない……あ、申し訳ありません」

「いちいち謝るな。そう言うのも飛ばせ！」

佐脇は叱咤《しった》して早瀬にいろいろ喋らせようとしたが、結局、遠藤が下衆《げす》な下回りクラスのチンピラで、特に武勇伝も無ければ大ポカもない、目立たない存在だった事しか判らなかった。

「だから……そんなやつがですよ、選《よ》りにもよって旦那の……まあ当時は、今とはだいぶ違って、若いマジメなお巡りさんだった旦那の婚約者を寝取って逐電《ちくでん》するってな大胆な事をしでかすとはねえ。いや、済みません」

「いちいち謝るなと言ってるだろうが！　しかしあの遠藤十三に関しては、それが最大にして唯一の、記憶に残るデカいことだったわけだな？」

「はい……まあ、伊草さんなら、もっと何かを知っているかもしれませんが。イヤでも、カシラはヤツと入れ違いみたいな感じでのし上がってきたんで、あんまり接点もなかったかも」

遠藤十三は、晶子に関しておれに貸しを作ることで、組内でのし上がろうとしていたのだろう、と佐脇は思った。おれの弱みを握れば、警察に特別太いパイプを持てる。

仮に遠藤十三が、それなりの才覚を持っていて、思惑通り大物ヤクザになっていたら……佐脇は、遠藤に一生しゃぶられる惨めな人生を送っていたかもしれない。ヤクザに便《べん》宜《ぎ》を図っていたのがバレて、早々に警察を馘《くび》になり、鳴龍会に再就職して、伊草の手下になっていたかもしれない。そうならなかったのは、ひとえに、遠藤十三には警官をしゃぶる器量がなかったからだ。その点、伊草は極めて有能で、おれとの距離を絶妙にとって、五分の関係を巧妙に構築していた。

いや、そういうことを言うまえに、人間同士ウマが合ったのが大きかったんだがな、と佐脇は思い返していた。その意味で、遠藤十三とは同じ関係を築けなかっただろう。

「……じゃあ、もっと詳しい事は、伊草に訊くしかないってことか。アイツ自身が遠藤とすれ違った程度でもか？」

「へい。おれはこの通りバカなんで、忘れたことや気がついていないことの方が多いと思うんですが、若頭はそのへん、なんでも覚えてるし、組の人間関係なんかも全部把《は》握《あく》してましたんでね」

「そりゃ、組のナンバーツーで人事をやるんだから当然のことだろ。アイツに連絡をつけて訊くしか無いのか……」

後ろ半分は独り言のように言ったのだが、早瀬は「あ？　旦那は連絡取ってないんで？」と訊き返してきた。

「当然だろ。アイツは全国指名手配犯なんだからな。居場所を知ってて隠すと犯人隠匿《いんとく》になって、おれまで捕まっちまう」

とは言え、直接は無理だが、間に数人の人を介せば、伊草と連絡が取れなくもない。佐脇にとっていろんな意味で重要な男とのコンタクトを、そうそう簡単に消滅させるはずがないのだ。

だが、遠藤十三と晶子について、知っている者は、すでにこの鳴海にはいないのかもしれない。

邪魔したな、と佐脇は事務所を出た。

懐《ふところ》は一気に暖まったが、所期の目的はまるで果たせていない。

では……例の、二条町の因業なマチコ婆さんに会うしかないか。

晶子を雇っているのだから、これ以上、現在の彼女について詳しい人物は居ないだろう。しかしそれでは晶子に近づき過ぎることになる。まだ対面する心の準備はできていない。というより、できれば再会などせずに済ませたい。それだけに、あの婆さんから話を聞く順番は最後にしたかったのだが、そうも言っていられないようだ。

「まだ準備中だよ。五時過ぎに来とくれ」

スナック・マチコのカウンターの中で婆さんはコマゴマと支度《したく》をしていた。家で仕込んできた突き出しや簡単な料理を冷蔵庫に入れたりなどの開店準備をしているのだ。幸い晶子の姿は無い。出直さなくても良さそうだ。

「ちょっと訊きたいことがあるだけだ。昨夜、店じまいの時にコキ使ってたヒトはどうした?」

二条町を仕切っている以上、この店のことは知っている。しかし、口が達者で「客を客とも思わない」のがウリなこの婆さんとはソリが合わないので、佐脇が自分から足を向けることはなかった。

「ああアンタ、ヤクザの代わりにここいらを仕切ってるオマワリか」

マチコ婆さんは鼻先で嗤《わら》った。

「毎朝、店仕舞いするときにきっちり掃除してるから、開けるときにはアタシ一人で充分なのさ。こんな狭い店、切り盛りするのはアタシ一人でいいんだよ」

「カネが惜しいんだろ、ご老体。棺桶《かんおけ》にまでカネを持ってくつもりか」

「うるさいね。アタシのカネだ。燃やそうがどうしようがアタシの勝手だよ」

減らず口の応酬《おうしゆう》なら、光田とだけではなく警察庁《サツチヨウ》のお偉いサン・入江《いりえ》が相手でも遠慮しない佐脇だが、この婆さんの言葉の奥底には人嫌いな毒があって楽しめない。本来、客商売をしてはいけない人間特有の、嫌なオーラを放っている。それを感じない鈍感《どんかん》な客が、無邪気にこの婆さんの嫌悪すべき言葉を単なる毒舌と受け取って喜んでいるのだ。

「ところでアンタがコキ使ってる、あの女なんだが」

「なんだい。あの女、お尋《たず》ね者かなんかか？」

手を休めた婆さんは、タバコに火をつけてふかした。

「ウチは前から前科者でも使ってるよ。旦那を殺した女とか。でも人助けだろ。ムショから出てきて生活に困ってるのを助けてやったんだ」

「そういう弱みにつけ込んで、どうせ安くコキ使ったんだよな」

「人聞きの悪い事言わないでおくれ。お勤《つと》めを果たしたのに路頭に迷ってる人間を助けてるんだ。誰に文句を言われる筋合いもないだろ」

ここまで話して、そう言えばこの店は、何故か昔、警察御用達同然だったことを思い出した。

鳴海署の幹部が何処かで宴会をしたあと三次会に流れてきたり、ちょっと堅苦しい会合のあとに流れてくるのは、だいたいこの店という時代があったのだ。まだ婆さんが若くて、口の悪さにも可愛げがあった頃だったからなのかもしれない。

だが、今はもう、煮ても焼いても食えない、全身毒だらけの嫌なクソババアでしかない。

「まあ、アンタはアンタなりに人助けしてるんだよな。その点は偉いと思うよ」

佐脇はなんとか空気を和《やわ》らげて、晶子が働くようになったいきさつを聞き出そうとした。

「あの女のことなら、拾ってやったのさ。明け方にこの辺をウロウロしてたんで、ウチで働くかいって声を掛けたら二つ返事でさ。生活に困ってるみたいだったからね、アタシも放っておけなくてさ」

ここは言い返したくなるのを自重して、話を聞くことに徹した。

「だけどあの女、雇ってやったのはいいけど、要領悪くてイライラするんだよ。掃除とか皿洗いとか、要するに普通のおさんどんなのに、時間ばっかり掛かって、余計なところまで掃除したりして。アタシの部屋なんかいいんだよ。店だけ掃除すりゃ。皿やグラスを割るのもしょっちゅうだしさ、だからマトモな仕事にありつけなくて、朝っぱらからフラフラしてたのかって思ったよ」

佐脇が見たところ、晶子の働きぶりに、このババアが言うような要領の悪い鈍くささはなかった。むしろババアがストレス解消に難癖《なんくせ》をつけて彼女をサンドバッグにしているようにしか見えなかったのだ。

「おかしいじゃないか。店の掃除で雇った女が、アタシのプライベートな部屋まで掃除しようとするかい？」

使い慣れないプライベートという言葉に舌を縺《もつ》れさせた婆さんを見て、佐脇は噴き出しそうになるのを堪《こら》えた。

「まあ、気を利《き》かしたんだろ。どうせアンタみたいなババアなら、部屋がゴミ屋敷になってるんじゃないかって……」

そう言いかけたところで思い出した。

「婆さん、アンタ、昔は別のところに住んでたよな？」

「そうだよ。昔、店の女の子がいた頃は上でいろいろさせたからね。でも、今はアタシが寝てるのさ。住み込みだよ」

この店はスナックとは名ばかりで、女の子が隣に来て触らせて、二階に誘って売春させていたのだ。店の常連だった警察幹部も堂々と利用していたという牧歌的な時代があったわけだ。それは売春防止法が施行されてからも、しばらくは変わらなかった。

「朝方寝て、昼には起きて支度してる。年寄りはあんまり寝てられないからちょうどいいんだよ。別に何もない。テレビとベッドがあるだけの寂《さび》しい部屋だよ。だけど、他人に覗かれるのはイヤなんだ」

婆さんは妙なオトメゴコロを口にした。

「じゃあどうして鍼にしない？」

「鍼にしたら、あの女が困るだろ。アタシだってそれくらいの情はあるんだ」

マチコ婆さんの言うことは、肝心の部分がよく判らないが、生活に窮した晶子が、藁《わら》にも縋《すが》る思いで職にありついたということか。

ならば……なんとかツテを使ってもっと良い仕事を見つけてやり、シンデレラが鬼継母に奴隷奉公させられるような屈辱《くつじょく》を受けなくても済むようにしてやりたい。

それは、晶子のためというよりも、ハッキリ言えば、佐脇自身のためだった。

晶子が自分の生活圏にいる限り、気持ちの休まる時はなくなるはずだ。だから、晶子の仕事は他県で用意しなければなるまい。テイのいい鳴海からの追放だと言われても、反論出来ないが。

「邪魔したな、婆さん。あんまりズケズケものを言いすぎると、寝首かかれるぞ。口には気をつけな」

礼代わりにイヤミを言い残して、佐脇は店を出て、歩きながら考えた。

自分が使えそうなコネはあるか？　大阪方面には警察とヤクザの両方に知り合いはいる。岡山には弟子みたいな矢部もいる。最高に強力な、警察庁の入江を使うまでのことはないだろう。首相官邸の雑用係のような仕事を紹介されても困る。

二条町を歩きながら、ついでに早めの昼飯でも食っていくかと店を物色した。

完全猥褻タウンだった二条町もゆっくりと変貌し始めていて、メシ関係の店が充実してきた。以前のように、表向きはメシ屋だが、その実、二階に上がると女体にありつける系の店ではなく、本当に美味いモノを食わせる本格的なエスニック料理や、和食洋食の店が増えてきたのだ。昼はランチを出し、夜は酒も出すし料理も出す。

そういう健全な街になってしまうのは、佐脇としては残念至極だ。トラブルが減ると小遣いも減るが、それよりも、人間のあらゆる欲望が正直に闊歩《かっぽ》する街も必要だと思うからだ。

なにより、自分が遊べる場所がなくなるのは困る。

そう思いつつも、開店特別サービス全品半額！と謳《うた》った焼き肉屋を見つけると、足がひとりでに動き、いつの間にか店に入ってしまった。

「上カルビランチが五百円？　なんの肉食わされるか判ったもんじゃないな」

「いえいえ、佐脇さんにはとっておきのカルビを」

と、特別サービスを匂わされて機嫌《きげん》が直ってきた時、スマホが鳴った。

かけてきたのは、この前、兄の詐欺疑惑の相談をしに来た上林杏子だった。

『あれからいろいろ考えたのですが、刑事さん……是非、兄に会って戴けませんか？』

まるで結婚の申し込みに肉親に会ってくれとでも言うような口調で、杏子は懇願《こんがん》した。

「会うのはいいんですが」

あの美女に会える口実が出来るんだから、願ってもない事ではあるが。

「この前言った、詐欺であるという証拠は押さえましたか？」

『それも含めて、是非、兄に会って欲しいんです！』

電話中に、なかなか見事なカルビが盛られた皿が来た。

このあと杏子に会う事になって、佐脇は焼肉を食うのを躊躇したが、それも数秒のことだった。こんな極上のカルビを諦《あきら》める道理がないではないか。


「ここが兄の家です」

鳴海市の中心部から少し外れたところにある住宅街。そこに建つ古めの二階建ての一戸建てに、杏子の兄・恵一が一人で住んでいる。元は両親の家で杏子の実家でもあるのだが、両親が亡くなったあと兄が一人で住んでいるのだと杏子は改めて説明した。

外見はかなり立派で、そこそこ広い庭もある。が、しかし、手入れがまったくされておらず、庭には雑草が伸び放題で、小さな池には水藻なのか雑草なのかよく判らない奇怪な植物が繁殖している。家そのものも、外壁にヒビが入ったりドアの合板が傷《いた》んでめくれてきたりしている。

「なかなか味わいのある、というか独特の雰囲気を醸《かも》し出しているお宅ですな」

佐脇は口臭を気にしながら杏子に話しかけた。

「でしょう？　親が住んでいた頃は、この辺りでは一番立派なお屋敷だったんですよ」

そう言いながら、昔は立派だったらしい色褪《あ》せた玄関ドアを杏子が開けた途端、どさどさといろいろなものが落ちてきた。ゴミでふくらんだいくつものコンビニ袋や段ボールだ。

訪問者を拒絶するような、ゴミの山が室内を埋め尽くしていた。一応、ゴミを踏みしめて出来た道が奥に続いている。

ゴミを構成するのは、古新聞に古雑誌、コンビニの弁当殻にカップ麵の容器、電気製品の段ボールに、一応何度か整理した形跡のあるゴミ袋。

「ここには、くだんの女性も来るんですか?」

佐脇の問いに、杏子はハイと答えた。

問題の「女」は、この家に出入りしていても片付けるつもりがないのだろうか?

「でも私が最近、様子を見るために頻繁にここに来るようになってから、その女は警戒して来なくなったんです。それって、うしろ暗いことがある証拠でしょう?」

杏子はそう断言して、ゴミしかない部屋の中を見渡した。

「ここはリビング・ダイニングなんですけど……キッチンには到達できませんね」

ゴミに隠れて流し台は見えないし、二階に上がる階段も発見できない。

「お兄さんは、この家に引き籠《こも》ってるわけじゃないんですよね? お勤めに出てるんですよね?」

杏子はまたハイと答えた。

「身なりは整えて出勤はしているようです。サウナか健康ランドで風呂に入って洗濯《せんたく》も済ませているようです」

兄・恵一の部屋はこの奥にあるらしい。

すべてゴミの山かと思ったら、壁際には整然と段ボールが積まれている。いろんな種類の健康食品だ。ダイエットに発毛に発汗に新陳代謝促進……。ドリンクや錠剤、レトルト食品など、さまざまな形態《けいたい》のものが大量に積まれている。

「お兄ちゃん？　入るわよ」

突き当たりのドアをノックした杏子は、返事を待たずにドアを開けた。

リビングがゴミ屋敷なんだから、寝室はさぞや……と覚悟を決めて中を覗くと、意外にもこの部屋はかなりきちんと整理されて、普通の部屋のように見えた。

だがそれは、机とベッドとテレビがある方向だけを見た印象だった。その反対側の壁にはびっしりとラックが組まれて、夥《おびただ》しい数のＤＶＤ、ＶＨＳやベータのテープが整然と並べられている。その量は圧倒的で、整然と並べられているからこそ、無尽蔵なコレクションであると主張しているような迫力があった。

そして、部屋の中には冷蔵庫や電子レンジもある。つまり、この部屋だけが生活出来る場所なので、ここですべてを賄《まかな》っているのだ。しかしトイレはどうしているのだろう？

まさか、オマルを使ってるんじゃないだろうな……と思いつつ、部屋を見渡すと、平日の昼間だというのに、机の前には、杏子の兄だという男がモッサリと座っていた。

恵一は、髪の毛が薄いデブ男だ。杏子の兄だと言うから、少しは美形のカスでもついてないかと思ったが、多少の造作の良さも肉の膨張がすべて打ち消している。

しかも、その冴えない外見にまるで似合わないセンス皆無《かいむ》な、派手で趣味の悪いゴルフウェアのような上下を着ている。信号のような派手な色使いで、これではまるで売れない芸人の舞台衣裳《いしょう》か、日曜に着るものがゴルフウェアしかないという一昔前のオッサンそのものだ。

「警察の方をお連れしたから」

恵一は黙ったまま二人の闖入者《ちんにゅうしゃ》をしばし睨みつけた。

「警察が、ボクに何の用?」

本当の来意を告げても、怒らせるだけだと佐脇は咄嗟《とっさ》に判断した。

「実はですね、我々の方で高齢者を狙う詐欺グループを摘発したところ、そのリストに上林恵一という名前がありましたので、参考までにお話をお伺いできればと思いましてね」

「なんのリスト? ボクは詐欺師の一味じゃないから」

案の定、恵一は静かに激昂《げっこう》した。

「いえいえ、犯人じゃないかと疑っているのではまったくありません。そのご心配は二万％ありませんから。むしろ、その逆です」

「じゃあなに？　ボクが詐欺グループのターゲットになってるって言うの？　ボクは高齢者ではないし、他人に騙されるようなバカじゃない！」

エエそれは承知しておりますと下手に出ている佐脇に、恵一はなおも噛みついた。

「どうせこの女が」

と、杏子を顎《あご》で指した。

「わざわざ警察に駆け込んで余計なことを言ったからでしょ、あんたが来た理由は」

「何を言っているのよ。私は兄さんが心配だから……警察の方がわざわざ来てくださっているのに失礼でしょう？」

今度は杏子が怒り始めた。

「うるさい。お前は昔からお節介《せっかい》なんだ！　どうせ自分は頭が良くて、何もかも判っているのは自分だけだと思って、お前はボクを馬鹿にしているだろう？　親父も親戚も教師も、みんなお前のことがお気に入りだったもんな」

「そんなことない！　お母さんは兄さんばかり贔屓《ひいき》してたでしょ。相続の件だって、この家の半分だけじゃなくお父さんの預貯金も全部兄さんが取ったじゃない！　杏子、お前は女だし、バリバリ仕事をしてるからお金は必要ないだろう、兄さんに譲りなさいって母さんが言うから……兄さんはこれから結婚しなければならないし、身の回りのことをするにも人を頼まなければならなくて、お金がかかるからって……バカみたい！　あたしは掃除も洗濯も料理も、全部ひとりでやってるわよ。頭にきたから、いらないわよそんなお金って言ったけど、あの貯金どうなったのよ？　数千万はあったはずだけど、まさかみんなあの女に貢《みつ》いでないでしょうね」

日頃の鬱憤《うっぷん》を晴らすかのように、杏子は一気に捲《まく》し立てた。

「カネカネカネとうるさいな！　そんなだからお前は嫁《い》かず後家になるんだよ！」

「はぁ？　兄さんに言われたくないんだけど？　あんたみたいに金をちらつかせなくても私にはいくらでも男が寄ってきますからね」

「ああそうかいそうかい。しかしだな、ボクの魅力はカネじゃない！　素晴らしい内面がある、そこが好きだと彼女は何度も言ってくれているんだ！」

いいか、と恵一は立ち上がった。オマルに座ってるんじゃないだろうなと危惧《きぐ》したが、普通の事務椅子だったのにホッとした。

「彼女はボクのことを本当に愛してくれているんだ。年齢や外見は問題じゃない、ボクの内面に惹《ひ》かれたと言ってくれている！」

「だからダマされていると言ってるんじゃない！」

杏子も負けじと言い返した。

二人の間には子供時代からの因縁があり、それは相当に根が深くて拗《こじ》れているようだ。放《は》っておくと果てしなく続きそうな兄妹喧嘩に、佐脇は仕方なく割って入った。

「まあまあ、その件についてはワタシが帰ったあとでゆっくりやってください。で……ワタシは別に恵一さんが詐欺に遭っていると言ってるんじゃなくて、捜査の参考のために、お話を伺えれば、という理由なんですよ。鳴海署の管内でも、最近、資産のある独身高齢者を狙う詐欺が……」

「だから、ボクは高齢者じゃないし、ましてや詐欺にもかかっていないいっ！　彼女がボクを好きだと言ってくれるのはボクの内面が……」

と同じ事をリピートし始めた。

佐脇は、場の雰囲気をなんとか和ませ、少しでも普通の会話に持っていけるよう、ヨイショの手を使うことにした。

「しかしまあ、なんですな。恵一さんは良いお召し物をご愛用で。そのユニークな色使いを着こなせる日本人は、そうそういないですよ。この膨大なコレクションといい、やはりその、人間のスケールというものが違う気がしますな」

けっして嘘はついていない。ヨイショではあるが褒めてはいない。ゴルフウェア自体はいいものかもしれないが、まるで似合っていない。馬子にも衣装の逆バージョンだ。かと言って、他にヨイショできることがない。このゴミ屋敷では「結構なお住まいで」と言ったら嫌味になる。物件としては立地もよいし、敷地も広く、造りも内装もしっかりしているようだから、高く売れそうな屋敷なのだが、この散らかりようでは台無しだ。

「まあ、着るものにはコダワリがあるんでね」

ヨイショに気をよくしたのか、恵一の顔が綻《ほころ》んだ。

「ポロシャツはヨーロッパのブランドで、ウーノ・トリエステっていうの。鳴海くんだりじゃなかなか手に入らないから、直輸入品をね。向こうでは本物のセレブしか身につけていないんだ。ヴィトンやグッチみたいな、バカでも知っている大衆ブランドじゃなくて、選ばれた人だけが持つのを許された本物のブランドなんだ」

はあそうですか、と佐脇が頷くと、止せばいいのに杏子が鼻で笑ってしまった。

「あらそう？　その服、このあいだタグを見たけど中国製だったわよ。本物のハイブランドなら縫製もイタリアじゃないの？」

「だからお前は浅はかだというんだ。発展途上国にも成長のチャンスを与え、成長の果実を分かち合おうという、そういうグローバルな視点が……」

「その服もどうせその女に騙されて買ったんでしょ？　いくらよそれ？　こないだそのポロシャツ五万円だとか言ってたよね？　賭《か》けてもいいけどほんとの売り値は五百円くらいで、その女が中ヌキしてるのよ」

「お前はそういう考え方しかできないのか。心底、心が汚れきってるな。だからお前は嫁かず後家に」

佐脇にもやはり、そのケバいゴルフウェアは中国製の安物としか見えない。杏子の指摘が正しいだろう。「さすがお兄さん、見識が違う」などとフォローしてはみたが、これ以上ホメるのは無理だった。

だが、杏子の兄が口八丁手八丁の女の口車に乗せられて、安物を高く押しつけられているということは判った。

「お兄さんは、あの女のいいカモにされてるって判らないの？　誰が見たってそう思うでしょ！　なぜ気づかないのよ」

「何度も言うが」

恵一は妙に静かな口調になった。

「あの人は、ボクのコレクションを見て、素晴らしいと言ってくれたんだ。お前なんかには全然理解出来ないし、理解しようともしなかった、ボクのコレクションの意味を、彼女はきちんと理解してくれた。世界アニメ史における正統な位置づけまでを含めてね……あの人は凄いんだよ。感性と教養が凄い」

恵一は感に堪えないような、夢みるような表情になって、ウットリとした口調で、その女を褒め称《たた》えた。

「セールスの連中は、客になって貰いたい一心でお世辞を言うが、そんな底の浅い嘘はすぐに判る。アニメとは何か、アニメの歴史を知らず、作品や作家の系譜、作品の真の価値というものが判ってない連中は、ガンダムだのエヴァンゲリオンだの誰もが知っている作品しか口に出来ないし、その価値すらもまるで判っていない。しかし、あの人は違うんだ……」

そんな兄を、杏子は「またか」「これだから」と言わんばかりの、うんざりした顔で見ている。

佐脇も、これは紛《まご》うことなく、彼はその女に完全に騙されて掌《てのひら》の上で転がされていると確信したが、それを本人に判らせるのは至難の業《わざ》である事も判った。

「預金については、どうにもなりませんね」

ゴミ屋敷から出た佐脇は杏子にアドバイスした。

「お兄さん名義の財産だし、お兄さんは責任能力のある成人だ。ご両親から受け継いだ資産が女に食い荒らされて減っていくのは辛いでしょうが、自己責任というもので仕方がない。しかしこの家と土地の名義はどうですか？　半分がお兄さんのもの、ということは、あなたとの共有という意味ですね？」

杏子はうなずいた。

「女は次にそれを狙うかもしれない。不動産を換金しようとすれば、あなたの承諾《しようだく》が必要だ。書類を偽造される可能性があるので、法務局に行って名義が勝手に変更されないよう、凍結の手続きを取っておく、それぐらいしかできることはありませんね」

「そうですか……」

杏子は肩を落とした。

「元気を出してください。まずは毛嫌いしないで、その女に会ってみたらどうです？　ほんとうに結婚を考えているのかもしれないし、女の名前が判れば、余罪があるかどうか、こちらで調べることもできます。詐欺女だったとして、正体がバレれば女は逃げるか、縁が切れるかするでしょう」

はい、と杏子は真剣な表情で聞いている。

「あなたが直接会うのが嫌なら、興信所に依頼して女の正体を調べるという手もある。あるいは女があなたの実家の家と土地を狙って、何らかの動きに出るかもしれない。その時がチャンスです。人間、欲を出せばドジを踏む。今までは大きなミスもなく順調にお兄さんをその気にさせてきたけど、そうなれば間違いなく尻尾《しっぽ》を出します。その尻尾をがっちりと摑む！」

佐脇は拳を握って見せた。

「そこまで行けば、刑事事件として女を引っ張れるんです」

佐脇も、だんだんいつもの調子になってきて、ランチで食べたニンニクの匂いも気にならなくなってきた。

そこへ、警察専用の携帯電話が鳴った。

「なんだ」

せっかく杏子といい感じになってきたのに、と佐脇は不機嫌な声で電話に出た。

『勝田忠興さんの件ですが』

電話してきた水野は、いきなり用件を口にした。

『出火前日に勝田さんと会っていた証券会社の社員を、二係の川辺さんが任意同行で引っ張りました』

「誰だよ勝田さんって」

『昨日発生した焼死事件のガイシャです。生前に持ち株をたくさん処分していた、例の』

ああ、あの爺さんか、と佐脇は思い出した。

『勝田さんと取引のあった証券会社の営業マンが怪しいんです。何か隠してます。もしかして詐欺同然に勝田さんから大金を引き出して、その証拠の隠滅と口封じのために勝田さんの家に放火して、勝田さんも殺害した可能性があります。しかし逮捕状までは取れないので、さきほど川辺さんが任意同行で』

「判った。すぐに戻る」

名残《なごり》惜しいが、佐脇は杏子と別れて鳴海署に戻ることにした。

「任意同行したのは日潮証券鳴海支店営業部の営業マン、辻井《つじい》昭彦《あきひこ》三十四歳。この六年、勝田さんの担当です。過去三年間にわたって勝田さんの預金口座のカネの動きを洗ったところ、株の売却はすべてこの辻井を通しておりまして」

取調室前の廊下で、水野が手短にこれまでの経過を説明した。

「担当営業マンなら当然じゃないの?」

佐脇は口を挟んだが、続きがありますと水野に軽くいなされた。

「去年の春まで取引は堅調で、優良株を維持して配当を得るのがメインで、投機的な売買はまったくなかったんです。ところが夏……七月に入ると突如《とつじょ》、利ザヤを稼《かせ》ぐ激しい売り買いが始まり、その後すぐ、持ち株を大量に売って現金化するようになりました。この動きはどう考えても怪しいでしょう?」

「怪しいけど、焼け死んだ爺さんが自分の考えでやったんじゃないの? それか、誰か他のヤツに美味い投資話を持ち込まれたかもしれん。濡《ぬ》れ衣《ぎぬ》じゃねえのか、この営業マンは」

「いや、ほかにも疑わしい点はあるんです。勝田さんが投機的な取引を始めた、まさにその去年の夏から、日潮証券では売り上げ倍増の社内レースが始まってます。良い成績を上げると売り上げに応じて手当が出たり昇進しますが、成績が伸びないとリストラの対象になるという、今までにない苛酷《かこく》な……で、辻井は人一倍、熱心にやっていたと」

「ただのマジメな社員と言うだけのことじゃないの?」

佐脇はあくまでも懐疑的だ。

「マジメというには度を越していたそうで、それまで投機的な売買をしたことがなかった顧客にも、辻井は非常に熱心にハイリスク・ハイリターンの金融商品を勧めていて、一部からは苦情が来るほどだったとか」

「ハイリスクって、ヤバいヘッジファンドとかか？　そういうバクチも同然の商品を買わされるのは、どうせ欲の皮が突っ張った奴だろう？　高い配当には元本割れのリスクが付き物ってことすら理解できてない年寄りが多いからな。困るんだよ」

佐脇は聞きかじりの知識を披露したが、いや、高齢者ばかりとは限らないんです、と水野は言った。

「辻井に関しては匿名《とくめい》でウチの署にも相談の電話があったそうです。二係の川辺さんがその電話を受けました。電話してきたのはお年寄りというほどでもなくて、熟年の女性という感じの声だったそうです。まさにその日潮証券の辻井が、他社の元本保証の安全優良な金融商品を勝手に売却して、その代金で日潮のハイリスクファンドを買ってしまった、という苦情です」

「勝手に売却？　認知症の客でもないかぎり、そんなこと出来るわけないだろうが。そのオバハンは大方、辻井の口車に乗せられて、うかうかと大金を振り込んだところで、ハッと我に返ったんだろう」

「そうは言ってませんでしたね。呼び出されて、銀行印と実印を持ってくるように言われて、ちょっと席をはずしたスキに、勝手に書類にハンコを押されて、気がついた時は売却も購入も全部終わっていたと」

「もしそれが本当なら有印私文書偽造ならびに行使、つうか立派な詐欺罪だろ？　そのオバハンはどうして日潮に文句を言わないんだ」

「何度も営業所にクレームの電話をしたそうですが、辻井は電話に出ないし、所長が、間違いなくお客様が署名捺印《なついん》されて、お客様の同意のもとに行った取引だと辻井が言っている以上、当方には何の責任もない、と取りつくシマもないそうです」

「まあそういう支店ぐるみ、営業所ぐるみの犯罪の話は最近よく聞くよな。ウチの管内にはそんな金持ちは少ないからどうせ縁がないが……それに八割がた、その話はそのオバハンの被害妄想《もうそう》だと思うぜ。事実ならなぜ被害届を出さない？　その女性の名前を川辺は聞き出したのか？」

「それが、名前を聞くとためらって、しぶしぶ名乗った住所も名前も、全部ウソだったそうです」

「使えないやつだな。だから川辺は川辺だって言うんだよ」

そういう通報があったから川辺は辻井に目をつけたのだろうが、十中八九、その電話は辻井に個人的な恨みのある女が掛けてきたものだろう。女が辻井に呼び出された先というのも、おおかたラブホかどこか、人に言えないような場所に違いない、と佐脇は踏んだ。

辻井の色恋営業にだまされ、口車に乗せられてヤバい商品を買わされたのなら気の毒だが、男女の仲も投資も弱肉強食の世界だ。未成年でも認知症でもないのなら、これも自己責任というやつだろう。

「川辺の読みは無理筋だ。客と寝てファンドを買わせるような悪徳営業マンでも、それだけでは罪には問えないし、ましてや放火殺人なんて」

「いや、それだけじゃないんです」

と水野が自信満々にさえぎった。

「辻井には、勝田さんの家が燃えた前後のアリバイがないんです」

そう言うけどねえ、と佐脇は余り乗り気ではない。

「川辺、いや二係としては、辻井がやったということでゲロさせたいんだな？　だけどなあお前、知ってるか？　あの川辺はドジの川辺っつって、一係じゃ使い物にならなくて交通とか生活安全とかに回されてたんだぞ。あいつの見立ては信用ならねえ」

しかし、と水野は食い下がった。

「川辺さんとしては、ここで一係も足並みを揃《そろ》えて放火殺人の線でガツンとやってくれれば、必ずや辻井は口を割ると自信満々なんですよ」

「だけど、川辺だぜ」

佐脇は靴下の臭いを嗅《か》いだような顔をして、水野を見た。

「お前はどう思うんだ？」

「私は……殺人や放火に手を下してはいないまでも、辻井がなにか重要な事実を知っているんじゃないかと思うのですが」

後輩の顔をじっと見ていた佐脇は、そうかと頷いて、取調室に入った。

部屋には、生まれてこの方悪い事などまったくやったことがありません、と顔に書いてあるような真面目で実直そうな男が、スーツ姿で座っていた。髪は横ワケで黒ブチメガネにダークスーツ。市役所職員か金融機関のサラリーマンに生まれてきたような男だ。

そんな辻井に対峙《たいじ》しているのが川辺だ。不味《まず》いものを思い切り啜《すす》り込んだような渋い顔をして、ボールペンを指先で振り回している。

「お。ようやく一係のお出ましか。遅いじゃないか」

「こっちも別件を抱えてるんでね。だいたいのことは水野に聞いた」

そう言った佐脇は、川辺に近寄り、耳元で囁いた。

「これ、無理筋じゃねえのか？　株屋の営業担当が客の株を売買するのは普通だろ？　当日のアリバイがないからって、それだけの理由じゃ、な」

その声は辻井にも聞こえている。

「あんた、手柄を焦りすぎてないか？　え？」

佐脇は、どっちを取り調べているのか判らない調子で川辺を批判した。

「江戸時代のお白州《しらす》や戦前の特高じゃあるまいし、捕まえてきて締め上げれば簡単にゲロする、なんてまさか思ってないだろうな？」

「どの口でそんなことを。佐脇、アンタだってガンガン責めてゲロさせてるじゃないか。壁を蹴ったり机を叩いたり被疑者を怒鳴りつける声が廊下にまで響いてるだろ」

川辺も負けじと言い返す。

「バカ野郎。おれは確信があるからホシを締め上げるんだろうが。アンタみたいに適当に引っ張ってくるような愚《おろ》かな真似はしねえんだよ！」

「こっちだってな、確信があるから任意同行したんだ。だいたい、証券会社とか銀行員とか、最近は妙な手合いが増えてるからな、痴呆が入った老人を支店ぐるみで騙くらかして貯金吐き出させて株を買わせたり自分とこの銀行に口座を作らせたり、ひどいときには金を騙し取ってギャンブルに使ってたケースまであるんだぞ。そういうのはだいたい外面が真面目で実直そうなヤツなんだよ！」

「人を見てくれで判断するのはいけませんな。冤罪《えんざい》の原因になりますぞ」

「客の金を使い込んで、バレそうになったんで殺してしまった事件もあった。人を見れば泥棒《どろぼう》と思えと警察学校で習わなかったのか？」

「そんなトンデモ教育、どこの警察学校でやってるんですか？　人権団体に知れたらオオゴトですねえ」

ハナからバカにした態度の佐脇に業を煮やした川辺は、辻井に矛先《ほこさき》を向けた。

「辻井さん。詳しいことは言えないが、あんたを名指しで詐欺にあった、と相談してきたヒトもいたんだ。日潮は支店ぐるみであくどいことをやってるんじゃないのか？」

辻井の頬《ほお》がぴくぴくと痙攣《けいれん》した。

どうやら「支店ぐるみ」は川辺の思い込みだけでもないらしいな、と佐脇も判断が動いた。

「まさかそんな。ウチはまともな営業をしてますよ。大手ですしね。いい加減なことは言わないでくださいよ」

「まあそれは別件だしな。だからあんたも、アリバイをきっちり証明できれば、うだうだしなくて済むんだ。会社にも迷惑かけたくないだろう？　さっさと帰りたければ、一昨日の深夜から昨日の早朝の時間帯、どこにいたのか話しなさい」

「言う必要がありますか？　私は勝田さんの事故について、まったく無関係だと言っているのに！」

「だから、その時間のあんたのアリバイが認められたらすぐに帰って貰うから」

「言いたくないですね」

真面目そうな男は、頑なになった様子で腕を組んだ。

「あなた、ご結婚は？」

ふと、佐脇が訊いた。

「してますが」

「じゃあ、愛人のところでシッポリやってたんじゃないの？　警察はそういうこと誰にも言わないから、白状しちゃったらどうなの？」

「家におりました」

辻井は即座に言い返した。

「でも、家内に訊いても仕方ないでしょ？」

「どうして？」

佐脇は不思議そうな顔をして訊き返した。

「だって……配偶者の有利な証言は証拠として認められなかったんじゃないですか？」

それを聞いた佐脇は笑いだした。

「それはアンタ、アガサ・クリスティの読み過ぎよ。イギリスはそうかもしれないけど、日本ではそうでもないし、逆に、旦那が有利になるように奥さんが嘘の証言をしても、偽証罪には問わなくてもいいかもねっていう法律まであるくらいだ。刑法第百五条」

佐脇は辻井の肩に手を置いた。

「だから、あんたの奥さんが、あの夜夫は家にいましたと証言すれば、それは証拠になる。もちろんそれを裏付けるものがあればもっといいんだけどな」

そう言ってスマホを取り出した。

「奥さんに直接訊こう。番号は？」

辻井は絶句すると、俯《うつむ》向いて声を絞り出した。

「実は……家には……いませんでした」

「うん。じゃあ、どこに？　愛人宅か？　愛人とホテルにいたなら、ホテルの従業員の証言が簡単に取れるから有り難いんだけどね」

それを聞いた辻井は思わず顔をあげた。その顔は晴れやかに輝いていた。しかし、その数秒後。彼の表情は一気に強ばって、目が泳いだ。

その挙動不審ぶりを、さすがの川辺も見逃さなかった。

「おい、辻井さん。あんた愛人とホテルにしけ込んでたから、アリバイが成立すると思って今、喜んだろう？　けど、そうしたら奥さんにバレると気づいたんだよな」

「あのさ、もう奥さんにはとっくにバレてると思うよ。だってあんた、あの夜、家を空けたんだろ？　名目は？　飲み会で徹夜になった？　残業していた？　そりゃ怪しいと思うだろうよ」

佐脇も容赦《ようしゃ》なく辻井を追い込む。

「そうじゃないですよ！　そりゃ、妻にバレるのは困るけど……いや、もう刑事さんが言うように、あの夜外泊したことが原因で、すでに今険悪なんですから」

「すでに険悪になってるなら、いいじゃないか。相手は誰？　どこのホテル？　フロントと対面しないラブホでも、監視ビデオついてるからね」

辻井は刑事二人、川辺と佐脇の顔を交互に見て、言おうか言うまいか考えこむ様子だ。

「どうした？　そんなにヤバい相手なのか？」

「一応ウラを取るために相手に事実の確認はするけど、アンタ辻井さんとセックスしたでしょとか露骨なことは訊かないから」

「……お客さんと」

小さな声で辻井は答えた。

「相手は私の顧客です。重田敦美《しげたあつみ》という方です。以前から私のお得意様で、資産運用について相談を受けておりまして……」

「セックスの相談にも応じたってことか」

佐脇は露骨な物言いをした。

「ですから……私は、勝田さんの件は全く関係ないんです。勝田さんに持ち株を売却してくれと言われたので、一気に全部というのは勿体《もったい》ないと言ったのですが、どうしても物入りだからと言うことで、勝田さんのオーダーで売りました。それだけです」

「お茶でも飲むか？　コーヒーがいいか？」

突然、佐脇が気を利かせてブレークを取った。

取調室から出て行って、数分後に紙コップ三つを持って戻ってきた。

「おれのオゴリだ。遠慮しないで飲んでくれ」

「これ、刑事課のスティック・コーヒーだろ？」

そう言いつつ川辺はコーヒーを口にした。

「辻井さんよ。たった今、重田敦美さん本人に電話して裏を取った。あんた、重田さんを騙しておたくの金融商品を買わせただろ？　おれが説得したらすぐに被害届を出すって言ったぞ」

それを聞いた川辺は、コントのようにコーヒーを吹いた。

「アンタは重田敦美さんをホテルに呼び出して、銀行印と実印を持ってこさせて、彼女がシャワーを浴びてる間に、あんたが勝手に作った書類にハンコを押しただろう？　ずいぶんとアコギな真似するじゃねえか？」

辻井は真っ青になって凍り付いた。

「業界大手の日潮証券で支店ぐるみの詐欺とは恐れ入るぜ。で、重田さんが持ってた優良なファンドを売り飛ばして、おたくのハイリスク商品を買わせて、あんたと日潮の鳴海支店は、本社から押しつけられた月間のノルマは達成できたのか？　アアッ、どうなんだよ？」

佐脇はここで机をバーンと叩いた。灰皿が吹っ飛び、辻井の顔に怯《おび》えが走った。

辻井は強ばった顔に笑みを浮かべようと必死に努力した。

「さ、さあ……ですから私は先ほど申し上げたように、重田さんの相談には乗っていましたが、騙すとか勝手にハンコを押したとか……何の話だか私にはサッパリ」

「ほほう。シラを切る気か。じゃあ裁判だな。重田さんは警察にも名前がバレた以上、出るところに出るって言ってるぜ。日潮もハシゴを外すだろうな。鳴海支店がアンタを庇《かば》うのもここまでだ。全部あんたが勝手にやったってことにされる。重田敦美さんとは以前から深い付き合いがあって、多少の無理を聞いて貰ってたりしてたんだろ？」

「あの未亡人、なんかユルユルだったから……」

真面目そうな外面が崩れた辻井は、いきなり自暴自棄で乱暴な口調になった。

「そうじゃないだろ？　死んだ旦那が残したカネを大事にしていたので、少しの損が出てもアンタを呼びつけて叱責《しっせき》してたんだろ？　そんな関係だったのが一気に崩れてユルユルになってしまったのは、まあ、男と女だ。いろいろあったんだろうが」

思わぬ展開に、川辺はビックリして佐脇を見ていた。

「今、ウチの優秀な若いのが、重田敦美さんの証言に従って、宿泊先のホテルにウラを取りに行っている。鳴海グランドホテルだったんだよな？」

辻井は、崩れるように首をガックリと前に落とした。

「あのホテルなら、フロントやクロークがきっちり顔を覚えてる。勝田の件ではアンタのアリバイは証明されたが、引き換えに、重田敦美さんへの詐欺もしくは横領という、そっちのほうの犯罪が露見したわけだ」

佐脇は川辺の後ろにまわって両肩を揉んでやった。

「じゃ、川辺サン。後はヨロシク。有印私文書偽造ならびに行使はアンタの専門だろ。すぐに逮捕状取ってガンガンやってくれ」

そう言って取調室を出てきた佐脇は、ヤレヤレと溜息をついてタバコに火をつけ、スマホを手にして部下の番号をタッチした。

「ああ、水野君。君は極めて優秀だ。辻井はゲロッた。お前の周辺捜査の賜物《たまもの》だ。おかげで、落ちるまでにものの五分と掛からなかった。刑事ドラマにおけるＣＭ前の急展開ってヤツにそっくりだ」

ひょんな事から別件が明るみに出て被疑者もすみやかに逮捕できそうだが、勝田の件は完全に振り出しに戻ってしまった。

「というわけで、勝田の株取引の線は消えちまった。ハジメからやり直しだな」

水野を相手に携帯でそんなことを喋りながら、刑事課のドアを威勢良く開けると、部屋の中には女がいた。

その女は、見覚えのある健康食品販売会社の、ピンク色の制服を着て、手には健康ドリンクのバスケットを持っていた。

「ご契約有り難うございます。明日から毎日配達に伺います」

澄んだ聞き覚えのある愛らしい声でそう言いながら、例の健康ドリンクと、契約書らしい書類を光田のデスクに置いている。だが、ピンクの制服は明らかに古びてみすぼらしく、髪の毛もそそけて、苦労と生活の匂いは隠しきれない。

女が顔をあげた。やつれて、顔色もひどく悪い。だが、その整った顔立ちを見忘れるはずもない。自分が一時は愛し、そして裏切り、傷つけてしまった女性……。

「!」

佐脇は凍り付いた。

「あの……佐脇さんですよね?」

かつての婚約者と十五年ぶりに視線が合った。佐脇は狼狽《うろた》えた。心の準備など、まったくできていない。

「お久しぶりです。私……」

忘れようもない、その声。

十五年という歳月は過ぎたが、そして生活の苦労は隠せないが、彼の目の前には、昔と変わらない美貌の結城晶子が立っている。いや、苦労がその美貌に陰影を与えたのか、以前よりも美しくなったのではないかとさえ思う。古びた制服を着て、まるで飾《かざ》り気も何もないけれど、育ちと品の良さは隠せない。晶子は成熟した美を秘めた女性になっていた。

このひとをおれは……。

佐脇は、全身の血が逆流するのを感じた。

次の瞬間、彼は入ってきたドアの外に身を投じ、そのまま廊下を全速力で走り出した。

途中でスマホが手から滑り落ちたが、それを拾う余裕はなかった。

逃げ出すのはこれで二度目だ。謝罪することはおろか、晶子に面と向かうことすら出来ない。逃げるしかない自分が情けない。だが怖い。逃げ出したい。忘れたい過去から。そして良心の疼《うず》きからも。

「待って！」

後ろから、晶子の声がした。しかし、待てるくらいなら逃げ出さない。

佐脇は走り続けた。出来るものなら耳をふさぎたい。

だが、足音があとからついてくる。一定のペースで、どこまでもどこまでも、佐脇を追ってくる。駐車場まで逃げたところで、とうとう追いつかれたのが判った。

「はいこれ。落としたでしょう？」

ピンクの制服につつまれた腕がすっと伸び、白い手が携帯を差し出した。

まさか落としたスマホを渡すために追ってきたわけではないだろう。

佐脇は、どんな顔をしていいのか判らないまま、呆然として受け取るしかなかった。

「……そういや、学生時代は陸上もやってたんだよな」

ようやくそう言うと、晶子は、真っ直ぐに、正面から佐脇を見つめてきた。

その視線からも、もはや逃げられない。

十五年ぶりにきちんと見る晶子は、やはり美しかった。

若い頃も、どこか薄幸そうなところがあって、エリート警察官の娘で何不自由なく育ったはずなのに、どうして物悲しそうなところがあるのだろう、と不思議に思った、そんなところは変わっていない。いや、翳《かげ》りは増して、さらにミステリアスになっている。

この女を、この身体を、かつて自分は何度も抱き、味わい、幾度となくその中で果て、そして……ヤクザに売り渡し、毒牙にかかるままにしてしまった……。

いきなり全身を搦《から》め捕られ、丸ごと持って行かれそうな欲情が衝き上げた。

このままいると、ここで抱きしめて、そのまま押し倒してしまうかもしれない。

激しい衝動が、佐脇の体の芯で暴れ始めた。

それを察したかのように、晶子が、ピンク色の営業車のドアを開けた。健康食品販売会社の車だ。

佐脇が黙って体を滑り込ませると、バンはそのまま発車した。

薄暗がりの中で、激しく交わる男と女の姿があった。

佐脇と、晶子だった。

「あれから……どうしていたんだ？」

「何も訊かないで。今は、抱いて」

失われた歳月をひたすら埋めるかのように、二人は激しく、互いの躰を貪り続けた。

第三章　秘密の多い女

十五年ぶりに抱いた晶子の女体は、佐脇を狂わせた。

その熟《う》れた肉体そのものの魔力と、よりいっそう淫《みだ》らになった彼女の性戯によるところも大きいが、晶子に対する佐脇の罪の意識が、なぜか激しく彼の欲情を搔《か》き立てた。

自分のせいで、自分の過《あやま》ちのおかげで、この女はこれほどまでに淫らになってしまったのか……。そう思うだけで、加虐《かぎゃく》と被虐がない交ぜになった形で、どす黒い劣情が刺激された。

自分の知らない十五年のあいだに、この女の肉体を、どれだけの男が通り過ぎていったのか、いったいどんなことをされてきたのか。それだけで理不尽だと判ってはいても、気が狂うほどの嫉妬《しっと》が衝き上げてくる。それならおれはもっとこの女を堕《お》としてやる、淫らにしてやる、というサディスティックな欲望がある。その一方で、あれほど清楚《せいそ》で、真面目だった晶子、自分をひたすら想って、美味しい料理をつくってくれた晶子を深く憐《あわ》れみ、慚愧《ざんき》に堪えない気持ちもある。彼女は、何も悪くなかったのに……。

頭では晶子に優しくしてやりたい、優しくしなければ、と思う。だが実際には晶子を荒々しく組み伏せ、犯すような交わり方をしていた。そして晶子も、その荒々しい愛撫に激しく応える、成熟した牝《めす》の躰になっていた。

十五年前より肉がついて豊満になったかのような乳房をぐいぐいと揉みしだき愛撫してやると、晶子は敏感に反応し、すぐに喘《あえ》ぎ声をあげ始めた。

「あン……あぁん」

乳首を激しく吸い立て、舐め上げながら、佐脇の手は晶子の内腿を割った。

女芯はすでにとろとろになり、湧き出した熱い汁が、腿の内側にまでつたっている。既に熱くなっている秘部に指を潜《もぐ》らせて、ぽってり膨らんだ恥唇をつまみ、硬くなった肉芽を嬲《なぶ》るように転がした。

「ああっ。あうっああうっ！」

晶子の絶叫がラブホの部屋に響いた。十五年前よりも大胆で、すべてをさらけ出すようになっている。そして、自分の欲望に忠実に、快楽を貪っている。

晶子は、佐脇の下半身にすがりついて肉棒を口にふくみ、一心に愛撫し始めた。

まるで赤ん坊が乳を吸うように、晶子は男根をちゅうちゅうと無心に吸った。硬くなってきたところで、亀頭にぞろりと舌を這わせ、包み込むように絡ませてくる。

唇をすぼめてサオをしごきあげながら上目遣いに見る表情が何とも色っぽい。官能に染め上げられた淫婦そのものだ。

そんな晶子を見ると、佐脇の心は猛烈に痛み、同時に嗜虐《しぎゃく》心もどうしようもなく膨らんでしまうのだ。

おれがこの女をセックス中毒にしてしまった、おれが切っ掛けをつくりさえしなければ、と言う罪の意識。そして完全に裏表の感情で、一人の無垢《むく》な女を淫らに調教したという、歪《ゆが》んだ喜悦が同居している。

そんな思いを秘めつつ、佐脇は彼女の膨れ上がった乳房を思いきり摑んだ。

「あううぅッ」

晶子はペニスを口に含みながら身をよじった。手の中で彼女の双丘はぐにゃりと歪み、果肉ははちきれそうだ。

躰の奥深くから、熱いものが込み上げてきた。

巧みな舌戯ですっかり臨戦態勢になった男根を、彼女の女芯にずぶり、と挿し入れた。

飢えていたかのように晶子の秘腔は彼のモノをずぷずぷと呑み込んだ。それだけでは足りない、と言いたげに、続いて激しく腰をくねらせる。

「ああ……いい……いいわ、もっとよ。ずっとあなたの……これが欲しかったの！」

前戯だけで官能のエンジンが全開になっている晶子は、さらに燃え上がった。聳《そそ》り立った男根が挿入されていくだけで、ひくひくと躰が蠢《うごめ》き、熱い愛液をじゅわっと湧き出させる。

肉棒が根元まで入って彼女の奥まで達すると、彼女は何とも言えない表情になった。

「い、いい……たまらない……凄く感じるの……」

ぐいっと腰を突き上げてやると、それだけですぐに軽く達してしまった。

佐脇ももう、夢中だった。

晶子の果肉は彼の肉棒に敏感に反応し、まるで吸盤が吸いつくようにぴったり密着して、きゅううっと締めてくる。腰をどんなに大きく抽送させても果肉はついてくるから、腰を使えば使うほど、晶子も激しく乱れる。

「ああん……はあっ。あああっ」

彼女の秘部からさらに溢れた愛液が、内腿に伝わり落ち、さらにぐっしょりと濡らした。

最高の相性と言えた。彼の肉棒は彼女の蜜壺に完全にフィットしている。さながら、お互いがお互いのモノのために造られたかのような、完璧な相性だった。少なくとも、躰と躰では……。

だが一方で、晶子が乱れ狂う様を、佐脇は意外に冷静に観察していた。

肉体は激しく興奮しているが、頭の芯は次第に醒めてきた。

この女は、遠藤十三にセックスをとことん仕込まれて、それを糧《かて》に生きていたに違いない。そしてヤクザと出奔《しゅっぽん》して幸せな生活を送っていた例など、皆無《かいむ》と言っていい。ヤクザは利用するために女を連れ出して、とことんしゃぶるのだ。

借金のカタに女房を取られて売春宿やソープにたたき売られるというのは、なにも江戸時代の話ではない。今でもそのへんにゴロゴロ転がっている。借金が原因でなければ、ヤクザに目をつけられてシャブ中にさせられる場合がある。どっちにしてもよほどの高齢か醜《みにく》くなければ、女であれば商売になる。その商売道具を磨きに磨いて、淫乱なセックス中毒にしてしまえば、あとはヒモと化したヤクザには、自動的にカネが転がり込んでくる仕組みだ。

そういう「搾取《さくしゅ》」を「愛情故に躰を張って貢いでいる」と女に思わせるのもヤクザのテクニックだ。

警察幹部のお嬢様だった晶子が、セックスのプロに堕ちていたらしいことは……こうして抱いてみれば判る。

そして、遠藤十三が晶子をここまで淫乱に調教したであろうことも、容易に想像がつく。と言うか、それ以外考えられないのだ。晶子を堕としたのは自分ではない。遠藤だ。

だが、そう思ってはみても、良心の疼きが消えることはなかった。

晶子は、金持ちの娘だった母親の方針で、小さい頃からバレエを習っていた。レオタード姿で撮った写真を見せて貰ってつい興奮し、そのまま彼女を押し倒したことがある。

それほど晶子のレオタード姿は、そそった。

スレンダーで健康的な、均整の取れた伸びやかな肢体。テレビなどで観る本職のバレリーナは器械体操の選手のように、ほっそりした人が多い印象があるのだが、晶子は曲線美に溢れていた。

巨乳ではないが形のいい胸はこんもりと盛り上がり、腰のくびれは女性らしい美しい曲線を描いている。膨らんだヒップから太腿に伸びるラインにも、健康的なエロティシズムが横溢《おういつ》していた。

レオタードを身につけた女性の姿は、ある意味、全裸以上に女性の美を強調するものだ。女体のラインをくっきり描き出しているくせに、見たいところはすべて隠している。水着のように観られるのを前提しているわけではないが、下着のように衣服の下に隠されているものでもない。人前で着用する練習着ではあるけれど、その姿のままでレッスン場などの特定の場所からは出られない。その曖昧《あいまい》さが、男の目には淫靡《いんび》に感じられるのだろうか？

恥ずかしがる晶子を説得して、佐脇はバレエのレッスン場に入れて貰い、ＣＤの音楽に合わせて踊って貰った。晶子はバレエ教室ではただの生徒ではなく、すでにアシスタントのようなこともしていたので、空き時間にスタジオを使うことを許されていた。

バレエを鑑賞する教養の無い佐脇にとって、脚を大きく開いてはまた閉じる、普通では見られない女体の動きは刺激的だった。思い切り脚をあげた時に、惜しげもなく晒《さら》される股間。そこをかろうじて覆《おお》う黒いレオタードのクロッチ部分。恥丘のわずかな膨らみさえ、はっきり判ってしまう布の薄さ。尻たぶに食い込む脚の付け根のライン。そのすべてが、何とも言えず若い男の淫想を掻き立てずにはおかないのだ。

だがその反面、佐脇の劣情も打ち砕くほどに、バレエの専門用語で何と呼ぶのか知らないが、片脚で立ち、もう片方の脚を後ろに、そして左右の腕をそれぞれ前後に伸ばして反らす、「キメ」のポーズを取ったときの晶子は美しかった。キリッとした表情には犯し難い高貴さが漂っていた。女性美を極限まで見せるポーズの決まり具合と、鍛《きた》え抜かれた肉体美には、猥褻な考えを罰するような、求道者《ぐどうしゃ》の禁欲的なものがあった。

が……欲情とは正反対にあるものが、実は淫らな欲望を否応なく掻き立てるのだ。

聖なるものだからこそ犯し、堕とし、穢《けが》してみたい。

若き佐脇は、そんな劣情の虜《とりこ》になってしまった。

見ればみるほど、この場で晶子を、無理矢理にでも、抱きたくなってしまったのだ。

「ダメです！　ここでそんなことは！」

彼女の聖地であるバレエのスタジオで事に及ぼうとする佐脇を、晶子は最初、激しく拒《こば》んだ。しかしその拒絶が強く激しいほど、彼の衝動は我慢できなくなって爆発した。

レオタード姿の晶子をどうしても抱きたい佐脇は、彼女を無理やりに抱きしめ、スタジオの堅い床に押し倒して、レオタード越しに全身を撫で回した。晶子が嫌がれば嫌がるほど佐脇は興奮し、それがさながらレイプも同然の激しい前戯になった。ようやく晶子が力を抜いた時には彼女も欲情しており、レオタードの布地とタイツ越しにも愛液があふれ、乳首も硬く勃っていた。その時のセックスがあまりにも良かったので、お互いに味をしめ、バレエのレッスン場ではその後も何度かセックスをした。

二回目以降は、アンダーウェアもタイツもわざと身につけていない晶子の、レオタードの股の部分をずらして挿入するという変態的な交わりに、佐脇も晶子もひどく興奮し、飽きることがなかった。バレエスタジオの壁全面に張られた鏡に、二人が繋がる姿が映るのも刺激的だった。さまざまに体位を変え、バーに摑まらせた晶子をうしろから、あるいは騎乗位で下から、佐脇は貫き、犯した。

そして極《きわ》め付けは鏡に向かせて膝の上に乗せた晶子の両脚を大きく開かせ、レオタードの股布をずらして下から挿入する体位だった。佐脇は突き上げつつ、繋がっている部分を晶子にも見るように強要した。晶子は激しく恥じらいながら、それでも淫らな自分の姿と、大きく口を開け、佐脇の男根が出入りしている淫唇から目が離せない様子だった。

今でもうしろからレオタード越しに揉み上げた、たわわな両の乳房の弾力、ぐっしょり濡れてひくひくと佐脇を食い締める肉襞の感触が感じられるようだ。股布から見え隠れしていた濡れた秘毛、そして、犯される自分の姿を鏡越しに見つめる晶子自身の、霞《かすみ》のかかったような視線と、頬の紅潮も、ありありと目に浮かんでくる。

何もかもを容赦《ようしゃ》なく照らし出していたバレエスタジオの照明。皮膚《ひふ》に感じる床材の冷たさ。そしてCDの音量にも負けずに響いていた、二人が交わるぐちゅぐちゅという淫らな愛液の音……。

セックスの面では完璧な相性だった。しかし付き合いが深まって正式に婚約をした途端、父親の結城は、いっそう露骨に佐脇に干渉するようになった。表向きは指導だ。だがそれは事実上の命令だった。巡査部長への昇進試験を受けろと厳しく指図され、受験勉強が進んでいるかどうか、毎日のようにチェックが入るようになった。

『巡査部長になったら警部補。警部補になったら警部。受験資格を得られ次第、即受験できるように日々、準備を怠《おこた》るな。私はそうやってきたんだから』

やがて、義父となる結城への佐脇の反感は我慢の限界を超え始めた。

そこに近づいてきたのが、遠藤十三だったのだ。

遠藤は調子が良くて口がうまく、佐脇がどんなに邪険にしても、ヘラヘラしてめげる様子もなく、何度も接近してきたのだ。

当時、鳴龍会のエースとして、伊草は売り出し中で、佐脇とはまだ特別親しくもなかったが、忠告はされた。

『佐脇さん。遠藤に心を許しちゃいけませんよ。あいつは口がうまいし要領もいい。組への上納金も、いつも早めに用意している。だから親父や叔父貴の覚えは悪くないが、極道は男を売る以上、信用が第一です。だけどあいつはダメだ。始終ヘラヘラとして、いつの間にか相手懐に飛び込んでいる。チンピラとかヒモ止まりの男です。あいつは』

伊草の言う意味は佐脇にも判った。伊草は極道としての分をわきまえ、警察官である佐脇を立ててはいるが、ふとした瞬間に、いくつもの修羅場をくぐってきたヤクザならではの凄味が見える。寡黙《かもく》ではないが、その言葉には重味がある。

そんな伊草とまさに正反対なのが、遠藤十三だった。

だが、まだ若くて経験値が低かった佐脇は、悩んでいたこともあり、ある時、ふと遠藤に気を許してしまった。義父になるべき男への鬱屈が耐えられないほどに膨らんだある夜、遠藤に打ち明け話をしてしまったのだ。

『そうですか。旦那が何かお悩みじゃないかと、あたしもずっとそう思っていたんですがね。どうでしょう？　あたしでよければお力になりますって』

良い考えがある、と遠藤は言った。佐脇にはまったくダメージがなく、長い目で見れば晶子も幸せになれる。誰一人傷つかない、とまではいかないが、最大限、不幸になる人間が一番少なくて済む方法があるのだと。

『たとえば、の話ですが、あたしはこう見えて、これと思った女を落とせなかったことはありません。その女があたしに夢中になって、女のほうから旦那と別れたいって話になれば、問題はきれいに解決。そうでしょう?』

『そりゃまあ、そんな形になれば最高なんだが』

佐脇は半信半疑だったが、遠藤の、口がうまくて軽くて、いつの間にか人の心の隙間《すきま》に入り込む雰囲気をもってすれば、そういうことも可能なように思えた。

『旦那は何もしなくてもいいんです。ただし、後から気が変わって、やっぱり彼女とは別れない、よくもおれの女を寝取ったな、なんて、そういうのだけは勘弁してくださいよ』

『それだけはない。おれもヤクザ相手に、美人局《つつもたせ》みたいな真似をするつもりはないからな』

佐脇から寝取ると言う以上、晶子と男女の関係になって、ヤクザのテクニックで翻弄《ほんろう》するのに違いない。それを思うと、複雑な気持ちにはなるのだが、結城と敵対せずに晶子と別れ、警察にも残りたい、という離れ業を成し遂げるには、晶子が遠藤のセックスにメロメロになる以外の展開はなさそうだ。

悩んだ末、佐脇は残酷な決断を下した。

遠藤は、晶子と二人きりで逢える場所と時間を教えてほしい、それだけで充分だと言った。

『旦那が、その女と逢う約束をしておいて、あたしがその時間に待ち合わせの場所に行きます。旦那は急用ができて来られなくなったと女には言って、そのあとなんだかんだと理由をつけて、女とあれこれ話をするうちに仲良くなる。それだけで、もう八分通り、成功したようなもんですから』

佐脇はバレエスタジオの場所と、そこで晶子と逢い引きする予定の時間を教え、晶子から預かったスタジオの鍵を遠藤に渡した。

その夜を境に晶子からの連絡は絶えた。佐脇も自分から電話することはなかった。

遠藤の小細工が失敗して面倒なことになっているのではないか、という恐怖があったからだ。

不安な毎日が続いた。だがしばらく経って佐脇は署長室に呼び出され、結城に土下座された。

『何も聞かないでくれ。きみにはほんとうに申し訳ないと思っている。この埋め合わせは、必ずするから』

釈然としないまま帰宅すると、ドアのポストに封筒が刺さっていた。その中には、レオタード姿の晶子が、背中一面に刺青《いれずみ》を入れた遠藤に犯されている写真が入っていた。

セルフタイマーで撮ったものか、遠藤がハメ撮りしているのか、何枚もの写真があった。

最初の数枚は明らかにレイプだった。晶子は明らかに苦悶と恐怖と恥辱の表情を浮かべている。だが行為が進むにつれ、次第に快感を隠せなくなってゆく晶子の様子、そしてその女体の反応が、残酷なまでにはっきりと捉えられていた。最後のほうでは陶酔《とうすい》した晶子の表情も、色づいて濡れそぼった女陰も、どちらもエクスタシーのさなか、悦《よろこ》んで遠藤のペニスを受け入れているようにしか見えない。

この写真を見て、晶子に対して実際にどんなことが行われたのか、佐脇は嫌でも悟らざるを得なかった。

自分がバレエスタジオで、最初にレイプ同然に晶子に襲いかかって行為に及んだ、あの時の事を鮮烈に思い出した。

嫌がって激しく抵抗する彼女を無理やり押し倒し、動きやすいように伸縮するレオタードの胸元を無理やり広げて乳房を露出させ、舌を這わせる。

そうしながら、手は彼女の股間をまさぐってクロッチをずらし、タイツを引きちぎっていた。そして露出させた秘部に指を入れていた。

これをレイプと言わずして、何と呼ぶのだ。

あの日と同じく、観念して力を抜き、冷たい床に横たわった彼女の女芯に、遠藤もズボンをおろし取り出したペニスを宛《あ》てがい、体重を掛けてズブズブと貫いたのだろう。

自分と同じく、劣情が思い切り満たされた背徳の悦びを、遠藤も味わったに違いない。

その時の感覚が強烈に蘇《よみがえ》った佐脇は、二重の意味で激しい衝撃を受けた。

バレエスタジオで遠藤ではなく、佐脇を待っていた晶子は、セックスをするつもりだったはずだ。だからいつものようにレオタードとトゥシューズだけを身につけて、少し布をずらせば、すぐに男を受け入れられる姿だったに違いない。

そんな彼女を制圧するのは、一見軽い男のようだが本物のヤクザである遠藤には、赤子の手をひねるのも同然だったろう。

そしてレッスン場には鏡がある。ヤクザに犯される自分の姿が晶子には嫌でも見えたはずだ。最初はどんなに怖ろしかったか、どれほど彼女が絶望したか、それを想像すると佐脇の胸は錐《きり》で刺されるように、きりきりと痛んだ。

だが佐脇は、晶子の躰の反応の早さ、鋭さも知っている。女でシノギを立てている遠藤のような男の毒牙にかかれば晶子の成熟した、そしてセックスの良さを覚えたての女体はひとたまりもなかったはずだ。

最初の恐怖も理性も、署長の娘で刑事の婚約者であるという自分の立場も、ヤクザのテクニックと、おそらくは真珠入りの逸物の威力の前に、すべてかき消えて……。

やがて晶子は抵抗しながらも遠藤を受け入れ……肉の悦びに負けて、いつものように自ら激しく腰をつかい、擦りつけるようにして、絶頂に達したのだろう……。

佐脇は写真を手にとり、食い入るように眺めながら、股間が激しく怒張していることに気づいて自己嫌悪に陥《おちい》った。嫌悪しつつも晶子と遠藤の痴態を想像しつつ自らを慰《なぐさ》めずにはいられなかった。そして……虚《むな》しく精を放ったあとに泣いた。

遠藤を殺したかった。いや、本当に殺したかったのは自分だった。

その日以降、佐脇はそれまでとは違う人間になった。

佐脇に送られていたものと同じ写真が晶子の父・結城にも送られていたのだと思えば、あの謝罪の理由も説明がつく。

結城は、佐脇と彼女がどんなセックスをしていたのか知らないはずだ。もちろん、佐脇の暗躍《あんやく》も……。

その結果、晶子は、彼女が予想もしていなかった運命の流転に巻き込まれてしまい、人生を大きく狂わせてしまったのだ……。

そして……そんな晶子を、今、おれは抱いている。

遠藤に何度も犯され、おそらくはクスリも使われセックス中毒にさせられ、風俗で働かされ、それからは毎晩のようにいろんな男に抱かれて喜悦の声を上げてきた晶子を。

佐脇は、圧倒的に押し寄せてくる記憶を力ずくで押し戻すように、正常位でぐいぐいと腰を使った。抽送《ちゅうそう》するだけで、晶子の躰が愉悦のあまり震えているのが判る。少し腰をこねて回転させてやると、さらに大きな声を出してもだえ狂う。

声だけかと思いきや、それに併《あわ》せてクイクイと締めてくる。吸いつくような媚肉を押し返そうと突き上げると、晶子は肩から腰をくねらせて悶える。桜色に染まった肌は、しっとり汗をかいて吸いつくような触感だ。しかも彼女は佐脇を離すまいと両脚を彼の背中に回して、しっかりと絡めている。

「ああっ、いっ、イキそう。イキそう。イキそうッ！」

晶子は背中をがくがくと反らして絶叫した。

そんな彼女に、佐脇はさらにぐいぐいと腰を使った。肉茎の反り返りが彼女の急所を攻め続けると、彼女に再び大きな絶頂がきた。

足元から起こった震えが昇っていき、全身がぶるぶると震えだした。背中はがくがくと反り返り、花弁もいっそう強く、波状的に締めつけてきた。

「イッちゃうッ……ああ……もう駄目」

佐脇にも、限界が来た。

「一緒に、いこう」

彼は晶子とひとつの塊《かたまり》になって蠢動《しゅんどう》し、熱い熱塊を彼女の中に噴き出させた。

「あーっ！　死ぬぅ！」

断末魔のような絶叫をあげて、晶子は達した。

実際、彼女の肉体は首でも絞められたかのようにがくがくと激しく痙攣し、硬直したかと思うと、いきなりぐったりした。まるで本当に死んでしまったように見えるが、もちろん、ちゃんと息はしている。

「……あれから、どんなことがあったんだ？」

エクスタシーの余韻《よいん》に浸りつつ、佐脇は彼女の曲線に手を滑らせた。

「あんまり、言いたくないわ」

晶子はそう言って、欲情で潤んだ瞳を佐脇に向けた。

「だいたい、判るでしょう？　抱き心地で」

佐脇はそれには返事をせず、タバコに火をつけた。

抱き心地は、最高だった。最高級の娼婦が本気を出して客に尽くして、自分も肉の悦びを貪ったときにのみ達成される、それはまさにプレミアムクラスのセックスだった。

美人でセックスも上手い素人の女を抱いたとしても、こんな最上の喜悦は得られない。プロが最高の仕事をして、自分も体の芯から楽しんだときだけに得られるものなのだ。

「……それなら今は……どうなんだ？」

聞きたいことは山ほどあった。あの遠藤とはどうなったのだ？　晶子にとって忌《い》まわしい噂が今も囁かれているだろう、この鳴海に戻るについては、かなりの覚悟と勇気が必要だったのではないか？　それとも、戻ってきて警察の温情に縋るしかないほど、そしてあの因業なマチコ婆さんの元でも働かざるを得ないほど、今の晶子は困窮《こんきゅう》しているのか。

「……こっちに帰ってきて、あのドリンクを売ってるのか？」

二条町のスナックで下働きしているのを目撃したことは、今は話さない方がいいように思えた。その事を持ち出すと、彼女を決定的に追い詰めてしまうような気がしたのだ。

「その……なんというか、生活の方は大丈夫なのか？」

田舎に帰ってくるのは、都会での生活に失敗してということが多い。それは佐脇が口にしなくても伝わるだろう。

晶子は物憂《ものう》げな口調で言った。

「大丈夫よ。あなたに心配してもらわなくても……。戻ってきたのはね、なんだか疲れてしまったの。生まれたところに戻って、まともな生活をしたいと思ったの」

セックスを金に換えるような生活が、晶子は嫌になったのかもしれない。だが、いくら美人でももう若くはなく、目立った学歴もまともな職歴も資格もない、晶子のような女には、健康ドリンクの販売や、スナックの下働きのような仕事しかないのだ。

『しかし結城さんも浮かばれないな、あれじゃ』

『娘さんもかなり苦労しているらしいしなあ』

『心残りだったろう』

光田を始め刑事課の連中がひそひそと囁き交わしていた声が耳に甦る。

これは口にすべきではない、これはおれから話すべき事じゃない、とあれこれ思い悩み、なんとか話題に出来そうな無難なことを思い出そうと考えれば考えるほど、十五年前、さらに「その後」のことまで芋《いも》づる式に甦ってくる。ドロドロとした記憶の沼から、鮮やかに浮かび上がってきたのだ。

結局、佐脇は晶子が鳴海から消えたのちに結城の一家を襲った、さらに苛酷な運命を思い出すしかなかった。

「済まない。今まで何も出来なくて。思い出すと、君にとっては苛酷なことばかりだった……だから、何と言っていいか……妹さんのことも、そして結城署長のことも……本当に残念で」

晶子が遠藤と出奔してから数年後、結城の一家は、文字通り、消滅してしまった。

家から火事を出して、全焼してしまったのだ。

父親の結城忠朗と晶子の妹が焼死体で発見され、たまたま外出していた母親だけが難を逃れた。だが、家族をすべて失った悲運に絶望したものか、母親も火事の後、しばらくして鳴海から姿を消し、今も行方不明のままだ。

一家の幸せが跡形もなく消え失せてしまった、そのきっかけをつくったのは自分かもしれない。

佐脇は、火事の件を口にした瞬間に後悔した。

遠藤十三の甘い囁きについ耳を傾けた時に、結城の一家を滅ぼしてしまうカウントダウンのボタンを、自分は押してしまったのかもしれない。

「あの火事さえなければ……せっかくきみがこうして鳴海に戻ってきたのに、ご家族にも会えないなんて……」

「言わないで、そのことは。つらすぎるから」

晶子は佐脇の言葉を遮《さえぎ》った。

「せめて妹が生き残っていれば……あの夜、妹は家にいないはずだったのに……妹の代わりに母が出かけていたなんて」

その口調に少し引っかかりを感じたが、佐脇は彼女に同情するしかなかった。

「そうだったんだね……本当にお気の毒で……」

「だからそのことはもう話さないで。つらいから」

晶子の言葉に佐脇は沈黙したが、思い出すと苦しいのは同じだった。今まで封印していた記憶がどっと蘇ってきて、あの頃のいろんな情景が頭の中を駆け抜けてゆく。

更地になってしまった晶子の実家。失踪《しっそう》した母親。そう言えば、失踪する前に、母親からは何度か、鳴海署に相談があったらしい。

結城家にまつわることは佐脇の耳に入れないという暗黙の了解があったので、その話も、ずいぶん後になって伝聞の形で耳にしただけなのだが。

「何か、今のおれに出来ることはないだろうか？　あの頃はぺーぺーだったけど、今は、年の功で多少は融通が利くんだ。と言っても田舎の警官だから大したことも出来ないが、それでも君がもし、何か困っているなら」

まともな生活がしたい、と言う晶子が経済的に楽なはずはない。はっきり口にしないのは彼女なりにプライドがあるからだ。佐脇はそう考えて、先回りした。

「せっかくまた会えたんだ。今度こそ、君を不幸にしてはいけないと」

「ねえ……」

遮るように、晶子がねだるような甘い声を出した。

「そういうことはいいから……もう一回、どう？」

そう言って裸の胸を密着させてきた。

「凄く良かった……あのころはまだ子供で、それで夢中になったとばかり思っていたのに、昔とは比べものにならないわね……あなたとの相性がこんなにいいなんて」

「それは、おれもそう思っていた」

佐脇は、手を彼女の腰から太腿に滑らせて、翳りに指を差し入れた。

「う、ン……」

二回戦に及ぼうと唇を重ね、舌を差し入れ絡ませたところで、警察専用の携帯電話が鳴った。

舌打ちをしながら出ると、相手は水野だった。

『佐脇さん！　今大丈夫ですか？』

「……あんまり大丈夫じゃないが」

佐脇は露骨に、面倒くさそうな声を出した。

『司法解剖の結果が出ました。なかなか興味深いです。聞きます？』

今はそういう気分ではないが、なかなか興味深いと言われれば、聞かないわけにはいかない。

「誰の件だっけ？」

『勝田さんですよ。焼死した勝田老人の司法解剖、佐脇さんが独断でオーダーしましたよね？』

「ああ、勝田の件か。で？」

佐脇は、ベッドの中で隣にいる晶子に気を遣いながらも話を続けた。

『はい。焼死体から、エチゾラムが検出されました。これはチエノジアゼピン系に属する抗不安薬で、睡眠導入剤のデパスとして知られています』

「つまり、じいさんは睡眠導入剤を飲んでいたというわけだな？　飲まされたのかもしれないが……他には？」

『直接の死因は、やはり一酸化炭素並びに有毒ガス中毒であったと』

「眠り込んだところで火事になって逃げられずにお陀仏《だぶつ》ってことだな」

佐脇はベッドに寝転がったまま話を続けた。

『それと、消防に確認したのですが、勝田さんの家には火災報知器が設置されているはずだったのに、火災現場にはその痕跡がなかった、とのことです』

「火災報知器の痕跡がなかった？　全部燃えちまったんじゃないのか？」

『いえ、金属部分もあるのでそれはあり得ないそうです』

そう言って、電話の向こうの水野は疑わしそうな声を出した。

『佐脇さん。今どこにいるんです？　まさか仕事サボって遊んでませんよね？』

「バカかお前。おれがそんなことするわけないだろ……」

モロに仕事をサボっている佐脇は、さすがに語尾が弱くなった。

『それと……おや、何かあったみたいだな』

と言いかけた水野の背後がにわかに騒がしくなった。

『ああ、佐脇さん！　今すぐ戻ってください！　事件発生です。コロシです！』

ここから鳴海署に戻るより、現場に直行する方が早そうだ。

「現場はどこだ？」

『二条町です。二条町の歓楽街。「スナック・マチコ」の経営者、野添真智子《のぞえまちこ》さんと見られる遺体を出入りの酒屋の配達人が発見して通報。すでに死亡を確認』

「すぐ行く！」

佐脇は飛び起きた。

「仕事?」

晶子は物憂げな声を出した。

「あなたが行かなきゃいけないの? ……そうよね。刑事ですものね」

警視の娘だけあって、そのへんのところはよく判っている。

「そうなんだ。鳴海署の一係はおれで持ってるようなもんだからな」

手早く服を着た佐脇は、まだベッドの上にいる晶子にキスをした。

「近いうちにまた会いたい。会ってくれるよな?」

晶子はにっこりと微笑《ほほえ》み、もちろんよ、と答えた。

＊

マチコ婆さんは、店の二階の、彼女の住居スペースに俯《うつぶ》せに倒れていた。

死体の周りには血の池が広がり、血の臭《にお》い特有の、鉄のような生温かい香りが充満している。

狭い部屋の中で、鑑識が精力的に動き回り、光田たち鳴海署の刑事課一係の面々もすでに臨場している。

床の血溜まりだけではなく、刺殺特有の血飛沫《ちしぶき》も部屋中に飛び散っている。押し入れやタンスの引き出しなどが開けられて物色された形跡がある。

遅れてやってきた佐脇を、水野が見つけた。

「出入りの酒屋がいつもと同じ、つまり十六時頃にビールやウィスキーなどを運んできたのですが、店で開店準備をしているはずの婆さんの姿が見えないので、声を掛けながら店の奥を探して、そこにもいないので階段を上がって二階に来てみたら、この状態だったと」

佐脇は死体の脇に屈《かが》み込んで婆さんの肩を持ちあげた。俯せになっている背中から見た胸の位置に、多数の刺切創がある。

マチコ婆さんの死体は、鬼か般若《はんにゃ》かと言うような、激しい怒りを固定した形相《ぎょうそう》でこときれていた。

「一応畳の上で死んではいるが、まともな死に方なら、もっと安らかな死に顔だったろうになあ……」

さすが因業ババアだけのことはある、という不謹慎な感想はかろうじて呑み込んだ。もっと調べたかったが、「はいはい退いてください」と鑑識班の連中が割り込んできた。邪険にされた佐脇は、水野とともに部屋の隅に移動した。

「現在、十七時四十分ですので、被疑者はそう遠くまで逃げていないでしょう。ホトケもまだ温かいので、死亡推定時刻もだいたい十六時前後ではないかと思われます」

やがてマチコ婆さんの遺体は、担架に乗せられて運び出されていった。

「緊急配備は敷いたんだろうな?」

見送りながら佐脇が確認する。

「はい、もちろんです」

「じゃあ、ホシが捕まるのは時間の問題じゃないか?」

「そうだといいんですが……佐脇さんはこれ、粗暴犯の単純なコロシだと見ますか?」

水野が佐脇に問うてきた。

「あくまで現場臨検の段階ですが、殺害現場はこの部屋で、凶器は鋭利な刃物で間違いないでしょう。直接の死因は心臓を一突きです。手際から見て、プロの犯行ではないかと」

「そうかね?」

その言葉に佐脇は首を傾げた。

「っつーか、ホシはど素人《しろうと》だろ。たしかに心臓を一突きで、それが致命傷になったんだろうが、それにプラスして他にも何ヵ所も刺切創があったろ。服の胸の辺りがボロボロになってたろ。あれをメッタ刺しと言わずして何と言う? 心臓への一撃はたまたまヒットしただけ。下手な鉄砲数撃ちゃ当たるってやつだ」

それにだ、と佐脇は部屋を横切るように指さした。

「見ろよ。足跡とか指紋とかベタベタ残してて、早く捕まえてくれと言ってるようなもんだろうが」

佐脇の言う通り、手に付着した血を擦りつけた痕が壁や襖《ふすま》になすりつけたように残り、血溜まりを踏んで出来た足跡も、くっきりと畳の上にスタンプされている。

「人間テのは、いざとなったら本能的に相手の心臓を狙うものなんだよ。包丁でも銃でも。プロじゃなくてもな」

「シロウトの犯行に見せるために、わざとやったのかもしれません」

「絡むね、きみ」

佐脇は舌打ちした。

「自説を曲げないのも、時と場合によりけりだ」

「プロの犯行ではない、とすると……」

水野は殺害現場を、見渡した。

「ヤク中か何かでおかしくなったヤツが、衝動的にやったのかもしれないということですか?」

その可能性は大いにある。非力な老婆だが口が悪いので犯人を逆上させたかもしれない。

「おれは、そう見るね。しかし、ホシがヤク中なら、すぐ捕まっても心神耗弱《こうじゃく》で不起訴とかって展開になりそうなのがイヤなんだがな」

光田がなにやら言いたそうにこちらをチラチラ見ているのが気になった佐脇は、「後は任せた」と適当なことを言って階段を下りた。

「いや、ちょっと待ってください」

水野が報告し足りなそうな顔でついてきた。

「現場の荒らされ方からして、どう見ても物盗りの犯行のようにしか見えないのですが、偽装という可能性はどうでしょうか？」

「さあなあ。こんな段階から決めつけることもないいんじゃないのか？」

とにかく、目撃情報を集めようと、二人の刑事は、事件の現場となったスナックの周辺を聞き込みに回った。

「どうだ。おれだって普通の刑事の仕事もやれるだろ？」

佐脇は妙な自慢をした。

「ただの悪徳刑事じゃないんだぜ」

「誰もそんなこと言ってませんよ。舎弟刑事だって言われてるのは知ってますけど、もうヤクザがいないんだから、舎弟でもないですしね」

水野は、普通なら言いにくいことをあっさりと口にした。

「マチコ婆さんには、用心棒刑事だとかヤクザの代貸しとか言われてたがな」

と、佐脇が言いかけたとき、不自然な動きをする人影に目を留めた。

物陰からこちらを覗《うかが》うようにして見て、さっと姿を隠した。下手くそな刑事ドラマではよく見かける動きだ。まるで捕まえてくださいと言わんばかりの、挙動不審な人物。

人間の想像力は、ドラマを作る者も実際の犯人も、あまり変わらないということか。

さっと姿を消した人物の服には、血がついているように見えた。襟《えり》か袖《そで》か……ともかく、怪しいこと夥《おびただ》しい。

「おい……見たか？」

佐脇は小声で隣の水野に呟くと、水野は小さく頷いた。

「水野、お前は向こうに回れ」

その言葉に水野は弾かれるように飛び出した。

怪しい人影が姿を消した横丁の、もう一本手前の道を奥に走る。

佐脇がそのまま、人影のいた場所に足を向けると、細い路地を走るシルエットが目に飛び込んできた。

「水野！　そいつだ！」

その声に、人影は横丁と交わる路地を左に曲がった。この界隈は、路地と路地が繋がり交差して、迷路のように複雑に入り組んでいる。

そんな地理を熟知しているはずの佐脇でも、迷ってしまうことはたびたびある。

だが、それは逃げる側にとっても同じだ。

この迷路を熟知しているような者は、そもそも警察に追われるような事件を起こさない。警察と巧くやる方が、商売にとってもいい結果をもたらすことを承知しているのだ。

今逃げている男は、「地」の者ではない。土地勘はないが、馬力はあった。

もじゃもじゃ頭の男が着ている白いツナギのような作業服には、血痕が飛び散っている。

行く手を阻もうとした水野は突き飛ばされ、追いすがって腰にタックルしたが、それも跳ね飛ばされた。

「待て！」

「待てと言って足を止めた悪党はいねえぞ！」

突っ込む佐脇に返事をする余裕もなく、水野は威嚇《いかく》射撃をするために拳銃を取り出した。

「イヤやっぱり待て。待つのはお前だ水野」

佐脇は、路地に転がっていた捨て看板の残骸《ざんがい》を手にした。細くて短い角材だ。

それを走って男に追いすがりながら、やり投げのように、投げた。

角材は男の足元に刺さるように絡まった。

次の瞬間、血だらけの服を着た男は、その場に転倒した。

「これで始末書書かなくて済んだろ！　無駄弾も撃たずに経費節減！」

佐脇はそう叫んで、男に飛びかかって馬乗りになった。

「身柄、確保！」

追ってきた水野が、男の手に手錠を掛け、叫んだ。

「十七時五十分、身柄を拘束！」

「お前か！　マチコ婆さんを殺《や》ったのは！」

「な、なんのことだか判らねえよっ！」

「なんだと、この野郎っ！」

佐脇は相手の男の顔がひん曲がるほど殴りつけ、腹を蹴り上げた。

「なんだとぉ？　婆さんのタンス預金が目当てだった？」

取調室で、佐脇は被疑者を怒鳴りあげた。

「だったらそのカネはどうした？　さっきの血だらけの格好で一気に使っちまったのか？」

「イヤ、だから、金はなかったんス」

被疑者の男は不貞腐《ふて》れた。血だらけのツナギは脱《ぬ》がされて、官給品の安いTシャツにジャージの下を穿《は》いている。

書類を見ていた水野が、佐脇に耳打ちした。

「被疑者・金子賢一《かねこけんいち》・二十一歳は、二条町界隈で脱法ハーブを売りさばいていた件で検挙されています。先ほどの簡易検査で、尿から脱法ハーブの成分とともにメタンフェタミンが検出されました」

メタンフェタミンとは、いわゆる「シャブ」のことだ。

「なるほどね。どうせあれだろ。お前は売り物の覚醒剤に手をつけてしまって、カネが必要だった。で、相手が婆さんだったら簡単だってんで、マチコ婆さんを襲ったのか？」

佐脇は取調室の机に腰掛け、被疑者・金子の顔を上から覗き込んだ。

もじゃもじゃの髪を長く伸ばした、不健康そうな顔色の冴えない男。実年齢より老《ふ》けこんで見えるのはシャブのせいか？

「旧鳴龍会はヤクには手をつけなかったが、バラケたあとの鳴龍会は、ヤクも扱うようになってるのか？　お前の仕入れ先は鳴龍会だった基井《もとい》か木原《きはら》か東条《とうじょう》か、そのへんだろ？」

金子は、アタマを小刻みに何度も動かしている。

「なんだその動きは。認めてるのか？」

「ハイ。カネは必要だったんで……だけど、あの部屋にはカネはなかったんス」

「いい加減なことを言うな！　この野郎」

条件反射のように、佐脇は金子のもじゃもじゃ頭を摑んで揺さぶった。

「しかし佐脇さん、嘘を言っているようには見えませんよ」

水野はなだめる役に廻って冷静に言った。

「そうッス。嘘じゃないっス。カネが欲しくて、あの部屋に忍び込んで物色していたら、婆さんが部屋に入ってきておれに摑みかかってきたから……夢中で刺して逃げたんス……」

金子は自供を始めた。

「前から、あの婆さんがごっそり溜め込んでいるという噂はあったんス。銀行は信用出来ないからタンス預金しているって……。あの店は婆さんの持ち家で、ショバ代もほとんど払ってなかったのは、二条町では古株だし警察のお得意さんがいたりして、マチコ婆さんがアンタッチャブルだったからだって。その話は、みんな知ってました。けど……」

金子は少し言い淀《よど》んだ。

「けど、なんだ？ 売り物のヤクをテメエが摘《つま》んじまって、上に払う金が足りなくなってたんだよな？」

佐脇が念を押すように言った。

「まあ……そういうことッス。金の手当ができなくてテンパってたところに、耳よりな話を聞いて。婆さんのカネの隠し場所が押し入れの中のタンスの一番上の引き出しだ、とかえらく詳しいハナシが偶然耳に入って。ここだけの話だから誰にも言うなよってことで……。それと、今日は婆さんが無尽の旅行で店を休んで留守《るす》にするとも聞いたんで忍び込みました。なのに婆さんは留守じゃなくて。でも、どうしてもおれ、カネが要るんで。金が用意できないとバラされるんで。それでもう、夢中になって」

「『誰にも言うなよ』って、お前、いつ、誰からそんな話を聞いたんだ?」

「覚えてないっス」

犯行の経緯については饒舌《じょうぜつ》に喋った金子だが、肝心《かんじん》なくだりになるとはっきりしなくなった。

「そんな大事な事、普通は忘れないだろ? そいつからカネの在り処《あか》を聞いたから、やってしまおうと決心したんだろ?」

「たしかにそうですけど、誰に聞いたのか……その時、おれ、ヤクをキメたばかりで、マジで覚えてないんスよ。なんか、いい匂いがして、澄んだ、綺麗《きれい》な声だったたってこと以外……あれは、夢だったんスかね?」

「夢を見たとかいい加減なことを抜かすな。誰に言われた? 誰を庇《かば》ってる? 事と次第によっちゃ、共犯か殺人教唆でそいつもしょっ引かなきゃならんのだ」

だから吐け、と佐脇は厳しく締め上げたが、金子は首をひねるばかりで、どうしても思い出せないと言った。

「そもそもさっさと遠くに逃げればいいものを、現場でウロウロしてたのは、何故だ? お前は警察に捕まりたかったのか? クスリで脳味噌が溶けちまったか?」

佐脇に水野も加勢した。

「現場付近に潜伏《せんぷく》していたのは、誰かと落ち合う約束をしていたとか、そういうことがあったからじゃないのか？　警察が周辺を捜すことくらい、当然判っていたはずだよな？　なのに現場に残っていたのは……なにか理由があったんじゃないのか？」

「ほほう。水野君。取り調べも堂に入ってきたじゃないの」

　佐脇は茶化した。

「このイケメン刑事さんの言う通りだ。お前がバカじゃない限り、現場近くを離れなかったのは理由があるはずだ。『ホシは必ず現場に戻って来る』という法則があるとか言われるが、犯行直後は出来るだけ遠くに逃げるのが人間の本能ってもんだ。その上で、警察の動きが気になり、自分は捕まるのか、それとも大丈夫なのか知りたくなって現場に戻ってくる。台風の日に田んぼや川を見に行って犠牲になるのと同じだ」

「さすがにそれは違うと思いますが」

　水野が口を挟むと同時に金子も言った。

「ちげーよ。……カネがなかった、っつーのがどうしても信じられなくて、もう一度探し直してやろうと思って……それで現場に戻ったんだよ」

　投げやりな口調に瞬間的に頭に血が上った佐脇は、金子の頭を思いっきりはたいていた……。

「佐脇さん。共犯、もしくは殺人教唆については、動かぬ証拠ってヤツを突き付けないと、ヤツは落ちそうもないですね」

金子を留置場に移した後、廊下で刑事二人はぼそぼそと打ち合わせた。

「あいつ、我々を舐めてます。ナメてるんじゃなければ、相当頭がおかしくなってますよ」

「だな。もしくは、ゲロったらヤバい事になるとビビッてるかの、どっちかだ」

佐脇は、用心棒に扮した三船敏郎《みふねとしろう》のように顎《あご》を撫でて考えた。

「ということは、あいつを完落ちさせるには、外堀を埋めて、ぐうの音も出ないようにしなくちゃな。ってことは……おれたちは何をすればいい？」

「徹底した周辺捜査でしょうね」

「そうだ。よく出来ました」

佐脇は、揶揄《からか》うような口調で水野を褒めた。

「マチコ婆さんに関するああいう詳細で具体的な情報は、そのへんに広まっていてみんなが知ってるようなモノじゃあない。あいつは、二条町の誰もが知ってる公然の秘密みたいに言っていたが、おれは知らん。おれが知らないって事は、二条町に出入りするほとんどの人間が知らないって事だ。誰かから情報を手に入れたはずだ。しかもその情報はガセだ。カネは無いし、婆さんも留守じゃなかった。金子と違って誰か正気のやつが、吹き込んだ可能性がある。だとしたらそいつは誰だ？　なぜそんなことをした？　その辺を詰めとかないと、また検事の野郎に突っ込まれるぞ」

「じゃあこれから、夕食がてら二条町をブラつきますか？」

そう言って意欲的な水野に、佐脇は首を振った。

「いや……今日はもう止めとくわ。ほとんど寝てないんだおれは。けっこう働いたぞ。刺殺犯をスピード逮捕したんだしな。これだけ働けば、今日はもう充分だろ」

一人で帰ろうとする佐脇の背中に、水野は声をかけた。

「最近奢ってくれないですねえ……」

その夜、アパートに帰った佐脇は安酒を浴びるほど飲んで、昏倒《こんとう》するように、寝た。

＊

翌日の午後。佐脇は元鳴龍会の早瀬に会いに行った。

「これはこれは旦那。おい、旦那にご昼食をご用意差し上げてつかまつれ」

早瀬は、慣れない敬語を舌をもつれさせつつ誤用した。

「起き抜けだから軽いモノにしてくれ。午前中は寝てたんだ」

「おや。お身体でも悪いんですか？」

表面は心配そうなことを言いつつ、内心は喜んでいるのが顔に出た。

「早瀬。お前、もっと上に行きたいんならポーカーフェイスってものを身につけろ」

「へ？」

鳩が豆鉄砲を喰らったように、早瀬は目を丸くした。

「判ってるんだよ。おれがこの世から居なくなればイロイロ好き勝手出来るし、カネをせびられることもなくなるって思ってるんだろ」

ところがそうは問屋が卸《おろ》さねえんだ、と佐脇は早瀬にデコピンをかました。

「旦那……若い連中の前で、こういうのは止してくださいよ。シメシがつかないですよ」

「幾らボスでも、警察には絶対に逆らえないってことを身を以《もっ》て教えてやってると思え」

軽口を叩いたが、その実、まるでお気楽で能天気な気分ではない。

「おれが来たのは、メシを強請《ゆす》ろうてぇケチな了見じゃないんだ」

ランチのアペリティフ代わりに出されたビールを呷《あお》って、早速本題に入った。

「お前ら、ヤクの方はどうなんだ？　鳴龍会時代、ヤクは御法度だったが、組がなくなってから、扱ってるヤツはいるのか？」

「あのう」と言いながら、早瀬は佐脇の顔を見た。目の前にいる悪徳刑事の意図を探るのと同時に、答えることによって発生する損得を勘定しているのだ。

「本当のことを言え。返事の如何《いかん》で誰かを逮捕することはない。そんな直流な事はしないって、判ってるだろ?」

「エエまあ、それは承知してるんですがね」

どう答えようかと目が泳いでいる。

「金子って知ってるだろ? 金子賢一。この界隈で脱法ハーブを売ってる、もじゃもじゃ頭の、疫病神《やくびょうがみ》みたいな不景気なツラしたチンピラだ。最近、鳴海に流れてきた」

不景気な顔したという表現に、早瀬はピンときた。

「はいはい。おりますおります。ヤクの密売人に生まれてきたみたいな、冴えなくて、どんよりしたヤツですよね」

「そうだ。そいつだ。で、そいつにヤクを卸してるのが誰か、お前、判るか? 旧鳴龍会はヤクには手を出さなかったが、鳴龍会がバラケて、今はヤクも扱うようになってないか? お前がその方面の担当じゃなくても、基井か木原か東条か、そのへんなら知ってるだろ?」

「いやまあ、そのへんの話も耳に入ってきますんで。一応ワタクシ、二条町の責任者を拝命しておりますんで」

そう言って胸を張った早瀬は、金子が扱っているのは表向き脱法ハーブ止まりだ、と答えた。

「……ただね、旧鳴龍会の連中が金に困って、おれたちにも黙って、つまり、裏の裏でシャブでも売ってるんじゃないかと言われたら、そうかもしれないと言うしかないです。基井も木原も、鳴海から姿を消してますんで……あの連中は前からオヤジや伊草さんに内緒でシャブを扱ってたんで。シノギに困ったときにね」

「東条はどうしてる？」

佐脇も、今までは伊草を押さえておけば鳴龍会情報は自動的に入っていたのだが、その伊草を失ってしまうと、旧鳴龍会の連中すべての動きは把握しきれない。以前から直接顔と名前を知っている連中はなんとかなるが、小なりとは言え三十人ほどの「旧組員」がいて、その下に「子分」がいる。二条町に出入りするヤツなら佐脇の威光も効くが、そうでなければ管理は困難だ。ヤクザやそれに類した連中は、組織化されていた方が警察として監視するには圧倒的にラクだったのだ。

「……東条はまだ鳴海におりますし、脱法ハーブも扱ってると思いますが……けっこう困ってますよ。商売としてカネが上がってこないんで」

「というと……現在のシャブの元締めは東条で、金子は東条のコマのひとつだってことか？」

「と言いますか、ね」

早瀬が言いかけたとき、出前で取った佐脇用のランチが到着した。

「特上のうな重です。肝吸い付きで」

自ら給仕をする早瀬がよだれを垂らしそうな目で見つめる中、佐脇は平然とウナギに山《さん》椒《しょう》を振りかけ、もりもりと食べ始めた。

「と言いますか、ってなんだ？　その先を言え」

「ええ……」

早瀬の目は、佐脇の箸ばかり見つめている。

「そんなに食いたきゃ食えばいいだろ。自分のカネで。お前、偉いんだろ？」

「この節、特上のうな重は高いんですよ……」

早瀬は迷ったあげく、「鰻丼《うなどん》を追加しろ！」と怒鳴った。

「で、どこまで話しましたっけ」

「金子が東条のコマのひとつって話までだ」

「ああ。要するにですね、この界隈のマーケットは狭いので、東条は売人としては金子一人しか抱えていないわけです。その金子からの売り上げが最近、マトモに入ってこないんで、東条もシノギに困ってるわけです」

「その東条ってのはバカか？　金子がカネにルーズなら、他の売人にスイッチすりゃいいだけの話だろ」

特上のうな重を口いっぱいに頬張って一気に食ってしまった佐脇に、早瀬は呆れた。

「そんな。正直高かったんですよ。それを、牛丼の大盛りを食うみたいに……」

「けちくせえ野郎だな。だからお前はここで一番偉いんだろ？」

早瀬はお茶を飲んで、気を取り直した。

「売人は売人で自分のお得意というかネットワークを持ってるんで、急にスイッチするわけにはいかんのです。並行して二人を使って競わせろとか言うんでしょうけど、二人の売人を抱えられるほど鳴海のマーケットは大きくないんでね」

ふ～んと言いながら、佐脇は肝吸いを一気に飲み干し、奈良漬けを齧《かじ》った。

マチコ婆さんを殺害した金子が、ここのところ、シャブや脱法ハーブの代金を払っていなかったのは本当らしい。

「東条も困ってますよ。金子はサツに捕まって逆の意味で安泰でしょうが、その代わりに東条が鳴海港に浮かぶかもしれませんな。シャブは大阪方面から仕入れてるんで、ウチ……というか、元鳴龍会の関係者は何もしませんが、大阪方面のヤバい連中が東条をシメに来るって事ですよ。金子は警察に守られてるし、一人殺しただけじゃ死刑にはならないし。でも、東条はヤバいですよ」

「じゃあ、東条を自首させろ。ウチで守ってやる。シャブの売買じゃ死刑にはならねえ」

へい判りましたと早瀬が携帯電話を操作しているところに鰻丼が届いた。

「こら。鰻丼食う前に東条に電話しろ。食い意地の張った野郎だな」

佐脇は早瀬を怒鳴りつけた。

「そんな……冷めちゃいますよ。ウナギなんてここしばらく口にしてないのに……」

それでも早瀬は箸を握ったまま、大急ぎで携帯電話をプッシュした。


話が済んで早瀬の事務所を出た佐脇は、署に戻って東条を待つことにした。

金子にマチコ婆さんの情報を流したのは十中八九、東条で決まりだろう。金子に婆さんのタンス預金を強奪させ、シャブの代金を払わせようとしたのだ。そうしないと東条自身も大阪の組に金が払えず、ヤバいことになるのだから、動機も十分だ。

これで一件落着、とばかりバス通りに出て、流しのタクシーが来るのを待っていると、少し離れた駐車場からワインレッドのメルセデスが出てくるのが見えた。

その深紅のベンツは速度を落とし、佐脇の前に止まった。

「どこまでいらっしゃるんですか？　よかったらお送りしますよ」

澄んだ声。おっとりした話し方。2ドアのクーペ・タイプの、左ハンドルの運転席から顔を出したのは……晶子だった。

「昨日は……とても愉《たの》しかったです。また連絡をいただけると思ってたのに、お仕事が忙しかったんですね」

右手でハンドルを持ち左手をウィンドウに掛けている姿も、この高級車に乗り慣れているとしか見えず、ごく自然なものだった。

しかも、早朝のマチコ婆さんのスナックでコマネズミのように働いていたときや、警察に健康ドリンクを売りに来ていたときとは、化粧や服装がまったく違う。健気に精一杯働いている、化粧気すらない貧しげな女は何処かに消えて、今、彼の目の前でメルセデスに乗っているのは、見るからに裕福などこかの若奥様、いや令嬢とさえ見える女性だ。

「あら？　どうかしました？」

呆然としている佐脇に気づいた晶子は、ああ、と微笑んだ。

「ずいぶん見た目が違うとおっしゃりたいのね。私、TPOって大切だと思うので、お仕事の時にはそれなりの服装を心がけているんです。プライベートとの区切りも、きちんとしたいですし」

「いやしかし……おれはてっきり……」

佐脇は、どう言うべきか言葉に迷った。本人に向かって「もっと貧乏でカツカツの暮しをしていると思った」などと言うのは失礼極まりないだろう。しかし、それ以外にどう言えばいいのだ？

「でも、あの、プライベートでこんな車に乗っている事は誰にも話さないでくださいね。警察に健康飲料を納入できなくなると困りますから」

佐脇は、彼女がマチコ婆さんのスナックで閉店後の掃除をしていたのを見たことは言っていなかったし、今ここで言うのも妙な感じなので、黙っていることにした。

「あの商売……健康ドリンクだけど、ベンツに乗れるほど儲かるのか？」

そんな佐脇の問いに、晶子は笑った。

「あ、この車ですか？　あらいやだ。これ、借り物です。ちょっと乗ってみたくてお客さんに借りたんです。私が買えるわけないじゃないですか！」

そう笑い飛ばされてしまうと、佐脇は「ああそうだったの」と応じるしかない。

「それはそうと、お時間、あります？　ほら、この前のお話、警察からの呼び出しで途中になってしまったでしょう？」

これは、セックスのお誘いか？

佐脇は反射的に、そう取った。上品に微笑みながらも晶子の瞳は潤み、妖《あや》しい光をたたえている。

もう一度抱いてほしい、滅茶苦茶にしてほしい。

その瞳は、間違いなくそう訴えていた。

「別にいいが……たしかに、積もる話は山ほどある」

佐脇は、そんな建前を口にして、彼女のメルセデスに乗り込んだ。

どむ、というドアが閉まる音が、なんとも重厚だ。

車内には、新車特有の匂いがあった。国産車には国産車の、ドイツ車にはドイツ車の特有の匂いがある。接着剤やゴム、樹脂や布などの匂いが混ざりあった独特のもので、新車をおろしてしばらくは抜けない。つややかな塗装に輝くホイールなど、どこを見ても、買ったばかりの新車なのは間違いない。

乗り込むときに、ふと、走行距離のメーターが目に留まった。

一万キロ。

こんなに新しい車の走行距離が、一万キロ？

「この車の持ち主は運転が好きなのか？　まあ、こんな車を買ったら、走りたくなる気持ちも判るが」

佐脇は、何気なく素朴《そぼく》な疑問を口にした。

「そうでしょうね。やっぱりほら、このクラスの車って、乗ってると気持ちがいいでしょう？　ついつい遠くまで走ってしまうんだと思うの。車でも食べ物でもワインでも、良いものにはそれだけの値打ちがあるのね」

たしかに、この車なら高速をひた走りに走って東京や九州まで往復しても疲れないだろう。むしろ走るのが楽しくなるのはよく判る。

「……ね？」

急に晶子が甘い声を出した。

「もしよければ、これから……どうかしら？　勤務時間だからやっぱり駄目？」

佐脇には、断る理由はない。

「私……『女の口から』って言い方があるけれど、こんな私だからあけすけに言うわ。佐脇さん、あなたとのセックス、素敵だったわ。ハッキリ言って私、これまで数え切れないくらいしてきたけど、昨日の、あなたとのアレが、一番。ううん。お世辞じゃなくて」

「おれも……そう思ってるよ」

それ以上の言葉は必要なかった。

鳴海市を出たメルセデスを、晶子は隣町のモーテルの駐車場に乗り入れた。

佐脇は、またしても晶子の肉体に完全に溺《おぼ》れた。貪れば貪るほどに、後を引く躰だった。この躰からもう、片時も離れていたくない、とさえ思える。これは、若い女では絶対に味わえない、熟成された果肉の最高の味だ。熟女の年齢の晶子なのに、花芯には若々しさが残って、奇妙に初々《ういうい》しくもある。

唇、指先、爪先、たわわな乳房、そしてもちろんあそこ、と、全身を使って手練《てだ》れのセックステクニックを繰り出してくる晶子だが、そしてあられもなく欲望を剝《む》き出しにする淫乱と言ってもいい女なのに、その肝心な場所に硬さが残っているというのは、奇跡のようだった。

だが……そういう肉体そのものの魅力もさることながら、佐脇は晶子という女の、深いところから醸し出され、瘴気《しょうき》のように立ちのぼるエロスに魅入られてしまった。晶子と再会して以来、ずっと抱き続けている贖罪《しょくざい》の思いと、嗜虐の歪んだ悦びがない交ぜになり、それがお互いに作用して、これまでに経験したことのない欲情に駆り立てられている。どれだけその躰を抱いても、何度その中に精を放っても、まだ足りないような気がする。餓鬼道に堕ちてしまったかのように、晶子の躰への飢えが消えない。

これは肉欲だけではない、と佐脇は気がついた。晶子には謎が多く、佐脇の知らないところで生きてきた時間が永過《なが》ぎる。躰を重ねても重ねても、自分のものにした、とは思えないのだ。

悪い男に寝取られた妻が女郎となり変わり果てた姿で再会した男、という歌舞伎か新派かなにかの、まるで登場人物にでもされてしまった気分だ。

その日の午後、モーテルの一室で抱いた晶子の肉体は、やはり、素晴らしかった。

何回も果てての ち、精も根も尽き果てたというのに、まだ名残惜《なごりお》しいような物足りないような、そんな欲望を燻《くすぶ》らせながら、佐脇は晶子のなだらかな腰の曲線を撫で、乳房に舌を這わせた。

「なんだか……昔に返ったみたいね」

晶子は甘い声を出した。

「あの頃は、終わった後、私が持っていったクラシックのＣＤとか聴いたりして……アナタは寝てたけど」

「そっちの方は不調法でね」

晶子はまたも抱きついてきた。

「ねえ？　私って、いい？」

「いいさ。いいに決まってる。おれはもう」

どうしようもなくお前に溺れた、と口にするのは恥ずかしい。

しかし、自分から離れられなくなっている様子の佐脇を見て、晶子は満足そうに微笑んだ。

「いつも何かが足りなかったの。セックスがよくてもクズな男。私を満足させたあとに、殴る男。イカせてくれた後に、私からお金を奪っていく男……。そうでなければ、優しくて、まともで、大切にしてくれるけれど、私が本当はどんな女かまるで判っていない男。私の躰のどこをどうすれば私がイクのか、それさえ判っていないのに、私の心の中がどうなっているのかなんて、判るはずはないのよね」

おれにだってきみの心の中は判らない。そう言いたかったが黙っていた。晶子は、夢見るような口調で囁き続けている。

「十五年間ずっと、まわりにいたのはそんな男ばかりだった。心と躰、両方が満足することは一度もなかったの。でもあなたは……あなただけは違うわ。だから、佐脇さん、あなたとこうして一緒にいるだけで、私、凄く幸せよ」

その言葉を聞いて、佐脇は彼女を強く抱きしめた。

「ねえ。あなたと最初に知り合ったとき、私のことを、幸せな家庭の幸せなお嬢さんだと思ったでしょう？」

「ああ、そうだな。だから正直、気後れしたし、いろいろと気を遣って大変だった」

そんなことなかった、私は幸せじゃなかった、と晶子は昔のことを打ち明け始めた。

「私、母とうまくいっていなかったの。母は妹ばかり可愛がっていた」

結城署長の妻、つまり晶子の母親は外を出歩くのが好きで、長女の晶子が家事をやっていたことは聞かされていたが、晶子と母親との確執をはっきり知らされるのはこれが初めてだった。

「妹は綺麗な可愛い服を母にたくさん買ってもらっていたけれど、私は長女だからきちんとしなくてはいけないと言われて、地味な服ばかり着せられていたの」

だがそういう地味な服が、かつての晶子には良く似合っていた。いかにも良家の子女という清楚な雰囲気を醸し出していたのだが、それを晶子自身は不満に思っていたのか。

「でも、君はお母さんとの関係は良くなくても、お父さんには可愛がられていたんだろう？」

「あなたも警察官なら判るでしょうけど、父はほとんど家になんかいなかった。休みの日だって急に呼び出されるのはいつものことで、父兄参観日にも運動会にも、一家揃うこともほとんどなくて……家族旅行にさえ滅多に行けなかったの。家を支配していたのは母で、その母に私は憎まれていたのよ」

晶子は天井を見つめながら話している。

「可愛い服が欲しければ、お父さんに頼んで買ってもらえば良かったんだ」

「駄目よ。父がどんなに世間体ばかり気にする人だったか、それもあなたは知っているでしょう？　ちょっときれいな色の服を欲しがっただけで、そんな商売女のような格好は許さん、と怒鳴られたわ。妹は何も言われなかったのに」

たしかに結城は保守的で、警察という男のタテ社会に生きる典型のような人物だった。

「しかし、署長は娘にかける金は惜しまないと……それがきみのお父さんの口癖《くちぐせ》で、鳴海署でも始終きみのことを自慢していたんだが」

「それは教育にかけるお金よ。バレエのレッスンとか学習塾とか予備校とか、そういう将来に結びつく、外聞のいいことにはお金をかけても、可愛いものとかきれいなものとか甘いお菓子とか、そういう普通の女の子が好きなものを一切、私は買ってもらえなかった。そんなものはくだらないし、どうでもいいと思っていたのね」

妹は母親に何でも買ってもらえていたのに、と晶子は恨みがましい口調で言った。

「きみは、妹さんとも、あまりうまく行っていなかったのかな？」

家族全員とうまく行っていなかったのなら、遠藤と出奔したあと、実家が全焼してしまった「あの火事」が起きて、晶子が事実上、家族をすべて失ったことも、実はあまりショックではなかったのだろうか……。

そんな気持ちが顔に出たのか、晶子が慌てて言葉を継いだ。

「あ、でもね、妹のことは本当に可愛いと思っていたのよ。母が何もしない人だったでしょう？　だから、あの子にご飯を食べさせて、お風呂に入れて、いろいろ面倒を見たのは私だったの。私がさせてもらえない可愛い髪型も、あの子にはアレンジしてあげて、妹が持っている綺麗な服を、まるで着せ替え人形みたいにして可愛がっていたの」

美人でしっかり者の姉とフランス人形のように可愛い妹、という組み合わせの姉妹は、そういえば鳴海署でも評判だったのだ。

そんな事も佐脇は思い出していた。

ノンキャリアの星と言われ、署長にまで出世して、さらにその上を狙っていた父親。派手で出歩くのが好きだが、やはり評判の美人で裕福な家の出の母親。

そして美しい二人の娘。

まるで絵に描いたような幸せな家族が、もうこの世には存在しないのだ。

「せめて妹さえ生き残っていればって、何度思った事か。妹は母の代わりに死んだようなものよ。妹の代わりに、母が出かけていたんだから」

佐脇は、かすかな違和感を持った。晶子がなぜ、当時のことを詳しく知っているのだろうか？

「当時きみは鳴海にいなかったのに……火事のことは鳴海署の誰かに聞いたのかな？　お母さんが奇跡的に難を逃れた理由とか」

結城の家は七年前の未明に全焼してしまった。

放火と失火の両面で調べが進んだが、台所の焼損が特に激しく、ガスコンロ上にあった中華鍋には天ぷら油が炎上した痕跡があることが決め手となって、火の不始末による失火と断定された。

出火した当夜、晶子の母はたまたま県外に用事があり、一泊の予定で家を離れていたために難を逃れている。しかし、母親が家にいなかった詳しい事情まで、当時は報道されていただろうか？

晶子の表情が少し硬くなった。

「それは……後から聞いたのね、きっと」

晶子は言葉をさがす様子だ。

「火事のことはニュースで知ったわ。ショックだった。どれだけ泣いたことか。……でも、あの頃は……七年前は、私にもいろいろあって、戻ってくることができなくて」

晶子の瞳はこれ以上訊かないでほしい、と訴えている。

あの遠藤十三に食い物にされて、自由がきかなかったのだから、家族の葬儀に戻ることもできなかったのだろう。

自分は晶子から、家族と最後の別れをする機会まで奪ってしまったのか……。

佐脇は、この話題を出したことを後悔した。が、自分が如何《いか》にひどいことをして、その波紋がどれほど広がり晶子をどれだけ傷つけたか、知れば知るほどに、マゾヒスティックな、ほとんど快感に似た感情が沸き上がるのも否定できない。

佐脇、お前は人間以下のひどい野郎だ。生きてる値打ちもない下衆野郎の外道の畜生《ちくしょう》だ。

自分で自分を責める、マゾの気があるとは驚くべき発見ではあった。

「……とは言っても……唯一、お母さんが助かったことだけは不幸中の幸いだったんじゃないか？……今は行方不明だが、きみが戻ってきたと知れば、お母さんともいずれ再会することが出来て……」

「会いたくないわ！　あんな人に」

晶子は、思いがけないほど強い口調で答えた。

「妹のかわりに、あの人が焼け死ねばよかったのに！　今でもそう思うわ」

そんなことを言うものではないと佐脇は諫《いさ》めようとしたが、晶子の呪詛《じゅそ》のような言葉は止まらない。

「いいの！　きっとあの人だって同じことを思ってる。妹の代わりに私が死ねばよかったって。私は母に憎まれてたんだから！」

「憎まれてたって……まさか。きみは実の娘じゃないか」

「母は家事が不得手だから私に全部させていたの。だから慣れないことをして火を出してしまったんでしょう。あの人は本当に、家のことは何もしなかった。一緒に住んでいたけど、母親でもなかったし、父にとっては妻でもなかった」

晶子は、よく理解できないことを口にした。

「母は、私が父を盗ったと思っていたの。でも私は、母の代わりをしていただけなのよ。家のことだけじゃなく、他のことでも」

ますます理解しがたいことを言って、晶子は思わせぶりに目を伏せた。

聞きようによっては、衝撃的な告白とも取れる。やはり……。

佐脇は、ずっと以前に耳にした「噂」を思い出した。

実の娘である晶子が署長の妻の代わりをしている、という噂だ。

ハッキリ言えば、結城署長が実の娘である晶子と近親相姦をしており、決定的な場面を目撃した人間もいるという、悪意に満ちた、結城を貶《おとし》める風説だった。

これは佐脇が晶子と交際する以前から、ごく一部で、しかし根強く囁かれていた噂だったが、無責任な噂としてもあまりにも悪質なので、口にするものは少なく、佐脇もまったく知らなかった。

だが、悪意からとしか思えなかった「あの噂」が、実は本当のことだったというのか……。

「母に冷たくされている父がかわいそうだった。母さんの代わりだ、と言われると、私は断れなかった。本当はとても嫌だったのに。けれども母は私を憎んだの。そして父は忙しくて、ほとんど家には居なかった。母の憎しみから私を守ってくれる人は居なかったのよ」

浴槽の中に頭を押さえつけられて溺れさせられそうになったこともある、刃物を突きつけられたことは数え切れないほどだ、服に隠れて見えないところはいつも痣《あざ》だらけだった……。晶子はとんでもない事実を淡々と語った。でも何よりも辛かったのは、生みの母親からまったく愛されなかったこと、言葉でも視線でも、いつも憎しみをぶつけられていたことだったのだと。

「妹は顔も母に似て可愛かったけれど、私は不運なことに父に似ていたの」

たしかに結城元署長は整った顔立ちの男で、晶子と父娘であることは一目で判った。

「だから母は、家にいない父に言ってやりたいこと、したいことを全部私にぶつけていたんだと思う。昔は優しいお母さんだったのに。父と母の間が駄目になる前は」

晶子の生活が地獄になったのは、結城署長が、二条町の酒場の女と浮気していたことがバレて、もの凄い夫婦喧嘩になった、そのあとのことだったという。

「私はまだ小学生だったのよ？　何ができたと思う？　母にかわって家事一切を引き受ける以外に」

「二条町の酒場の女って、もしかして……」

「そうよ。マチコさん。あのヒト、昔は凄い美人だったんでしょ？　こんな田舎町には似合わないような、渋皮が剝けたような美女だったって聞いたわ」

そんな因縁のあるマチコ婆さんのところで、あんなにボロクソに言われながら晶子が働いていたのはどういう事なのだろうか？

ただ、その事を今話すと、あの早朝、彼女を目撃したことも話さなければならず、それは気が進まない。

佐脇は、話題を変えた。

「離婚すればよかったんじゃないのか？　そんなに我が子を苦しめるくらいなら」

「無理よ。あなたも警察の人なら判るでしょう？」

無理だったろうと佐脇も思う。結城元署長は何よりも出世を望んでいた。

「父は、離婚が出世に響くのを心配して、別れることだけは勘弁してくれと母に頼み込んで……離婚はしなかったけど、両親は夫婦ではなくなったわ。完全に別々の部屋で寝起きするようになって。その頃からだけど……父が私の躰に触ったり、一緒にお風呂に入るように言ったり、夜、私の部屋に来るようになったのは」

あらためて晶子の口から聞かされると、その衝撃は大きかった。

結城は、いろいろあったとは言え、警察官としては尊敬すべき先輩で上司だった。そんな人物が、実の娘と……？

「しかし、きみのお母さんは……」

「だから言ったでしょう！　私が何をされても母は見て見ぬ振りよ！　それどころか私を憎むようになったんだって」

一瞬、激した口調になったが、すぐにまた淡々とした、物憂げな語り口に戻った。

「私はあなたが初めてではなかったこと、判っていたわよね？　私も自分のことを汚れてるとずっと思っていたわ。だからそれで罰が当たって、あんなことになってしまったのだって……」

晶子も言い難いのだろう。直接口にしなかったが、「あんなこと」が、晶子と遠藤十三とのバレエスタジオでの出来事……遠藤が彼女をレイプして写真まで撮ってしまったことであることは、説明されなくても判った。しかも晶子は、それを仕組んだのが佐脇であることを知らないのだ。

佐脇にとって、それはぐさりと胸をえぐられるような衝撃だった。

「ああ……でもね。私、今はこうしてあなたとまたこういう風になれて、とても幸せなのよ」

大きな衝撃を受けて呆然としている佐脇の内心に気づく様子もなく、晶子はあらためて幸せよ、と囁くとしなだれかかってきた。

「ごめんなさい……こういうこと話すつもりじゃなかったのに……。ね？　もう一回……」

晶子は、彼の胸に手を滑らせ、それを下腹部まで這わせてペニスに触れた。

しかし、忌まわしい事実を聞かされた衝撃と、あらためて突きつけられた罪の重さは、佐脇から勃起する気力を完全に奪っていた。

「ダメだな……ちょっと今日は」

「あら……そんなにショックだったの？　もう十五年も前の事なのに。今さら過去はどうにも出来ないじゃない？　私だって、あの頃には戻れないんだし」

そう言って甘えてくる女に、口づけを返すのがやっとだ。

「きみは……今の方がずっと魅力的だ。怖いくらいにな」

頑張ってはみたが、やはり、佐脇は復活できなかった。

携帯電話に呼び出しも掛からなかったが、そろそろ東条が自首してきているはずだから、署に顔を出そうと思った。

途中まで晶子のメルセデスで送って貰うことにして、二人を乗せた車は、モーテルの目隠しカーテンを潜り、駐車スペースから外に出た。

モーテルのゲートのところに、男がいた。出入りを監視するかのように立ち尽くしている。ゲートを出るメルセデスをぴったりとマークするようにこちらを見ている。バックミラーを見ると、なおもこちらを見送っているその男が映っている。

商売柄、挙動不審な人物には目を惹かれる佐脇は、振り返ってその男を注視した。

白いジャケットに白のズボン、白シャツを着た白ずくめの男の顔は、やはり白いパナマ帽のようなものを目深にかぶっているが、よく見るとその容貌が尋常《じんじょう》ではない。火傷《やけど》の痕なのか顔一面がケロイド化し、大きく歪んでいた。変形した肉の山が元の顔を大きく変貌させているとしか思えない状態だった。

佐脇の知り合いに、こういう風貌を持つ人物はいない。

だが晶子は、路上にそう言う男がいることにまったく気づいていない様子でハンドルを操作し、アクセルを踏んだ。

その男は、走り去るメルセデスを、ずっと見送っていた。

気にはなったが、ただ見られただけで誰何《すいか》することはできない。

男の姿は、あっという間に小さくなった。

鳴海市に入ったところで、もよりのバス停でメルセデスを降りた。

「ここからバスで帰ることにする」

「どうしてそんなに気を遣うの？　誰に？　何に？」

「逆に訊くが、きみはおれと一緒にいるところを誰かに見られても平気なのか？」

佐脇はワインレッドのメルセデスを指さした。

「こんな凄い車に乗ってるところを」

「借りもののベンツに乗ってるのがそんなに凄いことかしら？」

細かいことなど気にしない。晶子はそんな態度を取った。

「だがおれは気になる。おれ、実は小心者だから、アレコレ噂になるのがイヤなんだよ。警察って小さな世界だし、小姑《こじゅうと》みたいな腐った連中が右往左往してるところだから、そんなところにわざわざエサをばら撒《ま》きたくないんだ」

ワルデカ、悪徳刑事、あるいはヤクザとべったりの舎弟刑事と言われても何とも思わない佐脇だが、かつての婚約者だった晶子と縒《よ》りが戻ったと今、噂されるのは、耐えられない気がした。理由も判っている。遠藤と共謀して晶子を罠に堕とした、その過去が耐えられないのだ。

また会うことを、つまりまたセックスすることを約束して、晶子のメルセデスは走り去った。その車体の後ろ姿を佐脇はスマホのカメラで撮影すると、光田に電話を入れた。

「おれだ。東条ってのが自首してきたと思うが」

『ああ、二条町でヤクの元締めをやってるという東条ってのが来た。自首って言うか、保護を求めてきたな。最近のヤクザは警察に助けを求めるんだから、もうダメだな』

「もう組がないんだから仕方ねえだろう。東条はマチコ婆さん殺しの金子の卸元で、カネの流れを知ってるヤツだから、ヨロシク頼むわ」

『そのへんはもう調書を取った。薬物四法違反容疑で逮捕状を請求中だ』

「東条は殺人教唆でも調べる。マチコ婆さんのタンス預金の在り処と、婆さんが留守になる日時を金子に吹き込んだやつがいる。金子は覚えてないとほざいてるが、ほぼ間違いなくそいつは東条で、もしかしたら共犯だ。東条も金子も留置場で自殺、なんてことにならないよう気をつけろ。消されたら警察の名折れだ」

『それよりお前、ちゃんと仕事しろよ。今までナニしてた？　庇いきれないぞ』

「お前がおれを庇う？　足を引っ張ることしか能が無いくせに」

光田の恩着せがましい言い方に佐脇は負けずに言い返したが、この辺はお約束だ。

とりあえず、急いで鳴海署に戻る必要はなくなった。

佐脇は、ワインレッドのメルセデスが走っていった方向をしばらく眺めていたが、ちょうどタクシーの空車が通りがかったので、止めた。

「鳴海モータースって場所判るか？」

そこは、彼の愛車であるフィアット・バルケッタの整備基地であり、鳴海で外車を扱う唯一の店でもある。


「佐脇さん。ちょうど良かった。前から言おうと思ってたんですがね」

店のドアを開けた途端に、モータースの社長が駆け寄ってきた。

モータースと言っても整備工ではない。外車を扱う会社らしく、いつもイタリア製の派手なシャツなどを着込んだ太めの五十五歳だ。

「オタクのバルケッタ、そろそろ買い換えませんか？　もう年式古くなってきたし」

「何言ってる。おれも忙しくてそんなに乗ってないんだから、まだまだ大丈夫だろ」

「いやいや刑事さん。車ってものは、走らずに大事に取って置いたから長持ちするってもんでもないんです」

「当分買い換えるつもりはないから。問題があるならメンテしてくれよ」

佐脇は手を振り、社長の営業トークを撃退した。

「メンテ代がどんどん割高になりますよ。イタ車だし、面倒が増えてきますすけどね」

いいのいいの、と佐脇は手を振り続けた。

「今日顔を出したのは他でもない。ちょっと調べて欲しいことがあってな」

佐脇はスマホを見せた。さっき撮った、晶子のメルセデスの後ろ側の写真だ。

「これはどのクラスのベンツだ？　幾らする？」

スマホの画面を見た社長は、はいはいと頷いた。

「Ｅの２５０クーペですね。ヒヤシンスレッドって赤は出してるけど……この色はそれとは違うなあ……メルセデスとしては出してない色だから買ったあとに塗り替えたんでしょう。値段は、え〜と、標準装備で六六九万ってとこですか。それプラス塗り替え費用ですか。ディーラーの値引きもあるでしょうけど」

「六六九万、ねえ」

佐脇は腕組みをして考えた。

「ナンバーが写ってるだろ？　これ、オタクが売ったんじゃないよな」

「この辺じゃ、同じメルセデスでも、もっと安いのしか出ませんからねえ。Ａクラスの、いわゆる小ベンツみたいなのとか」

「このナンバーから、ちょっと調べて貰えねえかな？　ここの系列とかあるんだろ？」

警察なら、陸運局に問い合わせれば一発で判ることだが、晶子の車について調べていることを他のヤツに知られるのはイヤだった。特に光田やゴシップ好きの庶務の八幡《やわた》とかに知られると後がうるさいし、どんな尾鰭がついてしまうか判ったものではない。

社長は、スマホのモニターを指で触って写真を拡大し、ナンバーを確認すると、事務所にあるパソコンに打ち込んだ。

「いやね、こういうシステムがないと、盗難車が持ち込まれた時にすぐ対応できないんでね」

社長は何故か言い訳するように言った。

「あ、出ましたよ。この車は、結城晶子さん所有ですよね？」

「え？」

晶子は、乗っていたベンツは借り物だと言った。それは嘘だったのか。

「一年前に、岡山県岡山市の『ヤマセ自動車岡山販売』で購入されてますね。買ったときにそこの工場で色を塗り替えるようオーダーしたようで」

「岡山？　本当か？　別人の車じゃなくて？」

間違いないです、と社長は頷いた。

「一年前に、岡山県岡山市の『ヤマセ自動車岡山販売』で買われてますね。そこの工場で色をオーダーしたようで」

「岡山？」

はい、と社長は頷いた。

「で、支払いはどうなってる？」

社長はキーボードをカタカタとしばらく打っていた。

「売り買いについては保証会社とかローン会社のデータベースも見なきゃならないんで

……あ、いらっしゃい！」

別の客がやって来たので中断して応対をしようとする社長に、佐脇は大きな咳《せき》をして、邪魔をした。

「客の相手ならおれがする。続きを調べてくれ」

佐脇はそう言うと、ニッコリと営業スマイルを浮かべて客の前に立った。

「本日は鳴海モータースにようこそ。どのようなクルマをお探しで？」

「うん。どれだけ走っても壊れなくてメンテナンスも要らないイタリア車が欲しいんだけど」

鳴海には珍しいオシャレ系の客は全身黒ずくめだ。モード系とでもいうのか、黒のベレー帽のようなものを被って細身の体にニットの薄い黒セーター、黒のチノパンを穿きこなしている。職業不詳だがウォーキングのコーチにそっくりな人物がいたような気がした。

「さすがはお客様、イタリア車とはお目が高い。イタ車が壊れやすいというのは、今や都市伝説です。昔と違って今はシャーシの共通化などを図ってますから、走りの快適さはそのままに、堅牢《けんろう》で壊れにくい車になりつつあります。それもこれも、イタリアの自動車会社がすべてフィアットの傘下《さんか》に入ってしまったことが大きくて……まあ、普通に乗っているかぎりそうそう壊れるものじゃありません……」

と言いつつ、店内ショールームにあるのはドイツ車ばかり。

「イタリア製はないの？　ドイツ車ってあまり好きじゃないんだよね。なんか官僚的で。もっと走るのが大好きってイメージの、元気でアナーキーな感じのが欲しいわけ」

「ああ、だったらやっぱりイタ車ですかね」

実車がないので、佐脇は手近の車の雑誌を客に渡し、「ちょっと失礼」と社長のところに行った。

「赤いベンツの支払状況はどうした？　まだ判らないのか？」

「とっくに判ってますよ」

社長はニヤニヤしていた。

「鳴海署きっての悪徳刑事が、どんな接客するのかと思ってね」

「これ以上は無理だ。ときにイタ車って最近は壊れないのか？」

「あんた、今自分でそう言ったじゃないですか！」

適当な話を垂れ流していたことがすぐにバレてしまった。

「いい機会です。佐脇さんのバルケッタをあのお客に売りつけたらどうです？　車は裏の工場にありますよ」

そいつは考えとく、と佐脇は急に難しい顔になった。

「で？」

「はい。問題のベンツは岡山のヤマセ自動車でローンを組んで販売してます……三〇回ローンって契約です」

「一回幾らになるんだ。おれは暗算ができない」

「ええと、だいたい二〇万くらいですね。ですけど、これ、ちょうど昨日、残金が一括で払い込まれてます。つまり完済ってことで、現在ローンはない状態です」

「昨日完済した？」

「ええ。ローンの残高四〇〇万を、一括で支払っているようです」

「四〇〇万も！」

晶子はそんな事を一切口にしなかった。話す必要がなかったといえば、それまでのことだが、自分が買ったベンツを「借り物」だと嘘をついた上に、そんな大金を一括で支払った、というところに大きなひっかかりを感じる。

佐脇が険しい顔になったところに、客の声がかかった。

「ねえ、やっぱり雑誌じゃわからないよ。イタ車の実物がないなら他所《よそ》に行くけど？」

「ございますよ！　お客様は新車限定でお探しでしょうか？」

社長がにこやかに客の前に立ち、裏の工場に案内していった。

「中古ならフィアットの程度のいいスポーツカーがありまして……はい、バルケッタです。オーナーはほとんど乗っていないので新車同然で……」

データベースの画面を凝視する佐脇は、社長を止めることも忘れていた。

第四章　過去の悪夢

翌日。

佐脇は珍しく定時に出勤して自分のデスクに座った。しかし、それは単に刑事課に出てきた、というだけで、朝からバリバリ働くという事ではなかった。

ふぬけたように所在なく事務椅子に座り、古くなったバネをキコキコ言わせているだけ。たまった書類の整理にも手をつけず、タバコを取り出して火をつけて、格好だけはノートパソコンを開いて画面を見ているそぶりをしている。居眠りしているのか、と思えばそうではなく、目は開いている。しかし、何も見ていない。

電話が鳴っても出ようとせず、隣の水野が仕方なく事務仕事を中断して応対している。周囲の同僚に皮肉を飛ばしたり揶揄《からか》ったりするでもなく、ただ黙って座り、ぼんやりとタバコを吸っているだけだ。

デスクの光田が見兼ねて、「おい佐脇」と声を掛けたのと、水野が取った電話を佐脇に回すのが同時だった。

「佐脇さん。『先日相談した上林ですが』という方から電話です。出ますか？」

受話器を突き付けながら、そう聞いてきた。

「佐脇さんが今、出たくないなら私のほうで……」

佐脇は黙って受話器をひったくるように取った。

「はい」

モロに不機嫌そうな声を出した佐脇だったが、受話器から杏子の声を聞いて、いくぶん顔と声のトーンが変わった。

『あの……兄が、またお金を……今度はかなり高額なお金が必要だと言うことで、家を売ると言ってるんですが……』

ああ、また例の兄妹の財産争いか、と佐脇はウンザリした。きょうだい喧嘩を警察に持ち込まないでくれ。決裂するなら弁護士でも雇ってくれ。

『これ、絶対に詐欺です。詐欺に引っかかってるんですよ、兄は！　結婚詐欺ですよ絶対に！　警察はどうして動いてくれないんですか！』

「あー、では、のちほどそちらに行きますよ。はい、間違いなく行きますから」

佐脇は気のない口調で、今にもヒステリーを起こしそうな杏子の電話を切った。

隣の席で、佐脇の様子を窺《うかが》っていた水野が「ちょっといいですか」と小声で話しかけてきた。

「勝田老人の焼死事件についてなんですが」

うん、と佐脇は頷きはしたが、相変わらず心ここにあらずといった風情だ。

「いろいろ調べているのですが、どうも過去に起きた事件との類似が気になりまして」

水野は、佐脇の顔色を窺いつつ、慎重に言葉を選んでいる。

「言えよ。ナニ気にしてるんだ」

はい……と水野は捜査メモを広げながら話し始めた。

「勝田老人の件ですが、消防のその後の検証で、天ぷら油の過熱による発火が原因ではないかという可能性が浮上してきました」

「天ぷら油？　そんなもの、現場にはなかったんじゃないのか？」

「燃えかすを丹念に調べた結果、その存在につながる物証が出てきたんです」

「ええと……ジイサンの死因は一酸化炭素とか有毒ガスの中毒って事だったよな？」

「はい。でもそれは死因であって、火元を示すものではありません。で、家の焼け具合を見ると激しく燃えていて、しかも火は急速に燃え広がったとみられるとの検証結果が出ました。その上で出火原因を丹念に調べたら、天ぷら油が燃えた跡が大量に見つかったんです。居間からです。居間にはソファやカーペットやカーテンなど、引火類焼するモノが豊富にありました。その上、天ぷら鍋も見つかりまして」

佐脇の表情は相変わらずうつろだ。水野の言うことが耳から脳に届いているのか、それも心許《こころもと》ない。

「あの、佐脇さん、聞いてますか?」

「聞いてるよ。結構じゃないか。鳴海市消防本部を褒めてやろう」

「そういうことじゃないでしょう。ここからがウチの仕事です。勝田さんは独り暮らしで、自分で料理をする習慣はなかったのに、なぜそんなモノがあったのか、それを調べないと」

水野は佐脇をじっと見て、一呼吸置いてから次の言葉を発した。

「以前、似たような火災事件があったような気がして、遡《さかのぼ》って調べてみました。すると、引っかかったのが」

水野はそこで躊躇した。

「言えよ。言いかけたんなら」

佐脇は顎を上げて先を促した。

「はい……それは以前鳴海署長だった結城忠朗警視の、自宅が焼失した事件です」

言ってしまった以上、全部話してしまおうというのか水野は書類をデスクに広げ始めた。

「当時の捜査資料です。消防の『火災調査書』『火災原因判定書』『火災出場時の見分調書』『火災現場見分書』と、ウチが作成した『実況見分調書』……そして、この火災で死亡した結城警視と、次女の和美《かずみ》さんの『死体検案書』もあります」

「まさかおれに全部目を通せとか言うんじゃないだろうな？　おれはデイリースポーツ以外読む気分じゃない」

「いいです。読まなくても。要するに、火災発生の状況が、勝田さんの件ととてもよく似ているってことです。結城警視が亡くなった時は、失火で事件性無しと判断された結果、焼け跡の捜索も通り一遍だったので、時限発火装置のようなものは発見されなかったようですが」

「発見されてたら、ただじゃ済まなかっただろ。警察幹部ＯＢの家が焼けて当人が焼死してるんだからな」

佐脇は、聞きたいのか聞きたくないのかよく判らない態度で合いの手を入れた。

「死因も結城警視とお嬢さんは一酸化炭素並びに塩化水素やシアン化水素の中毒でした。一酸化炭素を吸い込んで意識不明になり、有毒ガスも吸い込んだのが致命的だったのだと」

「で？」

少し苛ついたように佐脇が訊いた。

「お前は何が言いたいんだ？　火事になって犠牲者が出た。死因は一酸化炭素や有毒ガスの中毒。火元は勝田の件も結城の件も、天ぷら油の発火だが、火事ならだいたい、大火傷で死ぬよりも一酸化炭素とか有毒ガスの中毒で死ぬことが多いし、出火原因が火の不始末ってのもよくあることだ。何故それだけで類似の事件ってことになる?」

水野はしばらく黙ったまま、先輩の刑事を見ていた。

「佐脇さん。おかしいですよ。いつもなら『クサいな』とか言って共通点を洗い出そうとしますよね。今回に限ってそうじゃないのは、なにか理由があるんですか?」

「おや、きみ、今朝はイヤに絡むね」

佐脇は冷笑してかわそうとしたが、水野は睨むように佐脇をじっと見据えている。佐脇は落ち着かなくなった。

「まあ聞け。交通事故で追突ってのはよくある。その追突事故を二つ、適当に選んできて、この二件には共通点があると指摘する。お前が言ってるのはそういうことだ。運転していた奴の住んでる場所、乗ってた車に家族構成とか。探せば何かしら共通点は見つかる。ありがちな事件なら共通点だってありがちだ」

「……佐脇さん。そこまで否定するのは、個人的な理由があるんじゃないんですか?」

水野はさらに小声になって佐脇を説得するように話を続けた。

「結城警視の家の火災で生き残った奥さんの和子《かずこ》さんは、その後行方不明。そして当時家を出ていた結城晶子さんですが、現在鳴海に戻って来ていますね。なぜ今なんでしょう?それだけではなく、いろいろ気になることがあって調べてみたんです。もちろんその、佐脇さんとの個人的な事があったのは承知しています。しかし」

そこで佐脇の顔色が変わったので、水野は言葉を切った。

「……続けろ。いちいちおれの顔色を窺うな」

「はい。では」

水野は別のコピーを出して佐脇に見せた。

「覚えてると思いますが、倉島中央署の矢部さんが相談してきた、二つの事案についてです。倉島の銀行員の首吊り自殺と姫路のエリート医師の交通事故死の件に、新たな共通点が出てきたんです」

水野は、佐脇に顔を寄せて、キッパリと言った。

「女です。『十和田夏生《とわだなつき》・二十七歳』という女。年齢は住民票上でのものです。倉島中央署では、この女性が西川さん……自殺した銀行員ですが、その西川さんの婚約者で、何らかの事情を知っているのではないかとみて参考人聴取の準備をしていたそうです。しかしその直前に、問題の女性は倉島から転出し、その後、新たな住民票の登録も行われていないという事実が判明しました」

「その女の顔は判るのか？　写真は？」

「ありません。西川さんが残した写真や画像データを探したのですが、それらしい女性が写ったものはない、と。また、友人知人の誰も彼女に会ったことがなかったようです。二十七歳の女性は年齢的に不釣り合いなので、そんな女は実在せず、西川さんが見栄を張った嘘だったんじゃないかという噂さえあったと……仲間内では『幻の女』とか言って、半ばギャグになっていたようで……」

「その女がどうかしたか?」

佐脇は新たなタバコに火をつけた。

「結城晶子とは名前も年齢も違う。そもそも、その女は実在するのか?」

「住民票登録はあります。重要な点は、その『十和田夏生』の名前が、姫路の事件でも出てきたってことです。交通事故死した医師、服部さんに京都の病院への移籍を進めていた、転職コーディネーターの名前が十和田夏生だったんです」

佐脇は天井をむいてタバコを吸い続けている。

「矢部さんは職権を使わなかったので、詳しい情報までは調べられなかったそうですが、私は関連捜査と言うことで職権を使いました。その資料が倉島中央署と姫路西署から、ようやく公式に届きました。十和田夏生という女は、戸籍や住民票では当年とって二十七歳ということになっていますが、服部医師の周辺で彼女を目撃した人の情報によれば、それよりはかなり年嵩《としかさ》の女性に見えたと」

「倉島では誰も見た事がなかったんだよな?」

「姫路では、数人の目撃情報がありました。それと、赤い外車に乗っていたと」

赤い外車……。佐脇は内心の動揺を押し隠して、平静を装った。

「それ以外に判ったことは?」

「今は、ここまでです。ただ、『十和田夏生』は実在する人物ですが、倉島の高校を卒業後、大阪に出たまま、音信不通になっています。実家への電話や手紙などの連絡が一切ないのですが……年に一度、お金が届くので、家族は生きてるんだと思って捜索願などは出していないそうです」

「判らんな」

佐脇は乱暴にタバコを消すと、水野に向き合った。

「お前、何が言いたい?」

「姫路と岡山の件はともかく、勝田老人の件については、七年前の、結城警視の家が全焼した火災との共通点をもっと調べるべきだと思います。たとえば、結城家の財産はどうなっているんでしょうか? あの時に難を逃れた母親が失踪していて、もうすぐ失踪宣告が出ますよね? そうすれば、唯一の相続人は」

「乱暴な!」

そこまで聞いた佐脇はいきなり立ち上がった。年季の入った事務椅子はその勢いで音を立てて後ろにひっくり返った。

「そんなものは推理でもなんでもない。それはこじつけだ。無理やり特定の人物をクロにしようという思い込みだ。お前としたことが、どうしてそんな捜査の初歩を間違うんだ？　え？　おれがお前にそんなクソな遣《や》り方を教えたか？」

まずい、おれは感情的になっている、と怒鳴った瞬間に後悔した。しかし、理性が制御出来ない。

不審そうな水野の表情を見ると、さらに頑《かたく》なな気持ちが募る。水野が何を言っても、頭ごなしに否定してしまいそうだ。

自分に集まる刑事課の面々の視線を感じて、佐脇はますます苛立った。光田が水野に目で合図している。無駄だ、今はそっとしておけ、という意味だろう。

「ちょっと出て来るわ」

佐脇が足音高く刑事課を出ていくと、室内にはホッとした空気が漂った。

＊

「何度も言いますけど、この家は、私にも相続の権利があるんです。兄と一緒に住むのが気が重くなったので独立しましたけど、親から等分に相続してるので」

「ええ、それは何度も伺ってます」

家の前で杏子と落ち合った佐脇は、乗り込む前に事情を聞き出した。

「この前刑事さんに言われて、権利関係は勝手な事をされないようにと法務局に出向いたんです。そうしたら……兄と鉢合《はちあわ》せしてしまって」

兄の恵一も謄本《とうほん》を取りに来ていたのだ。

「訳の判らないことを言ってるんです。家をリフォームするのに大金がいる。だから家と土地を『名目だけ』売ってお金を作るから、私にも承諾の書類にハンコを押してくれって。名目だけって、どういう意味ですか?」

今、自分が抱えている問題を考えたら、この兄妹の悩みは些細《ささい》な事だ。

佐脇にはどうしてもそう思えて、対応もおざなりになってしまう。

「ああ、じゃあ、今から乗り込んでお兄さんをとっちめますか? 今日はひとつ、ガツンと言ってやりましょう」

佐脇の投げやりとも思える反応に、杏子はちょっと戸惑《とまど》った。

「いえ、あのう……乱暴な事はどうか……」

「もちろん、問答無用に捩《ね》じ伏せたりしませんよ。そんなことしても意味ないし」

一応の合意が出来たので、二人は上林家の中に入った。

相変わらず、家の中はゴミ屋敷で、ゴミとゴキブリを掻き分けて到達した奥の部屋に、恵一は籠っていた。

「ねえ、兄さん。どうしてあんな大金がいるのよ?」

開口一番、いきなり杏子は兄を問い詰めた。

「いきなり、なんだよ」

喧嘩腰の杏子に、兄の恵一も闘争本能にスイッチが入って言い返す。

「お前もおれもどうやら一生独身だろうから、この家を住みやすいようにリフォームして、またお前と一緒に住もうと思っただけじゃないか！　そんなおれの兄としての温かい配慮が判らないのか？」

「意味が判らない。この家をリフォームするのに、どうして売ろうとするのよ？　売っちゃったらリフォームする意味ないでしょ？」

「お前はバカだな。不動産のイロハも知らないのか」

兄は上から目線で聡明な妹を言い包《くる》めようとした。

「経営不振の大企業が、本社ビルを売って、そのまま賃貸するって例があるだろ？　それと同じだ。当座の資金が手許に入るんだからリフォーム出来るだろ！」

「そんな都合のいい売買契約、誰がしてくれるのよ！」

妹も負けてはいない。

「こんな家、更地にしなきゃ売れっこないでしょ？　それともアレ？　そんなにお金に困ってるの？　遺産は？　お兄ちゃんが相続した貯金はどうなってるの？」

杏子は、見え透いた嘘をつく兄に一歩も引かないどころか、攻めあげた。

「それに、こんなゴミ屋敷に私に住めって言うの？　あんた正気なの？」

「おれの言ったことをきちんと聞け！　だからリフォームするって言ったろ！」

「どれだけリフォームしようが、住んでいるのが兄さんなら、いずれ元の木阿弥《もくあみ》のゴミ屋敷に成り果てるに決まっているでしょうが。金と資源のムダ、というか、そもそも売る意味が判らないって言ってるの！　リフォームのローン組めば済む話なのに、どうして一度売って賃貸なんて手間のかかる事言うの？」

理知的な杏子の顔は般若《はんにゃ》のようになっている。

「法務局では女と別れるって言ってたけど、そんなの嘘でしょう！」

「お前、何を言い出すんだ」

恵一は激昂した。

「この家のリフォームと彼女は関係ない。彼女も、妹さんがそんなに反対するのなら、私はこの家に出入りしないほうがいいですね、って淋《さび》しそうに言っていた。おれの交友関係を潰すのが、お前、そんなに楽しいか？　おれに女がいて貢がされてるとか、そんな事勝手に作り上げて怒ってるんだろ。言っとくが、彼女はそんな女性じゃない！」

あまりの逆上ぶりに気を呑まれたのか、杏子は、黙ってしまった。

「もうお前のハンコなんかいらない。共有名義のおれの持ち分を担保にして、金を借りる。お前は帰れ！　顔も見たくない」

いつもの佐脇なら、ほほう、顔も見たくないという妹さんと同居するために、リフォームされるんですか、などと突っ込むところだが、今はその気力がない。

銀行は貸さなくても、筋の悪い、ヤクザや半グレ集団とつながっているような金融会社なら、このバカ兄に金を貸すだろう。そして、兄妹は親から受け継いだ家と土地を取られてしまうのだ。

おそらく問題の女は、杏子の兄から預金はすべて吐き出させたのだろう。次は不動産を処分して金をつくれと言葉巧みに誘導していることは、ほぼ間違いないと思えるのだが……。

「本当に尾行とか盗聴とかメールの盗み見とか、出来ないんですか？　兄は絶対騙されてます。エシュロンに出来るんだから警察だって出来るんでしょう？」

家から出てきて、杏子は憤懣《ふんまん》やるかたない調子で佐脇に訴えた。

「盗聴はねえ……裁判所の許可が要るし、メールの覗き見なんて、ウチの技術力ではそもそも可能かどうか」

天才ハッカー・美知佳《みちか》はいるし、声を掛ければ嬉々《きき》として乗ってくるだろう。しかし、佐脇の個人的な判断で他人のメールを盗み見するのは当然ながら違法行為であり、立件して裁判になった時に証拠不採用になってしまう。

「じゃあ警察が事件として正式に捜査してくださいよ！　って、前からお願いしてますよね！　警察は実際に被害が出てからじゃないと動けないって言うのなら、事件が起きてから犯人を当てるだけの名探偵と同じじゃないですか。兄がお金を騙し取られるのは目に見えてるのに、予防する気がないんですねっ！」

そう言われると、返す言葉がない。

確かに、今までの佐脇なら、内規に違反しようが違法だろうが、やるべきだと思ったら突き進んだのだが、今回に関しては、どうにもそういう気が起きない。

それより、自分が過去に破滅させてしまった女が目の前に現れ、不覚にも溺れてしまったあと、その女が実は複数の犯罪に関わっているのではないか、と気づきつつある自分のほうが、もっと悲惨なのではないだろうか。

「まあ、なんとか方法を探ってみますから。権利者であるあなたの意向を無視して不動産を処分するのは違法ですから、そのことを担当の部署に伝えておきます」

今の佐脇には、それしか言えなかった。

＊

まるで時間を潰すように、鳴海市内をぶらぶらした佐脇のその日の最終地点は、T市にある行きつけの高級フランス料理店・仏蘭西亭《ふらんす》だった。

一番奥の目立たない席には、晶子が座っていた。

「待っていたわ。どんな高級なお店に誘ってくれるのかと思っていたら」

「ここじゃお気に召さないか?」

「そう言うわけでもないけど」

仏蘭西亭は、県庁所在地のT市にある。フランス料理に関しては、この県では最高のレストランだという評価は定着している。地元の人間が中央から来る政治家や官僚を接待する時、西洋料理を希望する客の場合は、決まってこの仏蘭西亭が使われる。

だが、店を見回している晶子は浮かぬ顔だ。

「私、食べることには妥協《だきよう》したくないの。いつも考えるわ。死ぬまでにあと何回、お食事ができるかしらって。そう思えば、たとえ一食だって、いい加減には済ますことはできないはずよ? あなたもそう思わない?」

そんなことは考えたこともない。

「まだそんなトシじゃないだろう? きみも、おれも」

「歳なんて関係ない。どうなるか判らないのが人生よ。たとえば明日のこの時間、まだ生きていて元気で、ちゃんとお金も自由もあって美味しいものが食べられるって、あなたには言い切れる?」

そう言い切れる人間などいないだろうが、普通そんなことは考えないものではないのか。

「だから美味しくお食事をするためなら、幾らお金を使ってもいいと思ってるの。雰囲気も大切よ。ヨーロッパの人は一度ウチに帰ってでも、その席にふさわしい服に着替えてくるというでしょう？　だから私もそうしたわ」

そう言う晶子は、なるほど躰にぴったりフィットした、黒いシンプルなミニドレスに身を包んでいる。輝くような白い肌とのコントラストが妖しい。色彩といえば、ふっくらした唇に輪郭を控えめに塗られた、真っ赤な口紅だけだ。つややかな髪をかきあげる白い腕に、ダイヤのブレスレットがきらめいた。

「だけど、私が思っていたほどのお店ではないようね」

彼女は微笑みながら、失礼なことを言い放った。しかし、この辺だと大阪にでも行かなければ、ここ以上の店は存在しないのだ。

「残念だわ。今夜は普通の夜じゃなくて。佐脇さん、あなたとの再会をお祝いする、特別な夜だというのに」

戸惑った顔の佐脇を尻目に、晶子はオーナー・シェフが差し出したワインリストを見ることもなく、「シャトー・ムートン・ロートシルトはあるかしら？」と聞いた。

「七九年のものでしたら」

オーナー・シェフはそう答えた。彼はT県でも一番の有名シェフで、ローカル放送のグルメ番組には常連のように登場するから、それなりに自分の腕と舌と知識には自信を持っている。

「七九年？」

晶子は微笑んだ。

「いいわ。持ってきてみて」

含み笑いをしつつオーダーし、オーナー・シェフがうやうやしく運んできた超高級ワインのボトルを開けさせて、テイスティングをした。

大きなワイングラスに形のよい鼻孔を近づけて香りを確かめ、少量の赤い液体を口に含むと、しゅるると空気と混ぜ合わせて飲み込んだ。

その様子を見たオーナー・シェフと佐脇は、顔を見合わせた。口には出さないが、「テレビで見たソムリエの猿真似をしやがって」というオーナーの心の声が聞こえるようだ。

「残念だわ。やっぱり七九年は駄目ね。この年のシャトー・ムートン・ロートシルトは最低と言われているのに。寝かせたことで、若い頃にはあったブラックカラントの果実味も消えている。目立つところのないアロマと味わいは主にタンニンと酸味、アルコール、木の香りね。全然面白みがないわ」

厳しい顔になった晶子はワイングラスをとん、と置いた。

「別のものはないの?」

オーナー・シェフの笑みは完全に消えて、表情が強ばった。

「シャトー・ディケムはいかがでしょう? 八九年がありますが」

焦った口調になっている。晶子は微笑んだ。

「ディケムは白でしょう? 赤が飲みたいの。シャトー・オー・ブリオンはどう?」

オーナー・シェフは頭を下げた。

「申し訳ありません。ウチには置いてございません」

「それではおまかせするわ。何でもいい。自信があるモノを持ってきて」

その勢いに、佐脇は慌てた。

「なあ。テイスティングしてダメを出したワインも勘定に入るんだぞ。きみがダメだと言っても、開けてしまえば」

「あら。だって、美味しくないワインをどうして飲まなければいけないの?」

彼女は当然のように言い放った。

少し前のワイン・ブームで、「テイスティング」というものがこの世にあることを知ったニワカ・ワイン通の中には、味見してダメだったものは店の恥なのだから廃棄《はいき》して無料、と思い込んでいるバカがいたものだ。次々に試飲してダメを出し、会計の時に巨額の請求をされて揉めるという、コントのような本当のことがあった。

それを今、晶子はやっている。勘定を持つのが佐脇であることを前提に、だが。

二人のテーブルには、シャトー・ラフィット・ロートシルトや、シャトー・マルゴー、シャトー・コス・デストゥルネル、シャトー・ペトリュス、シャトー・トロタノワ、シャトー・オーゾンヌなどの超一流銘柄のボトルが運ばれてきたが、次々に晶子に却下《きやっか》された。

「違う。味が変わってしまっているわ。保存法に問題があるんじゃない？　渋みがきつすぎるしフルーティな香りが消えているし、若すぎるし……」

たかが酒だ。ここまでうるさく言うことか、と佐脇はひたすら呆れたが、黙って晶子の好きなようにさせた。いつの間にか、十五年前の罪の償《つぐな》いをしているような気になっていた。いや、晶子が自分に復讐《ふくしゆう》しているのではないか、とさえ思った。だが、それはない。晶子が真相を知っていれば、とてもこの程度では済まないだろう。

焼酎《しようちゆう》だろうがワインだろうが佐脇はいつもガブ飲みだ。味わいなど気にすることはない。バカ高いワインなど、いわゆる太客《ふときやく》がキャバ嬢の売り上げに貢献《こうけん》するか、成金が女を落とすときに使うアイテム程度にしか思っていなかった。たとえて言えば、給料三ヶ月分のダイヤとか、クリスマスイブの高級シティホテル宿泊と同じで、カップルの間だけで通用する金券みたいなものであると。

だが、驚いたことに、本当に味が判ると思っている人間もいるらしい。

形の良い眉根を寄せて、晶子は言った。

「ここは私の生まれた町だから言いたくないけど、厳密に温度調節しているワインカーヴのあるお店なんか、鳴海にあるはずはなかったのよね」

大阪には高級ワインを預かって保管してくれるサービスがあり、そこを利用していたのだと晶子は言った。

「出ましょう。いいワインが出せないレストランで食事は出来ないわ」

晶子はそう言って小さなバッグをつかみ、化粧室に向かった。

佐脇は、晶子がトイレに入ったのを確認してオーナー・シェフと密談した。

「勘定、どうなってる？　あんなに思い切りよくワインを開けて……参ったぜ」

佐脇は、ツケはきくか訊ねた。最近はすでに限界まで溜めているので、もう無理ではないかと危惧《きぐ》していた。だが。

「いえ。お代はもう戴いてますから……お連れさまの、あの女性から」

オーナー・シェフは、畏怖《いふ》するような目を晶子の消えた化粧室に向けた。

「十本で五十万。こちらの請求額をそのまま、明細も見ずに、現金でお支払いいただきました」

そうか、と返事をして佐脇は席に戻った。驚きと安堵、そしてなぜか不安な気持ちを、どうしていいのか判らない。

ほどなく晶子も戻ってきた。

「ごめんなさいね。お腹が空いたでしょう？　私のうちに来て。何か美味しいものを作るから」

「いや……」

馴染《なじ》みの店で顔を潰されたわけだが、晶子に対しては後ろめたい気持ちがあるだけに、何も言えない。だが、言われるままに晶子のアパートに行ってしまっては沽券《こけん》にかかわる。

仏蘭西亭の外に出てから、佐脇は馴染みの小料理屋に電話を入れた。

「今日は何が入っている？　ウツボはあるのか？」

鳴海にロクな店はないと言っていた晶子だったが、ウツボと聞いた途端、目を輝かせた。

小料理屋のカウンターに座った晶子は日本酒にうるさいことは言わず、出されたウツボ料理の数々に舌鼓《したつづみ》を打った。

「これ美味しい！　同じものをもう一つ食べたいわ」

塩焼きに薄造り、唐揚げに照り焼きと次々に注文して、ひたすら南海の珍味を食べ続けた。

「叩いたウツボを味醂《みりん》干しにして焼くと香ばしくて、骨まで食べられて、美味しいのよね」

貴重なネタだと判っているだろうに、他の客の事などまったく気遣うこともなく、注文を繰り返す。

付け台に立つ大将も苦虫を噛み潰したような顔になっているが、常連でいつも大枚はたいていた佐脇の客である手前、何も言わない。佐脇も、何も言わないでくれるよう、大将を目で拝《おが》んだ。

ウツボづくしに満足した晶子の欲求は、寿司に向かった。こちらも今日一番のネタを鋭く見分けて、そればかり集中して注文している。

佐脇は、またもハラハラしたが、やはり何も言えない。

それを知ってか知らずか晶子は、シマアジの握りを頬張りながらにっこり微笑んだ。

「いつまで生きられるか判らない人生よ。私には今まで大変な事がいろいろあったから、その分を今、取り戻しているの。こんなに美味しいものも、死んだら食べられない。過去の時間を取り戻すことも出来ない。今。今しかないのよ」

そうでしょう？　と晶子に言われてしまうと、佐脇はやはり言葉が返せない。

「人生には素晴らしいものがたくさんあるわ。私は最高のものを味わいたいの。過去も、未来もない私が、ほんの短いあいだだけ楽しんでいるの。そのくらいは許されるはずよ」

過去はともかく、なぜ未来もないと晶子は思っているのか。

仏蘭西亭でも、この小料理屋でも、彼女の言動に気が気ではなくて、佐脇は結局、ビールを口にしただけで、他のものはまったく喉《のど》を通らなかった。

それに気づいているのかいないのか、晶子は「送ってくれるでしょう?」と佐脇を自宅に誘った。

「ここからそう遠くないから。ね?」

行けばお定まりのセックスで、すべてが曖昧になってしまう。

晶子は、それも充分承知の上で、自分を誘い、セックスに持ち込もうとしているのではないか。彼女は何を考えているのか。

昔の愛情が甦ったから、と素直に信じられるほど佐脇ももはや純粋ではない。

それでも誘いを断るには、晶子とのセックスは素晴らしすぎた。


これほど食事に贅沢で、七〇〇万近いメルセデスに乗っている晶子なら、さぞや高級なマンションに住んでいるのだろうと想像していたが、タクシーが着いたのは、古ぼけた小さなアパートだった。一応鉄筋コンクリートだが、マンションと呼ぶには貧相すぎる。エレベーターすらない四階建ての、二階にある部屋だった。

しかし、ドアを開けてすぐのキッチンを見て驚いた。

狭い安アパートには不釣り合いな、巨大な業務用冷蔵庫と冷凍庫がまず目に入った。そのほかにもガラス張りのワイン専用の冷蔵ケース、ジューサー、ミキサー、オーブンなど数々の調理用器具が、狭い台所を埋め尽くしているではないか。

あまりに非現実的な光景で、台所だけを見ればレストランの厨房《ちゅうぼう》にしか見えない。いや、食品会社の研究室か実験室のようでもある。

晶子は微笑んだ。

「びっくりした？　料理が私の趣味だから。凝《こ》り性なので、ついつい、本式のものを揃えたくなるの。冷蔵庫は業務用を使うのが一番ね。機能もデザインもシンプルで、よく冷えるの。ほかの調理器具も同じよ。プロが使うものが一番、手に馴染むし、仕上がりもいいの」

もっともらしい理由を述べたが、それにしても質・量ともに、この機材の揃い具合は常軌を逸《いっ》している。素人の趣味の域を超えている。

佐脇の不審の念を感じたのか、晶子はそれ以上の質問を封じるように言った。

「佐脇さん、今夜はまだ何も食べてないでしょう？　ちょっと待ってね。道具は色々揃えてあるけれど、全部役に立つし、少しも大袈裟《おおげさ》じゃないってところを見せるから」

彼女はそう言うと、巨大な冷蔵庫から食材を手早く取り出すと、さっさと調理を始めた。包丁でサクサク切り、肉を叩き、塩胡椒《こしょう》してボウルの中に潜らせて油で揚げる……。

フードプロセッサーそのほかの機器も駆使《くし》して、キッチンのテーブルに座っていた佐脇の前に、あっという間に何品もの料理が並んだ。

そのメインは、揚げたてのトンカツだった。

十五年前、晶子が佐脇のアパートに初めてやってきた「あの日」に、作ってくれたのと同じ、トンカツと豚汁。そしてポテトサラダに、熱々のご飯。

全部が、まるで魔法のように瞬《また》くうちに調理され、目の前に並んだのだ。いやそれは、佐脇が呆然として時間の感覚を失っていたのだろうが。

「どうぞ。私はお寿司を食べ過ぎて、もうなにも食べられないから」

美味そうな匂いに我慢出来ず、佐脇は箸をつけた。

こんがりといい色に揚がったロースカツを食べる。

カリッとした食感の後、じゅわっと肉汁が口の中に広がり、豚ロース肉の柔らかな感触とともに、何とも言えない滋味が広がった。

「美味い！」

あまりの美味しさに、佐脇は驚いた。もしかすると、生まれてこの方口にした中で、最高のトンカツかもしれない。いろんな店でトンカツを食ってきたが、これほど完璧なものは食べたことがない。

味も、「あの日」の再現ではなかった。あきらかに、晶子の料理の腕は上がっており、十五年前よりも、さらに美味しくなっている。超一流のシェフ以上の腕だと思えた。

「美味しいでしょう？　それ、お肉そのものが違うせいもあるのよ」

晶子は、正直に驚嘆した佐脇に微笑んだ。

「普通のポークじゃないの。このあたりでは手に入らないのよ。岡山まで行って買ってきたの。超一流のお店にしか卸さない特別の肉が手に入るところがあるから」

晶子は得意そうに説明した。

キッチンの小さなシンクの脇にある狭い調理台に、レジ袋が乗っていた。その袋には「桃太郎ポークの岡部《おかべ》精肉店」と印刷されている。

美味しいものは、人の心を朗らかにする。それが一時的なものであるにせよ。佐脇はさまざまな思い……疑惑、不審の念、罪の意識そのほかを取りあえず忘れた。

彼女は、これは温度調節が可能なのよ、と自慢しながら、ガラスのワインセラーから、ワインを一本取り出してきた。

「グリオット・シャンベルタンと言ってね、ブルゴーニュの中でも入手が難しい、幻のワインと言われてるの。それも当たり年の九六年物よ。しかもドメーヌはクロード・デュガ」

佐脇にはちんぷんかんぷんな解説だが、一口味わって驚いた。イチゴのような香りがしてタンニンと酸味がいいバランスでしょう？　という晶子のウンチクも、まったくその通りだと思えた。

飲みやすくて、とても美味い。

美味い料理に美味いワインを飲んだ後は昔のようにクラシックのＣＤを少し聴き、どちらからともなく求め合って抱き合い、お互いの肉体を貪った。まさにデートのフルコースだ。

こういう展開になると、情けないことながら、男は骨抜きになってしまう。佐脇も例外ではない。

これだけの贅沢な生活を維持する金の出どころ、また、今になってなぜ鳴海に戻ってきたのか、など晶子には判らないことが多く、いろいろと疑惑は募《つの》るばかりだが、それを口にすることは結局出来なかった。佐脇自身の、思い出したくない過去につながる話になってしまいそうで、それが怖いのだ。

晶子のアパートを出た佐脇は、ねぐらに帰るためにタクシーを拾おうと、バス通りに向かった。

その時。

暗闇から走り出てきた男が視界に入ると同時に、鳩尾《みぞおち》に衝撃が走った。息が出来ない。

「晶子に手を出すな！　この野郎」

その男は、佐脇の顔といい腹といい、手当たり次第に攻撃してくる。

多少酒を飲み、満腹だった腹を殴《なぐ》られ膝蹴りを喰らったので、吐いてしまった。美味いトンカツとワインを戻してしまったと残念に思ったところに、また数発喰らった。

完全な不意打ちだが、佐脇が体勢を立て直すのも早かった。

殴りかかってくる男の腕を摑み、捻りあげて反撃する。

と、男は合気道か何かの心得があるのか、反射的に一回転して捻りを外そうとした。

腕を離すまいとする佐脇と揉み合ううちに、街灯の光の中に入った。

二目と見られない、不気味な顔が照らし出された。

いつぞや、モーテルの外にぼんやり立っていたケロイド顔の男だった。

「安物のお面みたいな顔だな、お前」

一瞬怯えて男を離してしまった自分が腹立たしく、佐脇はわざと相手を挑発した。

闇の中にきらりと光るものがあった。匕首《ドス》かナイフか。

咄嗟に男の右手に蹴りを入れたがかわされ、男は姿勢を低くして、身体ごと佐脇に突進してくる。

佐脇はわざと逃げなかった。だが刺される寸前に体をかわしざまケロイド男の首に腕を回し、そのまま投げ飛ばした。

首投げが鮮やかに決まり、男は音を立てて倒れた。すかさず駆け寄り、男の手から刃物を蹴り飛ばす。そのまま男の腹に猛然と蹴りを入れ、仕上げに膝落としを喰らわせた。

「ぐ」

男は呻《うめ》き、身体を転がして蹴りの嵐から逃れると必死に立ち上がろうとしている。だが佐脇は容赦せず男の鳩尾に爪先《つまさき》をめり込ませ、その勢いで身体を回転させて顎と頬に後ろ蹴りを見舞った。

そろそろ過剰防衛の段階に入って、ようやく怒鳴る余裕ができた。

「なんだお前！　おれに何の恨みがある？」

返事を聞くために攻撃を一時中止する。

ダウン寸前の男は足がもつれ……ふらついて、佐脇に倒れかかった。

反射的に男を受け止めた勢いで、佐脇は近くの電柱に背中から激しくぶつかった。

不意なことで、後頭部を強打して、一瞬目の前に火花が散った。

「あの女に近づくな。覚えとけ。あれは……恐ろしい女だぜ」

男の声に聞き覚えがあるような気がしたが、朦朧《もうろう》としてどうしても思い出せない。

佐脇が脳震盪《のうしんとう》を起こしている間にケロイド男は走り去り、夜の闇の中に消えていった。


T市から鳴海に戻った佐脇は、二条町に寄って一人で酒を飲みながら考えた。晶子のところで飲んだワインも食事もほとんど吐いてしまったので、食べ直しの飲み直しだ。

唐揚げとポテトサラダを摘みながらビールを飲んでいると、深夜の人気ドラマではないが、「おれにはこういうものがお似合いなんですよ」と呟《つぶや》きたくなる。

独り者の食いしん坊があちこちの安い食堂で食べるだけのドラマだが、そこには深い安らぎと自由がある。当たり年のボルドーやブルゴーニュがどうのとか、特別な肉で作ったトンカツがどうだとか、そういう高級な食い物についてくるのは能書きだけではない。いつの間にか社会的な物差しや、余計な人間関係にびっしりとまとわりつかれている。

安くてそこそこ美味いトリカラとそのへんのビールで充分じゃないか。

それにしても。

突然襲いかかってきたあのケロイド男は何者なのか。

晶子と入ったモーテルの前に所在なさげに立っていて、そして、晶子の部屋から出てきたところを待ち構えていたように襲ってきた、あの男は。

考えたくはないが、思い当たる節があった。

十五年前に、晶子と別れたがっていた佐脇にうまい話をもちかけ、その後、実際に晶子を鳴海から連れ出して、おそらくは裏の世界に堕としたヤクザ、遠藤十三。

あの男以外には考えられない。

ケロイドの男が遠藤だとすれば、晶子とはすでに別れたのだろう。醜《みにく》く変わり果ててしまった容貌はどういうことなのか。あれは恐ろしい女だ、という去り際の言葉も気になる。

晶子に訊くのは論外だ。昔の自分と遠藤とのつながりは絶対に悟られたくない。

佐脇は、酒をビールからチューハイに変えた。割りものはほんの少しで、ほとんどが焼酎の、えらく濃い酒を自分でつくり、ぐいぐい飲みながら考えた。

やはり伊草に会って、話を聞くしかない。

遠藤十三と伊草とは、鳴龍会での活動期間が多少ズレるが、早瀬の言うとおり、鳴龍会の動きをすべて把握していた伊草なら、知らないことはないはずだ。

こんなことで、逃亡中で全国指名手配の、かつての盟友をわずらわすのは心苦しいが……。

プライベート用のスマホを取り出すと、「みさを」という名前をプッシュした。

しばらく呼び出し音が続き、応答があった。

「……はい」

懐かしい声がした。前と変わらない、愛らしい、か細い声だ。

「あ。おれ、イヤ、私、佐脇です」

電話の向こうで、相手は「あ」と絶句した。

「急な話で申し訳ないんだけれども、是非、会わせて貰いたいんだ。あいつに」

＊

三時間後。

佐脇は、大阪・梅田《うめだ》の外れ……以前は朝日放送やホテルプラザがあった大淀《おおよど》付近の裏通りでタクシーを降りると、コースターの裏側の走り書きに目をやりつつ辺りを見渡した。梅田や難波《なんば》の駅周辺ならともかく、少し外れると土地勘がないので西も東も判らない。しかも、時間は既に深夜の零《れい》時を過ぎている。

電話で聞いた『スナック・リオ』が入っている雑居ビルを捜してウロウロしていると、「佐脇さん」という声が聞こえた。ころころと鈴が鳴るような可愛い声だ。

取り立てて美人ではないが童顔で可愛い女が、道端に立っていた。今でも実際の歳よりかなり若く見える。

長いこと会っていなかったが、「永遠の少女」のような見た目はほとんど変わっていない。

佐脇の盟友・伊草が鳴海港に建つビルを破壊し、甚大な被害を引き起こしたあげく逃走するという大事件を起こしてほどなく、ごく普通の事務員だった彼女、館林《たてばやし》いずみも鳴海から姿を消していた。

そのいずみが、佐脇と伊草を繋ぐパイプ役だった。伊草の直通電話番号は、あえて知ろうとしなかった。知ってしまった場合、訊かれれば警官である以上、伊草の居所を隠すわけにはいかない。職業倫理上の問題だけではなく、犯人隠匿の罪に問われるのだ。

佐脇が事故に遭ったりして誰かがこの私物のスマホに触れたときに、伊草の電話番号が判ってしまう事態も避けなければならなかった。だから、いずみを介してのみ連絡がつくようにして、さらにいずみの電話番号も別名で登録しておいた。本当はあと二つくらいのクッションを置くべきなのだろうが、あんまり面倒な事をすると、佐脇自身がそのカラクリを忘れてしまう。

いずみは元々は大阪の人間だから、生まれた街に戻ってきているわけだが、逃亡犯を匿《かくま》うストレスと重圧で、少し老け込んだように見えた。少女の印象のまま、皺《しわ》と白髪《しらが》が増えているのは少し奇妙な眺めではある。

「佐脇さん、ほんとうにお久しぶりです……こっちです」

「いいのか、そんなに簡単におれを信用して」

「さっきからここで佐脇さんの様子は見てましたよ。本当に大阪のことを知らないおのぼりさん丸出しだし、他に誰もいないのも判ったし」

相変わらず少女のような無邪気な笑みを浮かべて、いずみは田舎刑事を近くの古ぼけた雑居ビルに案内した。あたりには五階建て前後の、似たようなビルが立ち並んでいる。

指定されたスナックは、そのビルの最上階にあった。

ドアを開けると、普通のスナックよりも暗い照明の中、カウンターの隅でウィスキーのオン・ザ・ロックを傾けている男がいた。紺のブレザーにボタンダウンのシャツ。アメリカの、それも東海岸の有名大学の同窓会にでも出てきたような格好が、相変わらずピタリとハマっている。

佐脇には、それが伊草であることが一目で判った。着ている服こそ品のいいアイヴィールックだが、ガタイと押し出しの良さは以前とまったく変わっていない。

伊草は無言で笑うとシガーに火をつけた。細巻きの葉巻だ。ライターの炎に照らされて、懐かしい顔が浮かび上がった。

「……まんまだな。ナニを着てもお似合いだ」

佐脇は伊草の隣に座りながら挨拶《あいさつ》代わりに言った。

「というか、鳴海時代より優雅じゃねえか。シガーにスコッチか。カッコつけんな」

そんな佐脇に、伊草は笑った。

「ここでは、野郎どもをどやしつけたりキッタハッタが出来ませんからね。身動き取れないんで、こういう嗜好《しこう》品に逃げてるんですよ」

そうは言うが、伊草の体型に変化はなさそうだ。以前と同じく筋肉質で引き締まっている。

「そういうオーラは消しとかないと、逃亡者としてはヤバいんじゃないのか？」

「オーラ？　拗《す》ね者にオーラなんか出ませんよ」

伊草一流の謙遜だ。だがこの男なら、スポーツクラブの隅で汗を流していようが、炎天下で道路工事をしていようが、はたまた安いスーツで大阪の地下鉄に乗っていようが、どこにいても人目を惹き、クッキリと目立つだろう。

「こんなところに居て、大丈夫なのか？」

「大丈夫です。都会の方が見つかりません」

「塩を隠すなら砂糖の中とか言う諺《ことわざ》があったな」

「そんな妙な諺、ありましたっけ？　まあ……ハッキリ言って、大阪府警はチョロいんですけどね」

逃亡生活の翳りが加わって、その容貌にも渋みが増しているようだ。

「四六時中気を張ってるんで、熟睡出来ないのが辛いと言えば辛いですけどね」

「一生逃げ続ける気か？　ムショに入って清算した方がいいんじゃないか」

「まあ、それも考えています。帰る家もなくなったんで……ほとぼりが冷めて、アイツを巻き込まないで済むという見通しがつけば」

伊草は、わずかにうしろを振り向き、離れたテーブル席に一人で座るいずみを指した。

「で、佐脇さん、わざわざ大阪まで、何の御用で？　まさか成績を上げるのに私を捕まえに来たんじゃないでしょうね？」

相変わらず腹に響くいい声で、伊草は笑った。

「いずみさんがチェックしてOKが出たから、おれはこうして座ってられるんだよな？」

佐脇はバンザイをして見せた。もちろん手錠も警棒も拳銃も所持していない。

「素手だとお前さんの方が強いんだし」

伊草と同じシングルモルトのスコッチを頼んだ佐脇は、グラスを合わせた。

「ここの店こそ、大丈夫なんだよな？」

「無論です。このマスターは目玉をくり貫《ぬ》かれても秘密を守る男です。映画の、寡黙《かもく》な板前みたいにね。『冬の華』の……なんていいましたっけね……あの映画の小林稔侍《こばやしねんじ》に痺《しび》れて、おれは極道になろうと思ったんです」

カウンターの中で寡黙にグラスを磨いている初老のマスターは無表情だ。

「それじゃ本題に入る。遠藤十三のことを訊きたい。お前さんの知ってることを全部、話してくれ。言っておくが、おれに気は遣うな。昔のことはお前さんも知ってると思うが、配慮も遠慮も思いやりも気配りも、そういうモノは一切ナシで、遠藤が鳴海を出たあとのことだけを」

伊草は、少し首を傾げてかつての盟友を眺めたが、スコッチで口を湿らすと、ならばと話し出した。

「鳴海を出たあと、ということは、佐脇さんが婚約していた女性と、遠藤が駆け落ちしたあと、という意味ですね？　遠藤は大阪に逃げてきて、鳴龍会とつながりのあるこっちの暴力団に出入りしてました。客分扱いされていい気になっていたようです。まあ、『客人』と言われるだけで、もちろんカネの援助があるわけじゃありません。女性を働かせてヒモになって暮らしていたようです。最初はキャバクラだったそうですが」

田舎とはいえ警察幹部の娘を押さえていればこその『客人』扱いだったのだろう。

伊草は二本目のシガーに火をつけた。

「しかし、遠藤はいつも金に困っていたようです。その女は稼ぎもいいが、金遣いの荒さも半端じゃない、と遠藤がこぼしていたそうです。何に使っていたのかは判りませんが」

伊草は佐脇を見た。

「女も相当ストレスが溜まってたんでしょう。それまで生きてきた世界とはまったく違う訳ですし……勤め先もキャバクラから、すぐにもっとディープな性風俗に移ったようですし」

想像していたこととはいえ、こうしてはっきり聞かされると、佐脇も胸がえぐられるようだ。

「……そのうちに遠藤が始終イライラして些細なことにもすぐキレるようになっていると、私がこっちに来た時に、大阪の組の人間から聞かされました。たぶんクスリですね。

それで鳴龍会に戻る目はなくなりました。客分でいた大阪の組との関係も微妙になりますよね」

「女は金遣いが荒く遠藤はシャブ、か。仮に、女をどエロな風俗に沈めていて、それで女が荒れるならまだしも、遠藤までがヤクに手を出すってのは解《げ》せないな」

佐脇はオン・ザ・ロックを一気飲みした。

「あの男が晶子に本気で惚れて、好きな女に売春させるのを苦にして、とは考えられないからな。あの男は、女に惚れるって事がない野郎だろ」

「まあねえ、鳴海にいたころは、何人かの女をうまく操って稼がせて上納金もきっちり払って薬物には一切関わらない、上の言うことをよく聞く実に優等生なヤクザでしたからねえ。大阪に来て突然ダメになったというべきか」

新たにウォッカの水割りをオーダーして、佐脇は考えた。

晶子は遠藤の一方的な犠牲者ではなかったのか？　あのヤクザの金ヅルにされてカラダの芯までしゃぶり尽くされたんじゃないのか？　しかし話を聞くと、遠藤のほうが被害者のようにも思えてくる……。

佐脇の疑念を読み取ったかのように伊草が言った。

「彼女がどういう女性かは知っていますよ。県警幹部の娘で、お嬢さん育ち。そうでしょう？　しかし、私の経験では、そういう女はえてして化《ば》けます。とんでもなく化ける場合があるんです。良家の子女というタガがはずれて本性が現れると……」

「違うだろ。お前らヤクザが、そんなふうに女を洗脳して調教して、自分の都合のいい色に染めてカネにしてきたんだろ。お嬢さんの方が真っ白だからオメコ色に染めやすいってだけじゃねえか」

佐脇の口調に、伊草は、これはどうもと頭を下げた。

「おっしゃる通りです。申し訳ありません」

伊草は、格好だけでも下手に出て佐脇を立てるので、それ以上何も言えなくなる。そういう警官操縦法を手下に伝授しないまま、鳴海から消えてしまったのが残念だ。

「その女性と遠藤は、私や組の連中が知らないところで、恐ろしくヤバいシノギに手を染めていた……どうもそんな気がします。それこそバレたらタダでは済まないような」

麻薬・覚醒剤の密売や売春のようなレベルではない、と伊草は匂わせた。

「ということは……コロシとか？」

「多分、そのレベルの。私が大阪に来たときは遠藤とも顔を合わせていたんですが、あの頃のヤツの荒《すさ》んだ雰囲気や目つきを思うと、そういうことをしていてもおかしくはないですね。まあ、遠藤は鳴龍会からは破門という形になっていたし、表向き私との縁は切れていたので、知らん顔をしてましたがね」

佐脇さんからも何も言われてなかったし、と伊草は言い添えた。

「晶子の……彼女とのことはおれも思い出したくなかったからな……」

ヤクザのあいだのトラブルなら、警察沙汰《ざた》にはならなくても伊草の耳に入らなかった筈《はず》はない。

だが、それもなかったということなら……遠藤が何かヤバいことに手を染めていたとして、その対象はヤクザではなく、カタギの人間だったのだろう。

伊草もそう思っているらしい。

「裏の世界の人間なら、死体を山や産廃に運んで埋めるなり、海に沈めるなりして終わりです。仮に見つかっても、指が欠けていたり刺青があったりすれば警察もスジモノ同士ということで、誰かを自首させろって話になるだけです。しかしカタギ衆に同じことをしたら大変な騒ぎになります。失踪したら捜索願が出されるし、どんなにキッチリ死体処理をしても引っ張られて歌わされます。死刑判決が出ることもある。普通の極道なら、そんな面倒なことはしないもんです」

そりゃそうだろう、と佐脇も頷いた。だがしかし、佐脇が知っている遠藤は女絡みのシノギが専門で、殺しはおろか暴力行為にすら手を出さない、軟派系のヤクザであったはず。女を強姦して写真を撮って脅すことは出来るだろうが……。

「そもそも、アイツの器じゃコロシなんか無理だろう？」

「佐脇さんもそう思いますよね？　しかしまあ、何かヤバいことをしていたとしても、尻尾は出していないんで、うまくやったと言えないこともない」

「大阪府警だからチョロいってか？」

言いぐさを真似してみたが、スルーされた。

「……私が思うに、仮に遠藤がそう言う危険なシノギに手を染めていたとして、それは遠藤が自分で考えて決めた事じゃあない気がしますね」

伊草は、誰かにそそのかされたのではないか、と言わんばかりだ。

それが誰か。お互い名前は口にしなかった。

重い空気が流れて、二人の男は酒を飲んだ。

「……肝心なことを訊く。今、遠藤十三はどうしてる？　まだその女と一緒にいるのか？」

カウンターで、佐脇は半身を伊草に向けて、正面から訊いた。

「もしかして、遠藤に大きな変化があったんじゃないのか？」

「そう訊くということは、ご存じなんでしょう？」

伊草は、シガーを燻《くゆ》らせた。

「今の遠藤に、会ったんですね？」

「あの火傷で凄い顔になったのが遠藤ならな」

伊草は頷いて、佐脇にもシガーを勧めた。

「いや、おれは煙を吸い込まない葉巻みたいなお上品なのは好かねえ」

自分のセブンスターを取り出して火をつけた。伊草は含んだシガーの煙を吐き出しながら言った。

「二年ほど前のことでしたか、遠藤から連絡があったんです。助けてほしいと。火事なのか、それとも誰かにやられたのか知りませんが、住んでた家が焼けて、死ぬほどの火傷というか熱傷を負ったんです。かなりヤバい状態でした」

驚きのあまり、どうして知らせなかったんだと顔に書いてある佐脇を見て、伊草はイヤイヤと手を振った。

「その時、佐脇さんに教えてもどうしようもないというか、もう関係ない話でしょう?」

「……まあ、そうだがな」

たしかに二年前にそんなことを伊草から聞かされたら、疚《やま》しさのあまり逆ギレしていたかもしれない。なぜそんなことをわざわざ知らせる、おれには無関係な話だ！　と。

「その時ヤツが住んでいたのは大阪の住之江《すみのえ》で。ボートレースで有名な住之江ですが、まあ普通の街ですよ」

伊草は記憶の糸を手繰るように目を細めて天井を見上げ、煙を吐き出した。

「ヤツは病院には行けないと言うんです。病院から警察に通報されるのは困るんだと。誰にも相談できないんで、私に電話してきたんでしょうね。私は、その時たまたまこっちにいたんで、とにかく駆けつけました。ヤツは焼け跡の近くに身を隠していましたが、まあひどい有様でしたよ。それで私は何も聞かずに闇の医者のところに連れて行きました。ブラック・ジャックみたいな闇のね」

「その火事で、晶子は……女はどうなった？　その時はもう一緒じゃなかったのか？」

「その件に関して……晶子さんについてですが、遠藤は何も言わないんです。庇ってるんじゃなくて、何かその、名前も口にしたくないというような強い意志を感じましたが」

二人が別れたとしても、それはただの痴話喧嘩などではなさそうだ。

「私としては、ある憶測がありますが……今言うのは止めておきます。ともかく私が知っているのは、その時以来、遠藤の口から晶子さんの名前が出なくなり、その夜以降、彼女の姿を見たものもいない、ということです」

シガーを灰皿に突き立てて消した伊草も、佐脇に正対した。

「わざわざこんな時間に大阪まで来たって事は、ただ単に、遠藤十三の今を知りたいだけじゃないんですよね？」

相変わらず、伊草は察しがいい。いちいち噛んで含めるような説明をしなくて済むのが有り難い。

「遠藤がおれを襲った。おれを付け狙ってるくせに、肝心なことを何も言わない。まるで拗ねたガキみたいに殴りかかってきて、おかしなことを言っていた。あれは恐ろしい女だとか何とか。怖くはないが面倒だから、ヤツとキッチリ話をつけたい。もしもまだ連絡がつくようなら、おれがそう言っていたと伝えて欲しい」

判りました、と伊草は応じた。

「で、今日はどうします？　もう日付は変わってるし、どこかホテル取りますか？」

「いや、帰る。ノンビリ寝てられない。遠藤については大体判った。逢えて良かったぜ」

そう言って席を立った佐脇に、伊草は手を差し出して握手を求めた。

「なんだ？　都会で暮らすとバタ臭くなるのか？」

佐脇は照れながらも伊草の手を握りしめた。

「また逢おう。それまで生きてろよ」

＊

タクシーを拾って明け方に鳴海に戻った佐脇は、一睡もしないまま鳴海署に行った。

ようやく明るくなりはじめた時刻だが、誰もいないと思った刑事課には明かりがついていた。

「なんです？　こんな時間に」

当直で暇そうにデスクに突っ伏して寝ていたのは、普段付き合いのない、三係の刑事だった。小さな所帯だが、好き嫌いの激しい佐脇は、波長が合わない相手とは挨拶もしない事が多い。当然向こうも面白くないし、友好的な態度に出ることはない。

「……酒くさいなあ。家に帰って寝てくれればいいでしょうに」

当直の、そろそろ若手から中堅になりかけている刑事が目を醒まして文句を言った。

「うるさい。お前みたいな穀《ごく》潰しと違って、おれにはやることが多いんだ！」

デスクのノートパソコンを起動し、部屋の隅にある共用のデスクトップにも電源を入れる。

「おい、ここから消防のデータベースに入れるのか？」

佐脇はそう訊いたが、当直の刑事はふたたび寝息を立てていた。

「ったく使えねえ」

そうボヤいて、慣れない手つきでデータベースを検索する。

遠藤十三が火事に遭ったと聞かされたが、それがただの火事ではなく、ほとんど焼き殺されそうになったのだと伊草が思っているのは明らかだ。

大阪のどこでそんな火事があったのか、ウラを取る必要があった。

苦心惨憺《さんたん》のすえ、大阪府警と大阪市消防局のデータベースの両方で当たりを見つけた。

二年前の六月十三日の午前一時、伊草が言った通りに、住之江の一戸建て住宅で、火事があった。

焼死者はなく、付近への類焼もなかった。その家には男女が住んでいたようだが、二人の行方は出火当時から不明となっている。近所の住人が一一九番して消防車が駆けつけたときには、すでに住人の姿はなく、鎮火して以降も姿を見せないままであると。

そして焼け跡にも、住人の身元が判るようなものはなかった。

この一戸建ては賃貸物件であるところから、大家から事情聴取をしたが、又貸しが繰返されており、出火当時、実際に誰が住んでいたのかも不明、ガス電気水道の料金は支払われていたが、実際の住人ではない者の名義になっていた。

出火原因は、天ぷら鍋の火の不始末、ということになっている。調理の途中で火事を出してしまい、怖くなって逃げたのだろう、ということにされていた。

出火後、逃亡した住人は不法滞在のアジア系外国人だったという線が濃厚になり、捜査はそれっきりとなっていた。

午前一時に天ぷら鍋で揚げ物を？　だが個人の生活サイクルなんて千差万別だし、早朝出勤の弁当のおかずを作っていたのかもしれない。

とはいえ、天ぷら鍋の火の不始末という部分にひっかかるものがあった。

「おや！　佐脇さん！　どうしたんですかこんなに早く！」

水野の声が背後で聞こえた。

まだ朝の七時過ぎだ。

「早朝出勤、ご苦労様です」

「お前こそどうしたんだ、こんなに早く」

溜まっている書類を整理したくてと答える水野は、佐脇のノートパソコンを覗き込んだ。

「おや、天ぷら油の火災ですか。似てますよね」

「何がだ？」

「何がって」

水野は、どうしてそんなことを訊くのかという顔になった。

「前に言ったじゃないですか。勝田老人の家の火災に、七年前の結城さんの家の火事……それと、その、今佐脇さんが見ているデータベースに記録されている火事。どれも天ぷら鍋が火元ですよね。まあ、天ぷら鍋からの出火は上位に来る原因とは言え、ですよ」

「共通点はそれだけじゃあないと言いたいんだよな、お前は」

水野は何も答えなかった。

「この、二年前の六月十三日の午前一時、大阪市住之江区の家が焼けた件だが、お前が調べてくれ。それもできるだけ詳しく」

そう言うと佐脇は立ち上がった。

「帰る。帰って寝る」

そこにオッスと元気いっぱいに出勤してきた光田と黙って擦れ違い、佐脇は刑事課を出ていった。

「おいおい、もう退勤か？　早引けか？　ズル休みか？」

佐脇は返事をしなかった。

鳴海市郊外というより、もはや隣町と言ってもいい、はずれの田園地帯。その田んぼの真ん中にぽつんと建つボロアパートが佐脇の自宅だ。相変わらず住人は佐脇だけ。以前は三室しか使っていなかったが、今はすべての部屋を佐脇が独占している。ゴミ部屋になって収拾がつかなくなると隣の部屋に移動しているので、上林杏子の兄のゴミ屋敷を実はあまり批判できないのだ。

佐脇は、目下は寝室に使っている六畳間で眠りこけていた。

深夜に大阪まで往復して、明け方に署に戻って一仕事した。かなり疲れているはずだが、妙に目が冴えてしまったのでウィスキーを「原液」で呷り、ぶっ倒れるように寝た。

その寝入りばなを起こされた。しかも、頬を往復ビンタされるというかなり乱暴な起こされかただ。

「なんだいきなり」

目を開けると、誰かが覗き込んでいた。目の焦点がだんだんと合ってくると、それはグロテスクなケロイドの残る顔だった。

「うわ」

佐脇は思わず悲鳴をあげてしまった。

「……そう毎回驚かれるのも凹《へこ》みますって。旦那」

遠藤だった。

覆い被さるようにして佐脇を覗き込んでいた姿勢を解いて、横に座った。

「伊草さんに、連絡を貰いました」

顔は変わり果てたが、やはり、声は遠藤のものだった。

「お前……」

伊草には、遠藤と連絡を取って会う段取りをつけてくれとは頼んだが、まさかこんなに早く、しかも寝込みを襲われるとはまったく思ってもいなかった。

「……だいたい、勝手に入ってくるな！　鍵を壊しやがって」

「開いてたんですよ。鍵、掛かってなかったから」

このボロアパートならあり得るかもしれないし、佐脇自身がかけ忘れたのかもしれない。

「その節は世話になった……というべきなのかもな。なぜ鳴海に戻ってきた？　晶子の後を追ってきたのか？　ストーカーか、お前は？」

佐脇は起きて、傍《かたわ》らに置いてあったウィスキーグラスの飲み残しを啜《すす》った。

「ストーカー？　あんな恐ろしい女に？」

「伊草に訊いた。お前、火事に遭ったそうだな。それでそんな顔になっちまったんだろ？」

「そのとおりですよ、旦那。あの女の手料理で一杯飲んで、モーレツに眠くなって……目が覚めたらまわりが火の海だった。あの晩、トンカツを揚げていたアイツは珍しく機嫌がよくて、アイツの料理の味もいつもどおり最高だった。おかしな様子なんて、カケラもなかったんですよ。だから、こんな顔になっちまった後も、どうしても信じられなかったんですがね」

遠藤は全身に火傷をおいつつ逃走して携帯で伊草に助けを求めたのだと言った。伊草が言ったことと一致する。

「そのひと月ほど前のことでした。おれがほかの女に手を出してたり、ほかにもいろいろ隠し事をしていたのがバレて。アイツは物凄く怒りました。包丁を突きつけられて、何もかも白状させられて、その時は許してくれたと思ったんですが、甘かった」

晶子はおそろしくカンがいい。他の女のことでもカネのことでも、とにかく何でも、あの女に隠しごとをしようとすれば絶対にバレる。人の顔色を読むのが異常に巧い、と遠藤は言った。

「けど、察してくださいよ旦那。おれにはアイツと別れようなんて気は全然なかった。ただ時々アイツが怖くなって、気が休まらなかったから……つい、手近にいた、普通の女にやすらぎってやつを求めただけです。魔が差したっていうか」

「お前、そうやって被害者ぶってるが、彼女をさんざん痛めつけてカラダで稼がせてたんだろ？　晶子は愛想をつかして逃げただけだ。火事の原因もどうせお前の寝タバコか何かじゃねえのか？」

それを聞いた遠藤はひどい火傷の顔を歪ませた。たぶん、笑っているのだ。

「旦那。旦那は何も判っちゃいないね。あの女が本性を見せなかったのは、旦那に惚れていたからだ。それなのに旦那はアイツを裏切って、ヤクザに売り渡したってわけだ。旦那がおれにそんなこと言いますか？　他ならぬ旦那が。え？」

そう言われると、佐脇は何も言い返せなくなる。

「アイツが旦那に惚れてたように、おれもアイツに惚れていた。というより、アイツのあの躰と、あの気性にハマってしまったんですよ。女をシノギにするヤクザが情けない話ですが。だから風俗なんかで働かせたくはなかったんだが、金を欲しがったのはアイツです。それも際限なくね」

私はあなたのせいで、まともな人生を踏み外した。もう家にも表の世界にも帰れない。だったらそれと引き換えにできるだけのものがほしい、晶子はそう言ったのだと言う。

「惚れた女の言うことだから、おれもアイツには出来るかぎりの贅沢をさせましたよ。ヤクザの女が食い物や酒、身につけるものに金をかけていい思いをするのは普通の事ですが、それにしてもアイツには限度というものがなかった。少しでもたしなめようものなら、私には未来が無い、過去も失くした、だから今しかないんだ。今、手に入る、最高のものを味わう権利がある。駄目というならアナタが奪った私の素晴らしい人生を返せ、ですからね」

晶子がお嬢さん育ちで、その上品さに遠藤自身も惚れていたので、その際限のない贅沢を無理にでも続けさせようとしたが、入ってくる金が追いつかない。そのうちに晶子はますますディープな風俗で働くようになり、次にそこで見つけた男たちから大金を引き出すようになっていった。

「晶子に言われておれも協力するようになった。美人局のような真似をね。女でシノいでいたおれが、いつの間にか女の言いなりになっていた。だがスケベジジイを脅《おど》すのも、そうそう毎回うまく行くわけじゃない。で、最初のコロシがその頃です」

相手の男が警察沙汰にすると息巻いたんで、始末するしかなかった、と遠藤は言った。

「それも、面倒だからいっそ殺してしまおうと言い出したのはアイツなんですがね。顔色ひとつ変えてませんでした。きょうは料理する気になれないから外で食べよう、程度のノリで」

「いい加減なことを言うな。お前、彼女に罪をなすり付けて……」

「いやいやトンデモナイ！　おれは真実を言ってるだけですよ。ジジイを殺して埋めたあともアイツが悩む様子はまったくなかったね。で、たまたま一件が上手く行ったもんだから、それに味をしめたのもあの女でね」

遠藤はとんでもないことを言っている。この分では大阪で未解決の、おそらく行方不明事件が数件はある筈だ。それを遠藤は晶子と自分がやったと言っているのだ。

「おれは、人殺しは嫌なんで……凄く嫌で。なんせ実行して死体を始末するのはおれの役目だからね。ストレスが溜まってもう……酒じゃあダメなんでクスリに手を出して」

「つまりなにか？　その時点でお前は晶子の指示で動くようになっていたって言うのか？」

「そういうことだね。関係がひっくり返ったね。金に執着して、男を騙して大金を引き出していたのは晶子。遣り方を考えて段取りを組むのは晶子。けど殺すのはおれ。始末するのもおれ。で、クスリをやって、その鬱憤を晶子にね。殴ったりするようになって。シラフじゃ怖くて出来なくてね。殴るだけならあの女は黙っていたが、ほかの女に手を出したのはマズかった。それと隠し事をしていたのもね」

遠藤は自嘲の笑いを漏らした。

「あの女は、実家まで燃やしたんですぜ。一家全員焼き殺して遺産相続するつもりだったんでしょう。親を焼き殺すについちゃ、さすがに尋常な神経じゃないと思いましたけどね。あ」

そこまで喋って、遠藤は何かを思い出した。

「実家の火事の件は、カネと言うより、やっぱり、親を殺したかったんですかねえ。その火事で妹が焼け死んじゃったんで、あの女、かなり泣いてましたんでね。計画では妹だけは助かる予定だったんですよ」

妹の和美が大好きだったビジュアル系ロックバンドのライブコンサートのチケットを手配して送ったのは晶子だったと遠藤は明かした。

「なのに、どういうわけかその日、ライブに行ってたのは妹じゃなくて母親だったんです。どうして妹が行かなかったんだって、アイツ、凄く怒ってましたよ」

遠藤はここまで喋って度胸が据わったのか、タバコに火をつけて、転がっていたビールの缶を灰皿がわりにした。

「それで、なんと火事のあと、唯一生き残った実の母親まであの女は殺そうとしたんです」

さすがに信じられなかった。まさか、嘘だろう、と言いかけた佐脇を遮《さえぎ》るように遠藤は続けた。

「嘘だと思いますか？　けど旦那、あの女の母親が鳴海を出たいきさつを知らないでしょ知ろうともしなかった。結城家に関する話題は、佐脇の前ではずっとタブーだったのだ。

「おれは必死で止めたんですよ、あの女を。ヤバすぎるって。母親が狙われれば、あの火事が放火だったこともバレるかもしれないし。だけどあの女は度胸が据わっていましてね。自分が捕まるはずはない、自分は運がいいんだ、悪運は全部これまでの人生で使い切ったから、とか言って。自分を裏の世界に引きずり込んだのがあんたである以上、あんたは私から逃げられないんだと。それを言われると、おれもあの女に逆らうことは出来なかった」

そう言った遠藤は、佐脇を見てニヤリとした。

「まあ正確に言えば、あの女を裏の世界に突き落としたのはおれじゃなくて、旦那なんですがね」

「貴様、何を言いたい？」

佐脇は思わず殴りかかろうとしたが、遠藤はヒョイと体をかわして逃げた。それ以上、佐脇は手を出せなかった。遠藤の言っていることが図星で、佐脇の弱味を突いていたからだ。

「母親まで殺しちまったんじゃあ、さすがに足がつく。だがあの女は母親を殺っちまうことしか頭になかった。一番死んでほしかった人間が生きている、それが我慢ならないって。妹だけは助けるつもりだったのに、ってね」

話が核心に入ってきた。佐脇は黙って遠藤の言うことを聞いた。

「だから、おれは晶子の母親に近づいて、アンタ今すぐ逃げないと命はないよって教えてやったんだ。逃げる先も手配してやった。旅館に住み込みの仲居ですけどね。で、あの女の母親は、すぐに逃げましたよ。母親にしても、娘に命を狙われるについちゃ心当たりがあったとしか思えない。実の娘に殺されるなんて普通はあまり信じないもんなのに。だけど、その隠し事がアダになったんでさ」

母親を逃がし、ひそかに連絡を取り合っていたことはやがて晶子の知るところとなった。

「その日も予感なんか、全然無かったっすね。さっきも言ったけど、あれは火事でおれが火傷をする、ひと月ぐらい前のことでしたよ。例によってアイツが美味いトンカツを作ってくれて、美味い美味いって平らげて、ビール飲んだらいつになく強い眠気に襲われて眠っちまった間に縛られて、包丁を突きつけられて目が覚めてね。『私に嘘をつこうとしても駄目よ。私にはね、人の思っていることが判るの。子供のころからいつもお母さんの顔色を窺っていたから』って。あれはある意味、可哀想《かわいそう》な女なんですよ、旦那は知らないと思いますがね」

遠藤の言葉にはトゲがあった。

「あの女の母親が異常にキレ易《やす》い女で、娘を突然殴る蹴るが当たり前だったそうだから、それであの女は、他人のごく僅《わず》かな感情の動きも見逃さないようになったんですよ」

遠藤は佐脇にも警告した。

「旦那。アンタも気をつけたほうがいいよ。だって、二年前のその時に包丁突きつけられて、おれは何もかも白状しちゃったからね。あの女の母親を逃がしたことだけじゃなく、その時、こっそり手を出してた別の女のことも……そして」

そこで遠藤は言葉を切り、嫌な笑い方で佐脇を見た。

「十五年前、バレエスタジオで待ってたあの女を襲って、写真を撮るように仕組んだのは旦那だって秘密も、二年前のその時に白状させられました。場所と時間をおれに教えて、スタジオの合い鍵を渡したのは旦那だって。だからあの女は全部知ってるんだよ」

晶子が、自分のしたことを全部知っている？

佐脇はありったけの意志の力で動揺を押し隠し、なんでもない、という表情を装った。

「ご忠告痛み入る。しかしだな、お前はえらく余裕ありげだが、今、言ったことで、おれはお前をしょっぴくことも出来るんだぜ？　七年前の、結城元署長の家の火事の件でな。あれが放火殺人だとすれば、お前は共犯者だ」

そう言った佐脇を、遠藤は鼻先で嗤《わら》った。いや、笑ったように感じた。

「それが旦那に出来ますか？　おれを引っ張れば、あの女がバレエスタジオで旦那を待っていた、あの夜のことも含めて何もかもが明るみに出ますけどね。世間にね」

「今更別に構わんよ。そもそもおれが正義の真っ白な刑事だなんて誰も思っていない。真っ黒な悪漢刑事だとみんなが思ってるし、実際に後ろ指を指されてる。これ以上おれの評判が下がることはないし、下がっても別に、おれは何の痛痒《つうよう》も感じない」

そう言い切った佐脇を、遠藤は小首を傾げて見た。

「旦那、なんか無理してません？」

「してるわけないだろう。警察を馘《くび》にさえならなきゃ、おれはいいんだ。いいか。お前はヤクザで前科持ちだ。そんなお前が現職警官を貶《おとし》める発言をしても、誰が真に受ける？　少なくとも警察は信じないぞ」

なるほどね、と遠藤は卑屈に背を丸めてタバコを吸った。

「しかしお前は、どうして晶子の母親を逃がしたんだ？　母親を殺せば自分もヤバくなると思ったという理由は、どうも決定的じゃないように思えるんだがな」

「旦那もけっこう鋭いね」

遠藤はけけけけと笑った。

「信じてはもらえないだろうが、あの女が本物の怪物になってしまうのが嫌なんだ。カネのために工ロジジイを殺す。それはアリだ。だが、腹を痛めて自分を産んでくれた実の母親を娘が手にかけるなんて、そんなものはおれも見たくはない。惚れた女だしな」

　なぜだ？　なぜいきなりマトモなことを言う？

「おい、遠藤。目を醒ませ。母親はまだ殺していなくても、結城晶子は今の段階で十分に『怪物』だぞ。お前自身が晶子に殺されそうになって九死に一生を得てるわけだし、さっきお前が言ったように、晶子がお前に処分させた人間も一人だけじゃあるまい？　それなのに、お前はそんな女に付きまとうんだ？」

「別に付きまとってるわけじゃない」

「じゃあどうしておれに絡んできた？」

　それに答えようとニヤリとした遠藤だったが、急に心が折れたように、背中を丸めた。

「なんというかねえ……あの女のいない人生が、考えられなくなっているんですよ、おれには」

　ケロイドで醜い頬が震えた。

「できれば縒りを戻したい。男女の仲に戻れないのなら、せめて傍にいたい。傍にもいられないのなら、遠くからずっと見ている。それだけでもいいんだ。いや、それが一番いいのかもしれません。一つ屋根の下で暮らすのはもう無理だ。いつ寝首をかかれるか判らない女と一緒に暮らすなんて、そんなのは恐ろしすぎる」

　ある種の蜘蛛《くも》やカマキリの雄は命がけで交尾する。終わったらすぐに逃げないと雌に捕食され、卵に回す栄養分にされてしまうからだ。命まで取られる恐怖があるのに、それでも雄は雌に近づかずにはいられない。あるいは発情期の雌猫のまわりを複数の雄猫が遠巻きにしていることがある。近づくのを許されない弱い雄は、それでも悲しげに鳴きながら、勝ち誇った雌猫と、気に入られた雄のカップルの近くを離れることが出来ないでいる。

遠藤も同じなのだろう。

「最初はね、おれがアイツを支配してたんです。すべての意味でね。セックスもいろいろ教え込んだしね。それが、美人局で一人殺してからは逆転しちまってね。アイツにおれがコキ使われるようなことになって……おれがクスリの力を借りて殴る蹴るをやっても、アイツは暴力以外でおれを完全に支配してたてね」

「言ってる意味がよく判らん」

佐脇は腕組みをして遠藤を見据えた。

「判らんでしょうね。旦那には判らんでしょう。たぶん、永遠にね。おれだって、実際はこうなんだって言うしかないんだし」

「……ってことはだよ。ってことは、お前は、そんな顔にされてもなお、アイツに惚れてると言いたいのか？　焼き殺してでもお前を目の前から消してしまいたい、心底そう思っていたような女に」

「そうですよ。けどおれは、また殺されてもいいから、あの女と一緒に居たいんでさ」

遠藤はそう言い捨て、勝手に部屋の隅にある冷蔵庫を開けて缶ビールを取り出してプルタブを開け、一気に呷った。

佐脇は、その姿を呆然と眺めていた。

この男の言ったことが本当だとはとても思えない。もし本当なら、晶子は少なくとも一件の殺人に関わり、実家に火をつけ、実の両親を焼き殺そうとした稀代《きたい》の殺人鬼だ。

遠藤は嘘をついている。すべての罪を晶子になすり付けるために。

無理にでも佐脇はそう思い込もうとしていた。

第五章　殺しの口づけ

晶子を連れて鳴海から逃げたあと何があったのか。それを語ってしまってからも遠藤は居座り、タガが外れたように、晶子への尽きぬ思いを綿々と語り続けた。

晶子への恨みつらみも喋った。元婚約者である佐脇に、そんなことまで話すかと言うことまで喋った。これまで誰にも話せず、溜まりに溜まっていた感情を爆発させたのだろう。

だが、そんな話は、佐脇にはまったく興味がない。晶子を寝取ってくれと頼んだ自分もひどいが、頼んだ以上の卑劣な遣り方で彼女を破滅させたのは遠藤だ。そんな男の女々しい愚痴を、どんな顔をして聞けばいいのだ？

とは言え、叩き出す訳にもいかず、遠藤の自分語りを好きなだけさせているうちに……佐脇は眠ってしまった。興味のない話は最高の子守歌だ。

万年床の上で目が覚めたとき、遠藤の姿は消えていた。同時に、部屋の中の金目の物も幾つか消えていた。冷蔵庫は重いから持って行けなかったのだろうが、テレビやラジカセが消えていた。確認すれば他のものもいろいろ消えているはずだ。

時計を見ようとしたら、部屋の置き時計までなくなっていたのには苦笑した。

オマワリの家からモノを盗むとは、いい根性だ。

スマホで時間を確認すると、昼を過ぎていた。

思うところは多々あり、心労を感じるべき事も多々あるが、腹が減った。

思えば、精神的な苦痛や悩みで食欲がなくなるとか、食べ物が喉を通らなくなった事が、過去にあったかどうか、よく思い出せない。

すっかり仕事をサボってしまった。出勤時間など無視するのが日常ではあるとは言え、夜中に大阪まで往復したことが業務と見なされるはずもない。多少の言い訳はしておかないと減給になる。

警官の仕事を細く長くやって美味い汁を吸い続けるのが佐脇の基本だ。一民間人になってしまえば、逆に汁を提供しなければならない側に転落だ。日本で最強なのは、公権力を持っている公務員なのだ。

佐脇は、鳴海署に電話を入れた。さすがに遠藤も、携帯やスマホまで盗むほど根性は据わっていなかった。どっちもロックしてあるので中身も見られていない。

『はい。鳴海署刑事課』

不機嫌な声がした。

「ああ光田か。ちょっと具合が悪くて寝過ごしちまったんだが、別に何もないだろ?」

『何もねえよ。面倒な事は全部お前が抱え込んでるみたいだからな。お前が署にいないと、平和なもんだ』

鳴海署管内で目下のヤマは、勝田老人の焼死事件。立件されているものはこれだけだ。しかし水面下には、今は「未成」な結婚詐欺が疑われる件がある。倉島から矢部が持ち込んできた事件との関連も気になる。そして過去の、結城元署長の一家焼死事件……。

『そういや、妙な電話が入ったな。名を名乗らなかったんだが、自分の捜索願が出されてから七年経って失踪宣告が出そうなのだが名乗り出るにはどうしたらいいかって相談だ。おまけに名乗り出たいが誰にも知られないようにする方法はあるのかとか、ワケの判らないことをごちゃごちゃと。それは警察じゃなくて家庭裁判所だし、裁判所が勝手に出すモノじゃなくて、関係者が申し立てて審判した結果出るモノですけど、とおれが言ったら切れた。まあ、そういう電話は多いからな。ちょっと自分で調べれば判ることをいちいち電話してくるジジババがよ』

光田はくだらない電話と思ったようだが、佐脇にはその電話の主が誰だか判る気がした。

『あ、佐脇さん。水野です』

光田に替わって水野が出た。

『いろいろ続報があります。倉島の矢部さんに追加情報を貰ったんですが……銀行員の西川克彦さんの事件、覚えてますか？』

「えーと、結婚前に首を吊った人だっけか？」

『はい。その西川さんですが。婚約者とされる十和田夏生という女性は、赤い車……外車でルノーだったようですが、綺麗な赤い色の外車に乗っていたそうです。その車が西川さんのお宅の近くによく駐車していたという目撃情報があったとのことです』

「それがどうした？」

水野は知っているのかどうか判らないが、今、晶子が乗っているメルセデスはワインレッド。車種は違うとは言え、『十和田夏生』が乗っていたらしい車もルノーの美しい赤。

「お前はどうして車の色にこだわるんだ？」

『調べてみると、「赤い車」の目撃情報がほかにもあったので……』

水野は言葉を選びながら話した。

『今朝、佐脇さんに調べるよう言われた件ですが……二年前の六月十三日の午前一時に、大阪市住之江区の一軒家から出火した火事ですね。焼けた家の周辺で、やはり赤い外車が頻繁に路上駐車していて、近隣の住人とトラブルになったことが数回あったそうです。警察を呼ぶと言われると、その車の持ち主らしい女がムッとして運転していった、とか』

「運転していった女というのが、その車の持ち主なのか？　その女がその家に住んでいたのか？」

『そうかもしれません。顔写真を見せて女を特定したわけではありませんが。問題の家には一台分の駐車スペースがあったそうですが、いつも駐まっていたのは国産の軽自動車だったとのことで、赤い外車が二台目の車だった可能性があります』

晶子がどんな車に乗っていたかについて遠藤は特に何も言わなかったが、佐脇も、晶子が現在乗っている赤いメルセデスのことを、水野には話していない。

『姫路の事件でも同様の目撃情報があります。睡眠導入剤を飲んで交通事故死した服部医師ですが、その自宅周辺でも、赤い色の外車……これもルノーだったようですが……が、何度か目撃されていたとのことで』

水野が言いたいことは判った。同一人物が被害者の周辺に現れていると主張したいのだ。いつもならその名前をとっくに口にしているだろうに、今回に限って言葉を濁すのは、逆に、水野が一番怪しんでいる人物が誰なのかを特定している。

佐脇としては、そんなことはない、と強く否定したい。現場付近で車が目撃されたからといって、それだけで乗っていた人物が現場に侵入し、殺害に及んだと結論することは不可能だ。ほかに物証が必要だ……腕のいい弁護士なら公判でそう主張するだろう。

いや、それだけではない。眠りに落ちる前に長々と聞かされた遠藤の話が、全部ウソという可能性もある。晶子に捨てられた腹いせに、全ての罪を彼女に着せようとしているのではないか。

考えるうちに、胃のあたりが重くしこり、気分が悪くなってきた。二日酔いのせいだけではない。

「すまん。これから出勤するつもりだったんだがやっぱり体調が良くない。今日は休むわ」

『判りました。伝えておきます。佐脇さん、急に声に元気がなくなったようですが……タダの二日酔いですよね？』

「おれだって調子が悪いときはある。なんかあったら電話くれ」

そう言って通話を切って、再び万年床にひっくり返った。

今日は何もしたくないし、何も考えたくない。

酔っ払って、ずっと寝ていたい。出来れば、永久に……。

が、そのささやかな望みもすぐに打ち砕《くだ》かれた。

私用のスマホが鳴ったのだ。発信者は、他ならぬ晶子だ。

出ようか止めようか、迷った。応答して、いったい何を話せばいいというのだ？

きみは金ほしさに大阪で金持ちのジジイを何人か騙して殺し、倉島で銀行員を姫路で医者を、同じく騙して自殺に偽装し、同棲していた遠藤は天ぷら油で焼殺を図《はか》り、極め付けは、きみ自身の家族まで同じように焼き殺したんだろう、無理もない、きみのように苛酷な人生を送ってきたヒトにはよくあることだ、気にしなくていい、とでも？

無視すれば、晶子は諦めるだろうか？　遠藤の声が聞こえてくる。

『旦那。アンタも気をつけたほうがいいよ。だって、二年前のその時に包丁突きつけられて、おれは何もかも白状しちゃったからね』

佐脇は激しく迷った。はっきり言って恐ろしい。

が……。

今逃げても、ずっと逃げ続けられるわけがない。晶子は自分を憎んでいる。どういう形になるにしろ、いずれは正面切って向き合わなければならないのだ。

いつもは、どんな問題も躊躇することなくチャッチャと片付けるのが主義な佐脇だが、今回ばかりは、どうにも動けなくなってしまった。過去の自分の過失が、原罪のようにのし掛かっている。

あと一回鳴らして、晶子が諦めて切ってしまえばそれでいい。

佐脇は、運命を何かに託す少年のような心境でスマホを見つめた。

鳴りやむ気配がない。留守電に切り替わってホッとしたが、すぐにまた鳴り始める。

もう駄目だ。スマホの画面が「不在着信」の表示でびっしり埋め尽くされる前に応答したほうがいい。

佐脇は通話ボタンを押した。

「ああ、すまん。ちょっと野暮用で」

晶子はすぐに出なかったことをあれこれ問い質《ただ》さなかった。

『これから会えないかしら？』

佐脇は覚悟を決めるしかなかった。

「……それは構わないが……どこで会う？」

『実は、すぐそばまで来てるのよ。よかったらそちらに行ってもいいかしら』

電話の向こうで晶子がそう言った瞬間、玄関ドアがギギーと音を立てて開いた。

「ずいぶんひどいところに住んでるのね」

晶子は玄関口で部屋を見渡し、大きな旅行バッグを玄関口に置いた。

「鍵もかかっていないわ」

そう言いながらバッグから、気泡入りのシートで梱包《こんぽう》された何かを取り出している。

「おれは刑事だぞ。刑事の部屋に盗みに入る泥棒はいない……それに、独り者だし、仕事が終われば寝るだけなんでね」

女っ気のない、男の臭いが充満した部屋を、晶子は興味深そうに観察した。

「こんなところでいいんなら……上がってくれ。そんなところにいられたら落ち着かない」

「こういうのを見たら……掃除したくなるわね。私ほら、家庭的な女だから」

それは判っている。料理も完璧だし掃除もきちんと出来る。

だから、いろんな男が結婚したくなって金も出したんだろう。そして……。

「ちょっと待ってね。ここに置かせてほしいものがあるの」

そういいながら、大きな包みの梱包を解いている。出てきたものはピンク色にきらきらと輝く大きな平底鍋だった。

「綺麗でしょう？　銅はとても熱伝導率がいいのよ。あなたの好きなトンカツだって、すぐに揚がるわ。ここであなたのために作ってあげたいと思って」

油もいいものを買ってきたわ、と言って、数本のボトルと、大きな透明プラスチックの容器を取り出した。

「オーガニックの綿実油と菜種油、それにラードも。あなたはこってりした味が好みだから、揚げ油にもラードの配合を増やしたほうがいいと思ったの」

晶子が持ち上げてみせたプラスチック容器には、雪のように真っ白な脂《あぶら》が詰まっている。

「沖縄の、アグーという豚から取った最高級の純正ラードよ。融点が低くて、常温でも溶けてしまうくらい。雪のような口どけで、ほんとうは揚げ油に使うのは勿体《もったい》ないんだけど」

なんだこれは？　脂肪ならぬ死亡フラグというやつか？

　またも遠藤の声が耳によみがえる。

『あの晩、トンカツを揚げていたアイツは珍しく機嫌がよくて、アイツの料理の味もいつもどおり最高だった。おかしな様子なんて、カケラもなかったんですよ』

　晶子は、おれのことも殺そうとしている？

　佐脇の恐怖をよそに、晶子は立ち上がり、銅鍋をレンジの上に置いた。勝手に冷蔵庫をあけてラードとオイル類、そして肉の包みや各種調味料、パン粉や小麦粉までも中に仕舞っている。それから万年床の横に座って、佐脇をじっと見つめた。

「私はね、佐脇さん、あなたとは切っても切れない縁で結ばれてると思ってるの。本当よ」

「じゃあ、どうしろって言うんだ？　すべての責任を負って結婚すればいいのか？」

　晶子は、微笑みを浮かべようとしたが、それは次第に強ばってきて頬が引き攣《つ》り始めた。

「誰も……そんなことは言ってないでしょう」

「いや……しかし、そう言うことなんじゃないのか？　すべては、おれが君との結婚を回避しようとして……遠藤から全部聞いてるんだろ？　おれがしたことを」

「何の話？　そんなこと聞いてないわ。それにもう、過ぎた話よ」

「そう言って水に流せることじゃないはずだよな。おれは、ある意味、君の人生をメチャクチャにしてしまったんだからな」

「だから、それはもう過ぎた話。蒸し返して、過去が元に戻るなら幾らでも蒸し返しますけど。それより、あなたと私の、これからのことを考えたいの」

彼女は、佐脇の手を取って、自分の手を重ねた。

「ね。切っても切れない縁というのは、カラダのこと以外でも、そう思ってるということなのよ」

晶子は佐脇をじっと見つめた。

「あなたも同じように思ってくれるかしら？　私がお願いしたら、どこまでもついてきてくれる？」

佐脇の心の奥底まで、何もかも見透かすような晶子の視線だった。

佐脇は動揺を隠しつつ、一連の疑惑について彼女に問い質したい衝動に駆られた。

しかし……今それを訊いても、晶子が真実を告白するとは到底思えない。

「別に結婚してほしいとかそういう意味ではないの。ただ、あなたと離れられなくなったことに、私は気づいてしまったの。それならこれからのことも、その方向で考えるべきだし、早いほうがいい。そう思ったのよ。だからここに来たの」

佐脇をどうするべきか、晶子の中で何かが決まったということなのか。「これからのこと」とは何だ？　やはり自分は処分されるのか、それとも……。佐脇の動揺をよそに、晶子はさっさと服を脱ぎ始めた。

「前にも言ったけど……人生なんて、どんな風になるか、いつ終わるか誰にも判らないでしょう？　だから……今しかないのよ。今、ほんの短い間だけ楽しむのは許されるはずよ。今楽しければそれでいい。小さな幸せを願ってる謙虚《けんきょ》な気持ちだと思うけど……違ってるかしら？」

そう言いながら、彼女はあっという間にすべて脱ぎ捨て、佐脇に覆い被さってきた。

「いや……今はそういう気持ちにはなれないんだ」

「どうして？　男の人って、こうなったら嫌でもカラダが反応するんじゃないの？」

「バカ言うな。男だって、そんな単純なものじゃないんだ」

そうは言ったものの、目の前で晶子の豊かな乳房が揺れて、柔らかな唇が重なってくると、どうしても下半身が反応してくる。

そこに、彼女の手が伸びてきた。

「ほら。ね。もう元気になってる」

目の前に、晶子の桜色の乳首がある。思わず舌を伸ばし、そのまま晶子を抱き寄せて、佐脇はぺろぺろと舐めはじめてしまった。

ふふふと含み笑いした晶子は、躰をくねらせた。乳首がみるみる硬くなってゆく。

毒を食らわば皿までか。佐脇は腹を決め、躰を重ねたまま回転して晶子を下にすると、その全身を愛撫しはじめた。

カマキリの雄はこんな気持ちなんだろうかと思う。怖い。だが続けずにはいられない。

舌先を乳首から下に移し、翳りに這わせていった。

股間に指も這わせて秘裂を広げ、舌先でねっとりと愛撫し始めると、晶子は身をよじった。成熟しきった裸の腰がよじれて揺れるのは、この上なく淫靡な眺めだ。

左右の秘唇を人差指と中指でリズミカルに触れてやると、彼女は躰を淫らにくねらせて、「ふ。ああん」と甘い声を出す。

「うっ」

秘核を吸ったので、彼女は背中を反らした。強すぎるくらいだったが、構わず続けた。

強引なクンニに、晶子はみるみる追い上げられ、あっけなくアクメに達してしまった。

「ああ、も、もうダメよ……」

いったんイッた晶子は、佐脇がなおもクンニを止めないので腰をずらして逃れようとした。

だが彼はしっかりと腰をホールドすると、今度はゆっくりと秘部全体を舐めあげていく。

唇で秘唇を挟んで引っ張ったりしながら、舌先は秘腔の中に潜り込み、中を抉《えぐ》るように舐めていく。そして彼女の躰がまたもガクガクと反応しはじめると、ふっと逸《そ》らせて秘唇やアヌスを責めてみる。そしていきなりクリットを押し潰すように転がすのだ。

「ああ。ああ。あ……ひいい……」

佐脇の舌に翻弄《ほんろう》された格好の晶子は、今のところはなすがままになっている。佐脇の指が秘唇を摘んで嬲《なぶ》りあげ、同時に肉芽を強く吸いながら舌先で転がす。

「くっ」

彼女はなかば失神しかけるように、二度目の絶頂に達したが、これで佐脇の攻撃は終わらない。

すでに屹立《きつりつ》した肉棒を、彼女の花弁に押し当てる。

「うぐっ……」

ぐいぐいと腰を使ってペニスの根元まで沈めると、ゆっくりと抽送《ちゅうそう》をはじめる。

ピストンの周期が短くなり激しさが増す頃には、湿った肉の音が響いていた。

佐脇は、盛大に床をぎしぎし鳴らして激しい抽送を続けた。自分以外に誰も住んでいないのだから、やり放題だ。晶子がどんなに大きな声で悶え狂おうが、構うことはない。

彼は腰を使いつづけた。

「いいいいいい、イク、イキそうっ！」

花芯がきゅうっと締まった。淫液がじゅわっと湧き出して花芯を潤した。

今だ、と佐脇は思った。

「なあ。きみは、あれから……つまりきみが家出をしてから、という意味だが、一度も鳴海には戻ってこなかったのか？　きみの家が焼けて、お父さんと妹さんが犠牲になってしまったことも、本当にあとから知っただけなのか？」

「なぜ……今、そんなことを？」

行為の最中、それも何度目かのアクメの寸前に問い質されて、晶子は息も絶え絶えだ。

「我を忘れて、私が何か、口走ると思って？」

「いや……ずっと気になっていて」

佐脇は慌てて言い訳をした。

なんとか遠回しに探りを入れようとしたが、失敗だった。

だが、晶子も、その表情は蕩《とろ》けていて、目の焦点は定かではない。肌にもしっとりと汗が浮かんでいる。絶頂寸前で頭の中はセックスのことだけで充満しているのは間違いない。

こうなったら仕方がない。

佐脇はぐいと腰を突き上げた。

「ひいっ」

前のアクメの余韻が残っているところに、最後の刺激が来た。

腰を引き、反動をつけてもう一度、どんと突き上げた。

今までは届かず、搔き乱されていなかった未到の肉襞が、激しく擦りあげられる。

「あうっ。あううう」

同時に指を伸ばして晶子のアヌスを弄《いじ》った。

「あ。そこは……」

彼の中指は、第二関節まで肛腔に入っていた。

「え、えぐい……」

さっきより強いアクメの波が晶子を襲ったようだ。ヴァギナだけでも強烈なのに、今度はアヌスからも直接的な刺激が脳天までやってきて、突き刺すように炸裂《さくれつ》するのが判る。前とうしろを同時に刺激されて、晶子の尻はくねくねと悶え、揺れ動いている。それも佐脇のグラインドに合わせるように……。

「ああもう、ダメ……さっきからずっとイきっぱなし……」

だが佐脇は、アヌスを出し入れしている指の動きを速め、さらに深く食い込ませた。駄目押しに、腸壁越しに抽送しているペニスも指でなぞった。

「いいいい……」

晶子は絶叫し、すべてを忘れたがっているかのように、のけぞった。そしてまるで断末魔のように激しく全身を痙攣させた。

きゅううっと女芯が強く締まって、佐脇も、ついに果てた。

「あの火事のことだけど……妹の代わりに母が死ねばよかったのよ」

晶子は、エクスタシーの溜息の代わりに、そんな言葉を吐き捨てた。

「おい……そんなことを」

佐脇は思わず窘《たしな》めようとしたが、晶子はなおも言葉を重ねた。

「そうね。ひどいことを言ってると思う。でも、こんなこと、誰にも話せない。だから聞いて」

唯一話せる相手には火をつけ、追い払ったんだよな、などとはとても言えない。

晶子はうつろな瞳で天井をみつめながら、暗い声で続けた。

「私は……普通の人たちから見れば、外れた人間かもしれない。人には言えないことも、今までたくさんやってきた。普通の人たちなら悲しかったり怖かったりするような時でも、私は何も感じなかった。心がどこかおかしいのかもしれない。でも、最初からそうだったわけじゃないの」

判りにくい言い回しだが、晶子は何かを打ち明けようとしている。佐脇はそう思った。

「まだほんの子供だった時、私の周りがある日突然、全部私の敵になった。優しかった母が私に辛く当たるようになって、父も私を守ってはくれなかった。それどころか、私の躰に嫌なことをするようになった。それからは誰にも、少しも心を許すことができなかったの。ねえ、人がおかしくなるのは、それなりの理由があるんだって、あなたは思わない？」
　彼女は佐脇をじっと見据えた。
　ついさっきまで喜悦で潤んでいた晶子の瞳は、早くも正気に戻って強い光を放ってい
た。
　その瞳は、あなたも結局私の「敵」だったの？　と訊いている。
　その通りだったと思うだけに、佐脇には何を訊き返すこともできない。
「嘘だと思うなら……私、母の居所を知ってるの。母に会って直接、あの人の口からいろ
いろ聞けばいいわ」
「どうして知ってるんだ？　遠藤に訊いたのか」
「あんな男」と、晶子は鼻で笑った。
「遠藤ね……そういう男もいたわね。でもあいつは、私にはもう何もできないはず。出来
るもんですか。私を怖がっているんだから。私ね、私にひどいことをした人間のことは、
絶対許さないの」
　そう言ってから、少し考えて、佐脇を見つめた。
「ちょっと違うかも。一つだけ例外があるわ。憎んでいても、その人のことを躰が忘れら
れない。そういうこともあるわね」
　それは自分のことだと佐脇は悟った。

「母が居るのは、鳴海市内よ。今は誰も住んでいない親戚《しんせき》の家があって、母はそこの鍵を持っているのよ。このあいだ行ってみたら、二階に灯りが点いていた。母は間違いなくそこにいるから」

晶子が口にしたのは、ここからそう遠くない鳴海市の外れにある住宅地だった。

「ねえ、佐脇さん。あなたにお願いがあるの。さっきは死ねばよかったのに、なんて言ってしまったけれど、本当は私、母と仲直りしたいの。許してもらいたいの。だってもう、結城の家には母と私しか残っていないのよ。父の浮気がバレるまでは、母も私に優しかった。昔の母に戻ってもらいたいの。妹も死んでしまったし、私があの人の、ただ一人の娘なんだから、母の気持ちも変わるかもしれない、そうでしょう?」

晶子が母親を殺そうとしていた、という遠藤の言葉は、やはり嘘だったのか。

「でも母は私とは会ってくれないと思う。母は私を憎んでいるから……だから、最初は私の存在は伏せて、会って母と話してほしい」

彼女は寝返りをうち、佐脇の胸に頬をすり寄せた。

「あなたが説得して、母の心が解けたところで、私に連絡して。そうしたら私が姿を現すから。母が好きな料理を用意するわ。それを食べながら、穏やかに話をしたいの」

晶子の真意は判らない。裏などはなくて、言葉どおりなのかもしれない。それに、幸せそうだった結城の一家が、晶子の家出をきっかけに崩壊に至ったについては、佐脇にも責任がある。それくらいのこと、罪滅ぼしとしてやってくれるわよね？ と暗に言われているようで、佐脇は、頷くしかなかった。

＊

鳴海市を流れる勝俣《かつまた》川。その畔《ほとり》にはちょっとした住宅街がある。地元の不動産会社がミニ開発したところで、十戸くらいの住宅が集まっている。造成して分譲されて、もう二十年以上は経っている。だが改築も建て替えもなく昔のままなので、すでにこの辺りには古ぼけた空気が漂っている。

その一隅に、以前は店を営んでいたような二階建ての小さな家がある。小料理屋でもあったのか、表は上品な格子の引き戸になっている純和風な木造で、勝手口に当たる裏口が、普通の住宅の玄関のようにドアがついている。

表と裏のどちらにも表札は出ていない。建物全体がくすんでいるのは、廃業してその後は誰も住まず、長い間使われていなかったからだろう。

裏玄関の脇には、インターホンがあった。パイロットランプは赤くついているので、作動はしている。

佐脇はボタンを押して、「結城署長の奥様ですね。お久しぶりです。鳴海署の佐脇です」

と話しかけた。

インターホンの向こうでは、息を潜《ひそ》めている雰囲気が伝わってきた。

「中に入れていただいてお話しするわけには行きませんでしょうか？　少々込み入った内容で、人に聞かれるところでは差し障《さわ》りがあるので……私一人ですから」

しばらくの沈黙があった。しかしインターホンの向こうには誰かがいる。それは微《かす》かな息遣いが聞こえてくるので判った。

やがて、足音が近づき、カチャと鍵を開ける音がした。

玄関ドアが開いて姿を見せたのは、佐脇にも見覚えのある老婦人だった。すでにかなりの歳だが、昔は美人だった面影《おもかげ》が残っている。母と似ているのは妹だと晶子は言ったが、スッキリした目鼻立ちを見れば母娘であることは一目瞭然《りようぜん》だ。晶子と共通する育ちと品の良さも、消えることなくそのままだ。

十五年ぶりに会う、晶子の母親・結城和子だった。

「……お入りください」

佐脇が中に入ると、和子は玄関の鍵を締めた。

「二階へどうぞ」

裏玄関を入ったところから二階に階段が延びている。階段の脇は廊下で、その奥が、店舗になっているらしい表側部分に続いているようだ。廊下の先にカウンターとその内部の調理場が見えた。蕎麦《そば》屋か小料理屋の造りのようだが、照明は落とされ、業務用の流しも、三口以上はありそうなガスレンジも、ほとんど使われている様子がない。

この老婦人がこの家を隠れ家のようにして息を殺して住んでいる様子が伝わってきた。

二階にあがったところが六畳間で、そこに座布団が用意されていた。

「ここから外を見ているのです。監視していると言うべきかもしれませんね。用心するのに越したことはありませんから」

「なぜ用心しなければならないのですか？　一体誰を警戒してるんです？」

訊きたいことは山ほどあるが、その最大の疑問は、家が焼けて夫と娘が焼け死んでから、どうして姿を消して親戚にも行方を知らせないままだったのか、ということだ。

「そもそも鳴海を離れたのはなぜなんですか？」

「いろいろと事情はありますけれど、怖かったのでしょうね。信じてはいただけないと思いますが、あの火事があって夫も娘も喪ったあと、私自身にも身の危険を感じるようなことが何度かありました。そこに、ある人から実際に、逃げたほうがいい、それもすぐに、と教えられて。私、パニックになってしまったんです」

その時は本当に恐ろしくて、用意できるだけの現金をかき集めて、ほんとうにわずかな身の回りのものだけ持って、逃げたのだと和子は言った。

「怖くて預金をおろすことも、カードを使うことも出来ませんでした。そんなことをしたら、せっかく逃げたのに居所が判ってしまうと言われて」

そう言いながらも、和子の視線は絶えず窓のほうを向き、外の気配をうかがっている。

「何が……誰がそんなに怖かったんですか？」

「それは……言いたくありません。内輪のことですから。でも……」

自分を憎んでいるある人物の背後には大きな裏の組織がついている、よほどの覚悟で逃げないと、すぐに居所を察知される、そう教えられたのだと和子は言った。

遠藤が脅したのだろうが、たしかに晶子ならカードの履歴《りれき》そのほかを手に入れて、母親の居所を突き止めるぐらいのことはやり兼《か》ねないかもしれない。

「けれども、一生逃げ隠れしているわけにも行きませんから。いろいろなことを処理して、今度こそきっぱり鳴海を離れよう、そう決心して戻ってきたんです。このうちは親戚が持っていた店で、光熱費は以前から結城が払っていました。私、鍵を預かっていましたから、用事が済むまでのあいだ、使わせてもらっているんです」

佐脇さんとも、これを限りにお目にかかることもないでしょうから、と和子は、畳《たたみ》にぴたりと両手をついて、頭を下げた。

「一時とは言え、あの子の婚約者だった佐脇さんには、我が家の恥をお見せしてしまって、本当にお恥ずかしい限りです」

「そんな。どうぞお手をお上げください」

慌てて止めながら佐脇は決断した。訊きにくいことだが、今訊くしかないだろう。

「奥さん。私も最後だと思うので、お訊きします。もちろん誰にも言いません。正直にお答えください。奥さんが恐れているのは、晶子さん、あなたの娘さんなんじゃないですか?」

両手をつき、俯いたまま、和子はしばらく無言だった。

やがて、絞りだすような声で言った。

「母親が娘を恐れて姿を隠すなんて、前代未聞《みもん》だと思いますわ。あってはならないことでしょう? 世も末とはこの事です」

「それではやはり、あの火事も……」

和子はそれには答えず言葉を継いだ。

「あれは恐ろしい子です。あなたのような立派な婚約者を棄《す》ててヤクザと逃げてしまうような、ふしだらで異常な娘なんです。火事のあとにも……とても偶然とは思えない、怖ろしいことが何度かあって」

家が焼け、夫の忠朗と娘の和美を失った後、鳴海から去った理由。それを母親は話し始めた。

「車……私、外出するときは車を使っていて、火事の時も車で出ていたので、車は無事でした。ですから火事のあとも乗っていたんですが、親戚のうちからの帰りに、峠道《とうげみち》に差し掛かった時のことです。突然、ブレーキが利かなくなりました。あんなに怖ろしかったことはありません。カーブの多い急な下りで、どんどんスピードがあがるし……ハンドル操作を少しでも間違えていたら私は死んでいたでしょう」

　和子は、思い出すのも怖ろしい、と言う表情を浮かべている。

「ブレーキ・オイルが抜けていたので整備不良だと言われたんですが、それまでブレーキがおかしくなるなんて事、なかったんです。それだけじゃありません。横断歩道で信号待ちしていたら、誰かに後ろから車道に突き飛ばされて、危うくトラックに轢《ひ》かれそうになりました。……そういうことが続くと、危険を感じるでしょう?」

　たしかに、偶然だと片付ける事は出来ない。

「誰にも言えなかったけれど、私には判っていたんです。晶子がやったことだと」

「そう思うに当たっては、何か覚えがあるのですか? たとえば、あなたも晶子さんを虐待《ぎゃくたい》していて、晶子さんに憎まれていたとか……」

　なーにを仰るんですか、と和子は声を上げた。

「虐待? そんなことはありません。そういうことをあの子が言ったとしたら、それはあの子の被害妄想です。良家の子女として当然の躾を虐待だなんて言われたら、子供の教育なんて出来なくなってしまいます。あの子はね、生まれつきおかしいんです。恐ろしい子なんです。ときどきいるって言うでしょう? 何の心の痛みも感じず、社会のルールも何とも思わず、生き物でも人間でも邪魔になったら平気で命を奪える人間が。自分は特別な存在だとあの子は思っているんです。自分には社会のルールは適用されないんだ、自分だけは法律の外にいるんだって」

晶子の異常さは生まれつきなのか、それとも育った環境のせいなのか、佐脇には判らなくなってきた。

「あの子は小さい頃からヘンだったんです。私が親しくしていたバレエの先生のところに通わせていたんですけど、その先生のご自宅から特注品の高価なティアラが失くなったことがあります。買い直せば、数百万かかるという……」

和子はそう言って言葉を切った。

「晶子だったんです。盗んだのは。まだ小学生だったのに。私の体面は丸潰れです。あの子はそれが目的だったんです。私が憎かったんですわ。でも、この時ばかりは夫が警察に勤めていて心底よかったと思いましたよ。弁償して内々にして貰って、どうにか無かったことにして頂けたんですけど、夫は晶子を叱りませんでした。とても甘やかしていたんです。それで、あの子は次第に手に負えなくなって」

そう言って頷いた和子だったが、何かに気づいて佐脇を睨んだ。

「あなた今、私に、『あなたも晶子さんを虐待していたんじゃないか』とか言いましたよね？　なんですか、それ。あなた『も』って」

凛《りん》とした表情に、ハッキリした口調。母親の和子のプライドの高さと、性格のきつさが感じられた。

それは、娘である晶子とそっくりと言っていい。この母親と娘では、こじれれば行くところまで行ってしまい、お互いを激しく憎み合うようになるのだろう。

詰問されて、佐脇は返答に困った。順を追って聞き出すつもりだったのに、思わぬミスをしてしまった。

しかし、口にしてしまったものは仕方がない。一番訊きにくいことを今、訊くしかない。

「結城署長が……私の中ではいつまでも結城さんは署長なんですが……娘の晶子さんを、その、虐待していたという噂がありまして……性的に」

「はぁ？」

虚を衝かれた、とばかりに、和子は甲高《かんだか》い声で叫んだ。

「そんなバカなこと、誰が言ってるんです？　みんなあの子の嘘ですよ。嘘つきなんです、あの子は」

噂の元は晶子だと決めつけて笑い飛ばす和子だが、その笑い声はいかにも不自然で、笑顔も引きつっている。

「鳴海署の誰かが言ってたのなら、名誉毀損《きそん》ですわね。かつての上司を中傷するなんて……」

「この際だから、訊き難いことを全部伺ってしまいます」

腹を決めた佐脇は、二条町のマチコ婆さんの件も持ち出した。

「二条町の、警察関係者が贔屓にしてたスナックのママ、マチコさんですが」

「ああ。あの女の事ね。ウチの結城の愛人だったってヒトでしょ？　それは本当です。男ってモノはある程度は仕方ないんです」

和子は、夫の不倫をアッサリと認めて肯定《こうてい》した。

「そんな汚らわしい女たちと結城を分け合うなんてとんでもないと思ったので、以後、私は寝室を別にして、夫のことは他所の女たちに呉《く》れてやりました」

しかし佐脇の知る限り、結城署長は以後、外の女と浮気をすることはなかった。妻の逆上ぶりに恐れをなし、自分の出世に影響することを恐れたのだ。だが、その夫の性欲の矛先がどこに向かったのか……佐脇はそれを考えると暗い気持ちになった。

晶子が夫婦の不和のいわば犠牲になったことにも、この母親はまったく無関心のようだ。

「だけどその二条町の女、殺されたんですってね。いい気味だわ。因果応報ってこの事よ」

そう言って微笑んだときの和子の顔は怖ろしかった。般若とはこういう顔を言うのか、という酷薄《こくはく》で冷たい笑みだった。

「……結城家が火事になった夜のことについても伺います。申し訳ありません。思い出したくない事を根掘り葉掘り掘り返すことになってしまって。しかし、これは、今現在進行中の事件の解明のために必要なことなんです」

佐脇は慎重に切り出した。

「娘さん……妹の和美さんが持っていたロックバンドのライブのチケットですが、それをあなたが取り上げて、あなたが代わりに行ったと。その間にお宅が火事で燃えてしまい、和美さんはご主人とともに亡くなってしまったんですよね？」

「あら。そのことについて、あなたも私を非難なさるの？　私が家にいて、私が焼け死ねばよかったと仰るの？」

「いえ、そういうことではありません」

「そうだわ。あなたはそう言ってるのよ。娘の和美の代わりに私が焼け死ねばよかったんだって」

「いや、そうではなくて」

佐脇は否定したが、和子の表情はますます頑なになるばかりだ。

「そういうことを言いたいからこの件を持ち出したのではなく、単純に事実関係をハッキリさせる必要があるのです。火事になってお二人が亡くなってしまった。その事についてなんの判断もしておりませんよ。そのように感情的になられるのは……奥さん、あの夜のことについて実は何かやましいところがあるからじゃないんですか？」

「今度は私をお疑いになるのね？　チケットは、和美が持っていたんです。和美は懸賞かなにかに当たったと言っていました。だけど私は直感したんです。嘘をついているって。あの子があのバンドを好きなことを知っていたのは、私以外には姉の晶子だけです。あれは晶子が送ってきたんです。それは、とんでもないことなんですよ。結城家としては」

顔色を変えて主張する和子の勢いに、佐脇は困惑した。

「それはどういう意味なんですか？」

「どういう意味って！　あなたが何を言うんですか！　晶子は結城の家に泥を塗った張本人ですよ！　主人がどれほど恥ずかしい思いをしたか。私だって恥ずかしくって、あの時は外を歩けませんでした。和美だって、あれはふしだらな女の妹だと噂になって、後ろ指さされて……晶子のことはもう姉とは思ってはいけないと言い聞かせていたのに、それに逆らって、しかも母親の私に隠し事をしてると直感したので、罰としてそのチケットを取り上げたんです！」

「で？　そのチケットを無駄にするのももったいないから、あなたが自分が出かけたってことですか？」

「そうですよ。それがなにか？　手に入りにくいものだと和美が泣いていたし、チラシを見ると綺麗な男の子たちがたくさんいるグループでしたから。後学のため見ておこうかと」

晶子は、母親を殺そうとしたが、こういう予定外のことが起きて、助けようと思っていた妹が犠牲になってしまったのか……。

「罰と言ってるが、本当は奥さん、あなたが行きたかったんじゃありませんか？」

「それの何が悪いの？　ライブは大阪だし、久しぶりに大阪に行ってお買い物もしたかったんですよ！　母親はライブにも行ってはいけないんですか？　いつまでも子供の犠牲になり続けなきゃいけないんですか？」

和子は論点をスリ替え、頑として、自分は正しいのだと主張し続けた。

「私は、晴れやかで賑《にぎ》やかなところが好きなんです。だから、娘たちにもバレエとピアノを習わせました。夫があいう人で派手なモノを毛嫌いするから、ライブにもコンサートにも自由に行けなくなってしまって。外出といえば娘の学校のPTAか、習い事の発表会だけですよ。それだけならまだ我慢します。でも、夫と娘たちのためにあんなに努力したのに、晶子がああいう事をしでかして……恩を仇《あだ》で返したんです、あの子は。私はろくに外にも出られなくなったんですよ。たまに息抜きをしたっていいでしょう！　それでバチがあた……」

「当たったじゃないですかっ！　それで娘さんが亡くなったんですよ！」

「私の代わりにって言いたいんでしょっ！　私が焼け死ぬべきだったんだって言いたいんでしょ！」

「そうだ！　いや、そうじゃなくて！」

佐脇も怒りのあまり嘘がつけなくなってきた。

不毛だ。こんなことのために晶子の母に会いに来たのではない。ここで佐脇は、母親と和解したい、と晶子に頼まれていたことをようやく思い出した。まずい。冷静にならなければ。

イライラを静めるために、タバコを取り出した。

「ここで吸うのは止めてください。灰皿もないでしょっ！」

「判りましたよ。外で吸ってきます。お互いちょっと頭を冷やしましょう！」

怒りを抑えつつ、佐脇は階段に続く廊下に出た。

勢いよく階段を下りようとすると、かすかに、男女の言い争うような声が聞こえてきた。

佐脇は、ゆっくりと音を立てないように階下に降りた。

階段を降りきったところから、そっとうかがうと、表側の調理場に二人の人影があった。

晶子だった。佐脇との話が終わってから母親に供そうという料理を作っているようだ。

彼が母親と話している間にそっと入ってきたのだろう。ということは、晶子もここの鍵を持っているらしい。

調理場のガスコンロには中華鍋が掛かっていた。把手《とって》が突き出した北京鍋だ。強火の、激しい勢いの火が鍋を熱し続けている。

その中華鍋からはパチパチという音とともに揚げ油の香ばしい匂いもしていた。

だが、その台所に居るもう一人は……。

「まだ諦めないのか。お前がいくら運が強くても、今度こそはただじゃ済まないぞ」

遠藤がここにいる！　佐脇は驚いた。

「うるさいわね。私が何をするっていうの？　お母さんと仲直りして、一緒にご飯を食べるだけじゃない」

「その肉はなんだ？　その白い粉は？　睡眠薬をすりつぶしたものだろう？　それを仕込んだトンカツを母親に食わせて、焼き殺そうというんだな」

おれの時みたいに、と遠藤は言った。

「おれはな、お前をずっと監視して尾行してたんだ」

「そんなこと、とっくに気づいてたわよ。知らないとでも思ってたの？　でもアンタは私を見ているだけで、それ以上の事は出来ない。そうでしょ」

「おれだって……やるときゃやる。だから、こうして」

二人は、台所で声を潜めて言い争っている。それを佐脇は階段の途中から盗み聞きしている状態になった。

「な、晶子。もう一度やり直してくれとは言わない。あの刑事と付き合っていてもいい。お前を遠くから見ていることを許してくれ。それだけでいい」

「……なにバカなこと言ってるの」

「とにかく、おれはお前と離れていられないんだ。相手にしてくれないならそれでもいい。だけど、まだお前の母親をどうにかするつもりでいるなら、それだけはやめろ。こんなことするな。今度こそ、絶対に捕まるから！」

「だから、どこで何を料理しようと私の勝手でしょう。アンタにアレコレ言われたくないし」

「だから！」

遠藤は声を殺しつつ苛立ちを抑えられない様子だ。

「なぜ判らない？　捕まったら、これまでのことがイモヅルに全部明るみに出てしまう。そうなったら、お前は死刑だぞ。同じ手を使うのも致命的だ」

「そうかしら？」

今まで超然と受け答えしていた晶子の声に、少し変化が現れた。

「死刑になったら、二度と会えない。お前の姿を見ることも出来なくなるんだ。それぐらいなら、死んだほうがマシだ。だからヤメロって！」

「だから、それが余計なお世話だっていうの。死んだほうがマシだなんて、とっくに死んだも同然の人に言われたって、ちっとも嬉しくない。何よ。ずっと私を見張って、どうするつもり？　私を警察に売り渡すの？」

「おれがそんなことをすると思うか？　お前になら殺されてもいいとまで思っている、このおれが」

遠藤は晶子の過去の犯罪を洗いざらい喋ったのだ。あれは嘘だったのか？　いや、晶子を庇いたいなら、どうしておれに喋った？

その答えは簡単だ。遠藤は、自分といわば共犯で、しかも晶子のセックスの虜《とりこ》になっている佐脇が、晶子を売るはずがないと思っているのだ。

「な、だから、この街を出よう。いろいろヤバくなってる。実家の財産は諦めろ」

「じゃあ、アンタ一人が勝手に出ていけばいいでしょう！」

晶子の声が次第にヒステリックな響きを帯《お》びてきた。顔は見えないが、たった今、二階で見た母親と同じような般若の形相になっていることは想像がつく。

「おい晶子……」

「邪魔なのよアンタ。さっき私になら殺されてもいいって言ったわね？　だったらお望みどおりにしてあげるわ！」

台所で揉み合うような気配があり、続いてうめき声が聞こえてきた。

これはヤバい。

佐脇が台所に突入すると、遠藤が胸を押さえ、呆然と立ち尽くしていた。

その胸には、晶子がさっきまで使っていただろう包丁が突き立てられている。

晶子は、眉ひとつ動かさず、遠藤を刺したのだ。

「なんてことをしたんだ、晶子！」

佐脇が叫ぶと、晶子はキッとした目で睨み付けた。

刺された遠藤がフラフラと後ずさると、そこにはガスコンロがあり、中華鍋の把手を背中が押した。

うわああ！　という悲鳴とともに、中華鍋がひっくり返って、煮えたぎった油が遠藤の背中を焼いた。

ぼん、と大音響がして火柱が上がった。

中華鍋一杯に入っていた揚げ油にガスコンロの火が移ったのだ。

「うわあああああ！」

中華鍋から零《こぼ》れた油は遠藤の全身を襲った。次いで激しい火傷を負った背中に火が移り、遠藤は一気に火だるまになった。

「あああああああ！」

遠藤は壁や床に転がって火を消そうとしたが、それが逆に炎を広げることになった。

その炎の勢いは激しく、一気に燃え広がって床も天井も、そして壁にも、火がするすると舌なめずりする悪魔の舌のように広がった。

「逃げろ！」

佐脇が叫んだ次の瞬間、ドーンという大音響とともに、大爆発が起きた。

*

大爆発の約一分前。裏口を出た晶子は、ドアに鍵をかけ、鍵穴に瞬間接着剤を注入した。十五年前、家出をした時に、この家の鍵を持ち出しておいたのだ。

必ずしも予定どおりとは行かなかったが、まあ仕方がない。

佐脇が母親と話をしている間に家に入って、肉の下ごしらえをした。そして、中華鍋に油を入れてコンロに火をつけた。例の粉を使うかどうかは、最後の瞬間に決めるつもりだった。

中華鍋を加熱して放置すれば揚げ油に引火して燃え上がる。時限発火装置も何も要《い》らない。面倒な事をしなくても、これまで通り、火が出る前に逃げることが出来る。

一緒に食事をすることになっても、肉に睡眠導入剤を仕込むという選択肢もあった。

そうなれば、何も知らずにその料理を食べることになるはずの佐脇も、母親と一緒に意識を失って、そのまま焼死するはずだった。

佐脇は、セックスが抜群《ばつぐん》によかったし、現職の警官だから利用価値のある男だったし、何よりも自分と似ていた。自分の中にいる悪魔が、あの男の中にも居ることは、再会してすぐに判った。だからあの男といると、孤独ではないと思えた。遠藤が自分を恐れるようになり、クスリに手を出してから、思えば晶子はずっと孤独だったのだ。

しかも佐脇は、なぜだか晶子の人生をメチャクチャにしたと思い込んでおり、借りがあると信じている様子だったから、骨の髄までしゃぶってやるべきだった。だから、殺したくなかった。

とはいえ、仕方がない。孤独には慣れている。

あの男も結局、地獄までついてくる覚悟はなかったのだ。

「馬鹿ね。私を逮捕する、なんて言わなければよかったのに」

実家の財産を手に入れ、あの男と二人、どこか遠いところで贅沢に、自由に暮らす。もしくは鳴海で、十五年前に間違ったところからやり直す。母と和解し、あの男とも正式に結ばれて、表の世界に戻る。

今なら障害となる父親もいないのだから、それは可能だっただろう。

だがどちらの未来も、分岐点を過ぎ、ポイントが切り替わって遠ざかる車輌のように、晶子の前から消えた。

計算違いだったのは、あの時、遠藤が入ってきたことだ。それですべての段取りが狂った。佐脇と母親をまとめて始末するにしても、あるいは別の選択肢を取るにしても。

中華鍋に火が移るのが早すぎた。

想定外の展開になって、晶子は咄嗟に大胆な行動を取った。

台所と廊下を隔《へだ》てる引き戸があるとは、佐脇も遠藤も気づいていないはずだ。それを閉め、用意しておいたつっかえ棒をして、開けられないようにした。

それで台所は密室になった。火の回りは予想以上に早かった。佐脇も遠藤も、火傷を負うか、有毒ガスを吸うかして、身動きできなくなったはずだ。

それは台所の真上に居た母親も同じだ。火が上がって慌てふためいた母親は逃げられないか二階から落ちるかして、いずれにしても生きてはいまい。裏口の鍵も、もう開かない。

晶子は自慢の駿足で、みるみる火の出た家から遠ざかった。

振り返ったとき爆発音が聞こえ、家の裏手に炎と閃光が見えた。この辺はプロパンガスだから、ボンベに引火したのかもしれない。

その爆発の後、炎は一気に大きくなって、家全体を呑み込んだ。

消防車のサイレンが遠くから聞こえてくるのを、晶子は聞きながらゆっくりと歩いた。

その日の夜、ラブホテルに宿泊した晶子は、テレビのニュースで火災現場から複数の焼死体が見つかったことを知った。

『女性の身元は不明ですが、火災発生以後、T県警鳴海署の巡査長・佐脇耕造《こうぞう》さんと連絡が取れなくなっており、また焼け跡から佐脇さんのものと見られる警察手帳と携帯電話が見つかっているため、警察では何らかの理由で佐脇さんが、この火事に巻き込まれたのではないかとみて、身元の確認を進めるとともに火事の原因を調べています』

マイクをきつく握りしめ、震える声でニュースを伝えるリポーターは、明らかに涙ぐんでいる。ローカル局の、胸の大きなリポーターだ。

あれもまた佐脇と寝た女なのだろうか、と晶子はぼんやりと思った。

佐脇という男を失って、自分も確かに残念ではある。お気に入りの銘柄の、それも当たり年のワインをカーブに入れるのを忘れ、駄目にしてしまった、という程度には。

一緒に寝た男なのに、あれだけのセックスをした相手なのに、悲しいとか、淋しいという気持ちを感じることが出来ない。画面で涙ぐんでいる女の気がしれない。あれくらいの演技なら簡単にできるが……。

佐脇のために泣いている女のことを羨《うらや》ましく思っている自分に気づいて、晶子は驚いた。

まあいい。孤独には慣れている。セックスがぴったり合う男もいずれ調達できるだろう。金さえあれば……。そのためには実家の財産を相続する手続きを進めることだ。不動産を売却して現金に換え、預金を引き出す。それは銀行か、会計士か、いずれにせよプロにやってもらう。自分は鳴海を離れる……。

その時だった。画面の中で巨乳のリポーターがさらにニュースを伝え、晶子は、自分の計画が潰《つい》えたことを悟った。

『なお、この火事については先月鳴海市内で発生し、現在も捜査中の勝田忠興さん宅への放火殺人との関連が疑われるため、鳴海署では連続放火殺人事件として捜査本部を設置し、重要参考人としてT市在住の健康食品販売業、結城晶子を全国に指名手配しました』

晶子は、テレビを凝視して、しばらく動かなかった。

もはや、これまでか。いや、しかし。

しばらく考えていた晶子は、携帯電話を取り出し、ある番号をプッシュした。

「あ、私です……今、何してたの？　ずっと寝てた？　そう」

砂糖にハチミツをかけたような、甘い甘い、蕩けるような声を出し、相手には姿が見えないのに、くねくねと躰をくねらせた。

「ね？　恵一さん……これから会えないかしら？　そう、この前話していた、ほら、一緒に住む新しい家のことなんだけど……不動産屋からね、手付けを入れてくれって連絡が来たの。あの家を気に入った客がほかにもいるので、早い者勝ちだって言うのよ。それと、式場の方もね、予約を早く確定して欲しいって……それには予約金が必要だって……お金の話ばっかりになってしまってご免《めん》なさいね。でも、私一人じゃ判断できなくて」

音声を消したテレビ画面を目で追いながら、晶子は甘えきった声を出した。

「もう用意してくれているの？　有り難う。とっても嬉しいわ。ううん。直接受け取りたいの、あなたから……すぐに逢いたいし、一緒にお祝いしましょう！」

晶子は華やいだ声を上げた。

「そうね。外じゃなくて、私の方からお邪魔……いえ、それはよくないわね」

上林恵一の件は、すでに警察に知られている。家に行くのは、自分から罠《わな》にかかりに行くようなものだ。

晶子は考えを巡らせた。

「せっかくだから、私の手料理をご馳走しようと思ったんだけど……お宅のキッチンは使えないものね……。私の部屋は、あいにくガスレンジが壊れてしまったのよ……」

少し考えた晶子は、名案が浮かんで極上の微笑みを浮かべた。

「ちょっと遠いけど、面白い場所にご案内するわ。迎えに行くから、待ち合わせましょう。出来ればお宅に迎えに行きたいんだけど、ちょっといろいろあるから……今はまだ、忍ぶ恋だから、忍び会いが似合う場所で、あなたを待っているわ。あ、そうそう。書類を作らなきゃいけないと思うから、ノートパソコンを持ってきて。あなたがいつも使ってるのをね」

一時間後、恵一の家から少し離れた公園で彼をピックアップした晶子は、深紅のメルセデスを鳴海市のはずれに向けて走らせて、田んぼの真ん中の、とある建物に入った。

「変わった建物だね……」

「ええ。ここなら自由に使えるから」

さあどうぞと、晶子は恵一を部屋の中に案内した。

散らかった部屋だが、隅には簡単なキッチンがあって、ちょっとした料理は出来そうだ。

「恵一さんが大好きな、トンカツを作るから。あなたのために、と思って、もう鍋も、揚げ油も、用意してあるのよ」

晶子はさらに用意してきたクーラーボックスから赤ワインを取り出した。

「シャトー・ル・テンプレイの九九年。運んできたばかりだから、ちょっと静かにしておきましょう。じゃあ先にビールでも飲んでいてくれる?」

彼女は続けて瓶ビールを取り出して栓を開け、これも持参したグラスに注いだ。

「すぐ作るから……その後、ゆっくりワインを飲みましょうね……」

晶子のねっとりした視線に、恵一は素直に頷いた。

「そうだね。しかしこういうところ、よく知ってるね」

「たまには変わった場所でって思って……」

調理をはじめる前に、晶子は恵一に顔を寄せて、キスをした。

舌を絡める濃厚なディープキスに、恵一は骨抜きにされ、トロトロになってしまった。

手を伸ばして晶子を抱き、胸元に手を差し入れながら不器用に寝転がって、そのままセックスに進もうかという熱い勢いがあったが、彼女の方が「あとはオアズケ」と止めてしまった。

「お楽しみは後にとっておくものじゃない？」

彼女にそう言われると、恵一は「判ったよ」と言うしかない。

豚ロースを冷蔵庫から出して室温に戻す。何種類ものスパイスを振りかけ、衣をつける。

その間に鍋に注いだ揚げ油を熱し、皿に千切りキャベツを盛りつける。

流れるような手順で準備が進み、油もいい温度になったので、テキパキと衣をつけた肉を投入した。

聞くだけでよだれが出そうな音、そして匂いとともに、肉が揚がっていく。

「カツレツから日本人が進化させたものだけど……トンカツって凄い発明よね」

そんな事を言いながら、揚がった肉を取り出し、油を切って手早く切り分けて皿に盛る。

「さあ、どうぞ」

待ち兼ねた恵一は早速箸を伸ばして頬張った。

「美味い！　そして柔らかい。箸で肉が切れる！」

「そうでしょう？」

晶子は食欲旺盛な恵一を見るだけだ。

「あなたは？　食べないの？」

「私はお客様の給仕に専念するの。ワインのお代わりは如何？」

言われるままに食べ、赤ワインも飲んだ恵一は、すっかりいい気分になったのか……こくりこくりと船を漕ぎ始めた。

「あらあらお腹いっぱいになったら……コドモみたいね」

「うん……なんだか凄く眠くて……ちょっと寝たらすぐにピンピンになるよ……」

ろれつが回らない口調で言った恵一は、やがて横になり、すぐに寝息を立て始めた。

晶子は手袋をすると、彼のカバンを探って、いくつもの札束と、そしてノートパソコンを取り出した。まず現金を、自分のヴィトンのボストンバッグに移す。

それからパソコンの電源を入れてエディタを立ち上げ、文章を打ち始めた。

『今日、婚約者から別れを切り出されてしまった。絶望している。こうなってしまった以上、生きていく希望を失った……』

キッチンにあるコンロには揚げ油の入った鍋があり、火はついたままだ。パチパチという、油が高温になった音が聞こえている。

文章を入力し終えた晶子は、ノートパソコンをどこに置こうか迷った。

部屋の中を歩き回って考えた末に、火元から一番遠い窓際に置いた。

それから、寝込んでしまった恵一の頰を叩いてみた。

彼はまるで目を覚まさない。

これでよしというように小さく頷いた晶子は、クーラーボックスからマヨネーズを取り出して、ボストンバッグを持った。

マヨネーズを手に、油が煮えたぎった鍋の様子を窺っていた、その時。

ドアが蹴破られて、全身が真っ黒になった男が乱入してきた。

「おれの部屋で何をしてる！」

＊

「手を上げろ！　何にも触るな」

S&WのM37拳銃を構えて晶子を恫喝《どうかつ》したのは、佐脇だった。

「あなた……生きてたの……」

さすがに晶子は驚きの表情を隠せない。

「なぜ生きてるのよ！　焼け跡に警察手帳があるって言ってたじゃない！」

「現場におれの警察手帳とかスマホとかを残したのは、わざとだ。そういうニュースを流させたのもな」

すすで真っ黒になった顔を、佐脇は掌で拭った。

「正確にはわざと、じゃないな。必死で逃げ出すときにいろいろと落とし物をしたし。おかげで全部焼けてしまった」

佐脇の髪はチリチリになり、安物のスーツも火に炙《あぶ》られ消火の水や消火器の化学剤でドロドロだ。

「病院に担ぎ込まれて、一時はおれが死んだという情報が流れた。だからテレビで磯部《いそべ》ひかるが涙ながらに喋ってたのは嘘じゃない。あの時点ではな」

佐脇はじりじりと体勢を変えて晶子を部屋の奥に追い詰め、自分はキッチンに回り込んで、後ろ手にコンロの火を消した。

「一般に、マヨネーズは天ぷら油が燃えたときに消火剤になるって言われてるが、余計に火の勢いを強くしてしまう場合もある。今の場合は、燃え上がる火に燃料を投入するつもりだったんだろ？　さすがにお前さんは詳しいな」

「どうしてここにいると判ったの？」

「まさかお前さんが、おれのボロアパートを使うとは思わなかったが……考えてみりゃ、ほかにアテがないと思ったのさ。肉やら油やら鍋を運び込まれたのも気になっていた。あの時から、おれはこの部屋でお前さんが誰かを殺すつもりだと思ってた。誰かってのは、つまりおれ、って意味だが」

「殺されるかもしれない、と思ってたのに、私を抱いたの？」

「そういうことだな。据え膳を食わないと、おれがおれではなくなるんでな」

晶子はすっかり観念した様子だ。

「しかし……おれの部屋が焼けて、焼け跡から上林恵一が出てきたら、もの凄くヘンだろうとは思わなかったのか？」

「だって……もう私が犯人だってことはバレてるんだから、妙な偽装をする必要なんかないと思ったのよ。アンタの部屋でこの男が死んでたら、妙な邪推《じゃすい》をするヒトだっているだろうし。私が考えつかないような凄い推理をしたりして」

晶子は、あははと笑った。

「ニュースは見てたんだな。お前は、計画通りに実家の財産を手に入れる望みはなくなったと判断して、とにかく逃げるために高飛び資金と当座のカネを手に入れようとした。上林恵一から一気に大金を奪った上で始末してしまおうと思い、実行した。そうだな?」

晶子は何も答えず、挑戦的な目差しで佐脇を見返した。

佐脇は、部屋の窓際にあるノートパソコンに目をやった。

「お前の考えそうなことは手に取るように判るんだよ。おれがお前でも、同じことをする。どうせあの中には、上林恵一の遺書みたいなものが書いてあるんだろ? 遺書があれば自殺と思うバカもいるだろうし……今までそうやって成功した時もあったしな」

「何言ってるの? 連戦連勝でしょ?」

晶子は挑戦的に言い放った。

「倉島だって姫路でだって。この間の勝田の爺さんの時は、遺書なんか要らないと思って用意しなかったけど……警察は最初、他殺だってことも判らなかったじゃないの」

「自白キタ! ってとこか。大阪でもやってるんだろ? 今、大阪府警に精査して貰ってる。お前さんが遠藤と組んで金を脅し取って殺して埋めて、被害者は行方不明のまま迷宮入りっていう事件が必ずあるはずだ。その成功体験に味をしめたってわけか」

「そうかもね」

晶子は挑むような口調になった。

「でも遠藤があんなに情けない男だとは思わなかった。何よ、後始末くらい。そのくらい気分良くやったっていいじゃない。好きでもないジジイに心にもないことを言って、うれしがらせて、ちっとも良くないセックスによがって見せていたのは、全部私だったのよ？　それなのにメソメソして、夜はうなされて、クスリに手を出して。知ってる？　あいつ、私とセックスができなくなっていたの。勃たなくなっていたのよ！」

晶子は馬鹿にしたように笑った。だがそこから一転、顔が歪み、切れ長の目に、みるみる涙を溜めた。

「だから、佐脇さん、あなたに抱かれた時は、本当にうれしかった。こんなに気持ちよくて、こんなに幸せでいいのかしらって。だから！　だから……」

晶子の表情は目まぐるしく変化した。怒りから非難、挑戦的な目、煽るような顔の歪み、そして……今は同情を買うような、伏し目の弱々しいオーラを発散している。

「だから……思うのよ。あなたが、十五年前、私と結婚してくれてさえいればって。そうしたら何もかも」

これは、佐脇にとって最悪にして最大の弱点だ。これを持ち出されると、どんな正義を振りかざしてもすべてが無意味になる。逆に晶子にとっては最強の切り札と言えた。

「……何もかもうまく行ったのに。父も警察を辞めることはなかったし、多分、うちも火事にはならなかった。母も鳴海を出て行くことはなくて、今ごろはみんな仲良く、私たちのあいだには可愛い子供たちも生まれていて。私たち一体、どこで間違ったのかしらね」

一瞬、非現実的なまでに幸せそうな三世代同居家族のイメージが浮かび、佐脇は頭がくらくらした。

「あの時、あなたが間違わなければ、きっとたくさんの人が死ななくて済んだ。そうでしょう?」

そうなのか? 全部おれのせいなのか? 佐脇は頭の中で思わず指を折って数えた。大阪で少なくとも一人。倉島で一人。姫路で一人。鳴海では……すでに何と六人! それだけの人数が、おれのせいで死んだのか? おれは自分が自由になるために、モンスターを野に放ったというのか……。

「ねえ。自分を責めないで。あなたが一番悪いんじゃないのよ……判ってる?」

晶子の囁きは弱々しく、あくまでも優しい。

「でね……」

晶子はゆっくりと近づいてきた。

「こういう風に考えられないかしら……私は、一生に一度のお願いをする。あなたは一生に一度の罪滅ぼしをする……あなたが見逃してくれれば、私は逃げられるのよ。逃げるだけじゃなくて、ことによったら、罪を逃れて何処かで静かに暮らしていけるかもしれない。ね、そうでしょう?」

晶子は伏せた目を上げて、佐脇を見た。

その瞳は涙に潤んで、弱々しかった。守ってやりたいと力いっぱい抱きしめたくなるような、か弱い女が、そこにいた。

「どう？　私と一緒に、逃げない？　逃げてくれない？　人の道に外れる真似はもうしない。絶対に法に触れるようなことはしないわ。あなたと二人で、この世の隅っこでひっそりと静かに、穏やかに暮らすわ。あなたと、二人だけで」

そう言って、晶子は少女のように、佐脇の胸に飛び込んできた。

佐脇は、突き出していたM37を持つ腕を大きく避け、身体検査を受けるような格好になって、彼女を受け止めた。

「ね、信じて。もう絶対にやらないし、これからはひっそりと『余生』をおくる。あなたさえ黙っていてくれたら……二人だけの場所で静かに暮らせるのよ……」

晶子は、彼の胸で泣き出した。

「だってすべては、あなたが原因なんだから……」

それを言われたら、本当に何も言えない。何も言い返せない。

この女との躰の相性は抜群だ。躰以外だって……お互いワルのダーティな者同士、うまくいくかもしれない……この女とならば。

だがその時、佐脇は激しくヤバいと感じた。

騙されるな！　ワルの本能が警報を発したのだ。

しかし一瞬遅かった。

キッチンを背にして立つ佐脇は、晶子を抱き留めていた。

その晶子に、思い切り胸を押された。

次の瞬間、肩から背中を、信じられないほどの熱さと激痛が襲った。

コンロに乗っていた鍋がひっくり返って、つい数分前まで煮えたぎっていた揚げ油が背後からぶち撒けられたのだ。

「うわあああっ！」

瞬間的に大火傷を負った佐脇は、あまりの激痛にのたうち回った。

我に返った時には、右手に握っていたM37を、晶子に奪われていた。

その小さな銃の銃口は、佐脇に向いている。

晶子は、佐脇の銃を持っているのだ。

銃を構える晶子は、震えていた。

もしも平然と銃を構えて、お前なんか殺すのは屁でもないというような態度だったら、佐脇も決死の覚悟で飛びかかっていただろう。だが、今の晶子は、小さな動物が追い込まれて、死ぬか生きるかの反撃を試みようとしているようにしか見えない。

その姿は小さくて、か弱くて、今にも気絶してしまいそうだった。

そんな晶子が、必死になっている。

「……いいよ」

佐脇は、やっと声を出した。

掠《かす》れていた。

「撃っていい。いや、撃ってくれ」

佐脇は、晶子の目を見つめた。

「お前になら……撃たれてもいい」

そう言われた晶子は、激しく躊躇した。

佐脇の胸に照準を合わせていた手が、ぶるぶると震えた。

勝負だった。

撃たれても仕方がないと諦観《ていかん》しつつ、この女は撃てないと思った。いや、思いたかった。

晶子の目に、怯えが走った。

その瞬間、佐脇は勝った、と思った。

だがそれは間違っていた。

晶子の顔に、冷たい笑みが浮かび、トリガーに掛かった指が動いた。

彼女は、平然と、佐脇を撃った。

終章　暗闇からのワルツ

銃声とともに、右の太腿に、殴られるような衝撃がきた。

背中に大火傷を負った上に、右太腿を撃ち抜かれて、佐脇は身動きが取れない。

晶子はなおも銃口を向け、二発目を撃とうとしている。

その黒い瞳の中には何もなかった。怒りも憐《あわ》れみも愛も、そして憎しみさえも。

もはやこれまでか。

佐脇は観念した。きっと、こうなることは決まっていたのだ。

十五年前、自分がバレエスタジオの合い鍵を遠藤に渡した、あの夜に。

目を閉じた瞬間、轟音がした。小さな銃にしては音が大きい。衝撃も来ない。

部屋のドアが開いている。ドアを叩きつけるようにして部屋に突入してきたのは水野だった。

あっという間に晶子の手をひねり、羽交《はが》い締めにして制圧する。

「結城晶子。二件の放火殺人容疑、および、殺人未遂の現行犯で逮捕する！」

水野の声を聞きながら、佐脇は意識を失った……。

そして今。佐脇は病院で、二度、死に損なったその日のことを思い出していた。

結城和子が隠れていた家で、佐脇は、遠藤を火だるまにした晶子が、身を翻《ひるがえ》して廊下に逃げ、引き戸を閉めるのを見た。もうこれは駄目だ。咄嗟に表側の格子戸に体当たりして、外に逃れた。

救急車を呼び、自分も簡単な診察を受けただけで署に急行した佐脇は、光田に銃の携帯許可を取って晶子の行方を追った。行く場所は判っていた。佐脇自身のアパートだ。

鍵は掛けていない。行き場を失った彼女は、きっとそこに来る。

自分が晶子を逮捕して、引導を渡すべきだと思った。

あとから来るよう、水野にも伝言を頼んでいたことが窮地《きゅうち》を救った。

和子は病院で死亡が確認された。

結城の一家は、これで全滅だ。晶子もおそらく死刑になる。

いろいろと問題のある一家で、それぞれに問題があったのかもしれないが、一家が消滅してしまうほどひどいことをしていたのか？　そんなことはない。特に、妹の和美は、まったく何も悪くない。

やはり、自分のせいなのだろうか。しかし、同じ立場に置かれれば、自分の自由を守るために、佐脇はまた十五年前と同じことをするだろう。そんな気がする。死刑になるだろう晶子も、これまで刑事を続けてきた自分も、二人とも同じ、とても細い塀の上を歩いていて、たまたま落ちた先が左右に分かれただけ。そのことも佐脇には判っていた。

あの時、妙なごまかしをせずに、正面から結城署長と話をしていれば……。

そんなことを思ってみても仕方がない。それが不可能だったことは、佐脇自身が一番良く知っている。

入院着姿の彼は、病院の個室から窓外を眺めながら、タバコを取り出した。

火をつけて、深く吸い込んだ時に廊下に足音がして、ドアが開いた。

「あら、病院は禁煙ですよ！」

やって来たのは上林杏子だった。その後ろには兄の恵一が大きな体を小さくして立っていた。

「今日、意識が戻って面会できるようになったと聞いたので……」

「あなたが面会第一号ですよ」

佐脇はタバコを吸いながら、愛想よく椅子を勧めた。

「タバコには鎮痛作用があるんですよ。たぶん」

杏子と恵一は、見舞いの果物籠を傍らのテーブルに置くと、深々と頭を下げた。

「この度は、本当に有り難うございました。佐脇さんが居なければ、兄は焼き殺されていたところでした」

いやいやとんでもない、と佐脇は手を振った。

それは謙遜ではなかった。あの時、恵一を助けようという考えは微塵《みじん》もなかった。晶子のさらなる犯罪をなんとかして止めたいという一心だった。

それが、彼女を思ってのことなのか、自らの贖罪《しょくざい》だったのか、よく判らない。

「とにかく、兄は救われました。ほら、兄さんからもお礼を」

恵一は、バツの悪そうな顔でヒョイと頭を下げた。

「まあ、金持ちは大変ですな。カネの匂いに敏感な、悪いヤツがウヨウヨしてますから」

「中途半端なカネがある小金持ちだからいけないんです。昔からの、本当のお金持ちは資産管理をしっかりして質素に暮らしてますよね。なのに兄はお金があるだけ趣味のガラクタに使うし、仲間にいい顔するし、女に弱いし……モテなくて経験がない分、騙されやすいのに」

「……もういいだろ。済んだ話だ」

「いいえ。これからまた、同じような手合いの女が出て来るに決まってるんだから、さっさと誰かと結婚してしまえばいいのよ。というより、もう一生独身って覚悟を決めたら？　どうせ結婚したって趣味のガラクタが生きてる奥さんより大事だったら、すぐ逃げられるに決まってる」

済んでしまえばたわいのない事になってしまった話を兄妹が喋っていると、水野が入ってきた。

「おやおや。もう先客がいたんですね」

書類を手にしている水野を見た杏子は、察して腰を上げた。

「あ、お邪魔しました……退院なさったらぜひ、一席設《もう》けさせてください。それでは」

杏子は座ったままの恵一をせき立てて、個室を出ていった。

「絶体絶命の寸前で助かったんだから、はしゃぎたくもなりますね……」

兄妹を見送った水野が呟くように言った。

「どうなんです、火傷と怪我の状態は?」

「見ての通りだ。撃たれたのは大したことない。立ち上がってタバコを吸えるようにはなったが、火傷の痕がな、なかなか」

水野は、杏子が持ってきたフルーツ・バスケットからリンゴを取ると、フルーツ・ナイフを使って不器用な手つきで剝《む》き始めた。

「おい。もういいって。それ以上剝いたら食うところがなくなる」

水野の手つきが余りにブザマなのを見兼ねて、佐脇はタバコを消して、無残な姿になったリンゴに手を伸ばした。

その時、彼の背中に激痛が走った。

「痛ててて……」

佐脇は悲鳴を上げた。

「カッコイイ男なら、痛みを堪えて微笑むところだろうが……痛いものは痛いんでな」

背中に負った火傷は、服を着ていたから多少は軽くなったとはいえ、深達性Ⅱ度熱傷で、緊急手術を受けて皮膚移植をしたほどの重傷だ。

「まあ、時間が経てば治るだろう。遠藤は二度も焼かれて二度目には死んじまったが」

そう言って、佐脇は声を落とした。

「晶子はどうしてる？」

「完黙を続けています。名前も何も名乗りません。まったく一切口を開かないんです。食事にも全然手をつけないので……このままだと入院させて栄養補給したりすることになるかもしれません」

そうか……と呟いた佐脇は、皮を剝きかけのリンゴを齧《かじ》って窓外を眺め続けた。

「……本当に撃つとは、思っていなかった」

佐脇はぽつりと言った。

「え？」

「いや、晶子の話だ。おれを本当に撃つとは思わなかったんだ……好きな、いや、好きだった男は殺せない。そう思い込むのは男の勝手なロマンかね」

そのとおりでしょうね、と水野はさらりと言った。

「男の幻想だと思います」

「青二才のお前にそんな事を言われるとは、思ってもみなかった」

佐脇は、リンゴを齧った。

「お前になら撃たれてもいいと言われたら、普通は撃てなくなるもんじゃないか？　ええ？　相手にそこまで丸投げされてしまったら」

「そうですか？　まあ、普通の女だったら撃てなくなるかもしれませんが、結城晶子は普通の人間じゃありませんよ。たとえば線路が二股に分かれていて、片方には五人、片方には一人がそれぞれ縛り付けられているとしましょう。ポイントは切り替えられるが列車は止められない。そんな状況で何のためらいもなく、それこそ恐怖も同情も罪悪感も、余計な感情は一切抜きにして、最短の時間で一人を轢き殺す決断ができる、それが晶子のような人間ですよ」

「洒落《しゃれ》たたとえじゃねえか？　誰に聞いた？」

「まあお祭しだと思いますが、横山《よこやま》美知佳さんに」

美知佳は鳴海の大学生で、いずれ留学して犯罪学を専攻したいと言っている、自称・佐脇の弟子だ。

「そういう人間を、サイコパスって言うんだそうですよ」

話が止まってしまった。

しばらくして、佐脇がぽつりと訊いた。

「このあと、晶子は、どうなる？　やっぱり死刑か」

「どの事件をどこまで立件出来るかによりますが……倉島と姫路の件は、十和田夏生という別の人物に成り済ましていたことが立証されるはずですし、鳴海での三件……放火殺人が二件と、マチコ婆さん……野添真智子に対する殺人教唆およびタンス預金の窃盗《せっとう》容疑ですね……この確実な五件だけでも極刑は免《まぬか》れないでしょう。大阪での事件は、全容が判りませんのでカウントから外すとしても……それに佐脇さんと上林恵一さんに対する殺人未遂に、公務執行妨害も加わりますし……妹さんと結城署長が焼死した過去の件も……」

「おれは、ひどい男だな」

佐脇は呟いた。

「結局、一人の女を殺してしまうんだ」

それを耳にした水野は、「え？」と首を傾げた。

「なぜそういうことになるんですか？」

ここで自分の気持ちを一から説明しなければならないのは精神的に参ってしまう。

「こういう時、『詳しくはウエッブで』とか言えれば便利なんだがな」

「いや、本当は知ってます。ある程度は聞いてます。光田さんからとか」

佐脇は顔をしかめた。

「光田情報は半分は憶測、もう半分はいい加減な噂だからな……信じない方がいいぞ」

しかしね、と水野は付け加えた。

「光田さんはこうも言ってましたよ。『人は一つの理由だけで道を踏み外すものじゃない。いくつかの要因が重なって犯罪に走るんだ。佐脇だけのせいじゃない』って」

「ま、そう言われるのは有り難いが……」

佐脇は、ふっと笑った。

「……本当は、撃たれてホッとしたんだ」

「は？」

佐脇の飛び飛びの思考について行けない水野は、意味不明な言葉に面食らった。

「おれがここで彼女に撃たれてなかったら、おれは彼女に……一生かけても償えない、許されないものを背負うしかなかった。それがまあ、多少は……」

全部は言いたくないという感じで、佐脇はリンゴを齧った。

「それにな、今考えると、彼女は二発目を撃とうとはしてたが、おれを殺そうとはしてなかったんだ。頭でも胸でも、あの至近距離なら確実に撃てる。素人でもな。でも、狙ってなかった。一発目だって、わざと外して足を撃ったんじゃないかと思う」

佐脇は食べてしまったリンゴの芯を水野に手渡そうとしたが、腕が思うように動かなかったので、芯を放り投げた。

「佐脇さんに報告しようかどうか迷ったんですが、そういう事でしたら、言います」

水野は手にした書類から一枚を抜き出すと、佐脇に見せた。

「結城和子さんが隠れていて焼けてしまった家の焼け跡から見つかった、トンカツの材料の分析結果です。まだ揚げる前のトンカツの一部が見つかりましたが、薬物は検出されなかったんです。撃たれて病院に運ばれるときに、晶子は母親に睡眠導入剤の入ったトンカツを食わせようとしていたと佐脇さんは言ってましたが……それは否定されたことになります」

晶子は、本気で母親と和解しようとしていたのか。

それを阻《はば》んだのが、遠藤だったのか？　あの男は、極めて悪いタイミングであの場に現れてしまったと言うことか……。許してもらいたい、という晶子の言葉も、嘘ではなかったと？

「酒、飲みたくなってきたな」

「……この際、お酒もタバコも止めるようにしてみたらどうでしょう？」

「それは無理だ」

佐脇は即答した。

「そんな、蒸留水みたいなヤツは、おれじゃねえ」

それはそうですね、と水野が言ったところで、ベテランのナースが入ってきた。

「佐脇さん、痛み止めと化膿《かのう》止めを打っておきましょうね。まだまだ痛いでしょう?」

優しい声で言う中年のナースに、佐脇は文句を言った。

「なあ、おれは立派なオッサンなんだから、そういう猫なで声を出さないでくれないか?

商売柄、仕方がないんだろうが」

「じゃあ、佐脇さん」

ナースは太くて低い地声を出した。

「大人しく注射されなさい」

その様子を見ていた水野は腰を浮かした。

「それじゃあ私はこの辺で……」

そう言った水野は、忘れてました、と一通の書類を佐脇に手渡した。

「外車の販売会社からのようですが。佐脇さん、また車買うんですか?」

イヤそんな予定はない、と訝しく思いながら佐脇が封を切ると、出てきたのは売買契約書だった。

「おれのバルケッタ、売られちまったよ。あの社長、ドサクサに紛《まぎ》れて売り飛ばしやがった……」

「佐脇さんは悪銭をたんまり持ってるんだから、また新しいのを買えばいいじゃないですか」

　それでは、と個室を出て行こうとする水野に、ああそうだ、と佐脇は用事を頼んだ。

「T市の駅前デパートに入ってる大判焼き、買ってくれないか。あそこの大判焼きが、好きだったんだ」

「佐脇さんがですか？」

「いや……晶子が、だよ。うぐいす餡が好きだったな……彼女、あれなら食べるんじゃないかと思うから」

　判りました、と一礼した水野は出ていった。

「佐脇さん、あんた、意外に優しいじゃないの」

　ベテラン・ナースはそう言いながら注射を終えた。

「おれが？　優しいもんか。おれは下衆な人間だ。最低最悪な、どうしようもない下衆野郎だ」

　殺伐《さつばつ》とした語気に引いてしまったのか、ナースはそそくさと出ていった。

　一人になった佐脇は、のろのろとベッドに横たわった。

　徐々に鎮痛剤が効いてまどろみが襲ってくると、ある光景が目に浮かんだ。

　佐脇と晶子が、手を取り合って踊っている。

　まだ若い、無垢な、穢れていない佐脇と晶子。

舞踏会かなにかか、佐脇には不釣り合いな晴れがましい場所で、二人は盛装に身を固め、硬い表情で、ぎこちなく、オーケストラが奏《かな》でるワルツに合わせて踊り始めるところだ。ワルツと言っても明るく流麗なものではない。美しいが、もの悲しくてどこか怨みが籠《こも》った不吉な影を感じる。クラシックに詳しくない佐脇でも聞いたことのある……。

それは、初めてのデートの時の思い出か、それとも薬が作り出した完全な幻影か。

二人の雰囲気は次第にほぐれてきて、若々しい顔には幸せそうな笑みが浮かんだ。

二人は踊り続ける。

曲はだんだんテンポが速くなり、演奏にも熱が籠ってくると、その先にある運命を暗示するかのように悲劇の色を強く帯びてきた。

しかし、二人は、そんなことなど知る由もなく、いつまでも、楽しそうに、幸せそうに、踊り続けている……。

参考文献

「警察と官僚」神一行（角川文庫）
「犯罪捜査大百科」長谷川公之（映人社）
「毒婦。」北原みのり（朝日新聞出版）
「サイコパス　秘められた能力」ケヴィン・ダットン／小林由香利（訳）（ＮＨＫ出版）
「ボルドー第四版」ロバート・Ｍ・パーカーJr.（美術出版社）

この作品はフィクションであり、登場する人物および
団体は、すべて実在するものと一切関係ありません。

殺しの口づけ

一〇〇字書評

切・り・取・り・線

購買動機（新聞、雑誌名を記入するか、あるいは○をつけてください）

□（　　　　　　　　　　　　　　　）の広告を見て	
□（　　　　　　　　　　　　　　　）の書評を見て	
□ 知人のすすめで	□ タイトルに惹かれて
□ カバーが良かったから	□ 内容が面白そうだから
□ 好きな作家だから	□ 好きな分野の本だから

・最近、最も感銘を受けた作品名をお書き下さい

・あなたのお好きな作家名をお書き下さい

・その他、ご要望がありましたらお書き下さい

住所	〒				
氏名		職業		年齢	
Eメール	※携帯には配信できません		新刊情報等のメール配信を 希望する・しない		

この本の感想を、編集部までお寄せいただけたらありがたく存じます。今後の企画の参考にさせていただきます。Eメールでも結構です。

いただいた「一〇〇字書評」は、新聞・雑誌等に紹介させていただくことがあります。その場合はお礼として特製図書カードを差し上げます。

前ページの原稿用紙に書評をお書きの上、切り取り、左記までお送り下さい。宛先の住所は不要です。

なお、ご記入いただいたお名前、ご住所等は、書評紹介の事前了解、謝礼のお届けのためだけに利用し、そのほかの目的のために利用することはありません。

〒一〇一-八七〇一
祥伝社文庫編集長 坂口芳和
電話 〇三（三二六五）二〇八〇

祥伝社ホームページの「ブックレビュー」からも、書き込めます。

http://www.shodensha.co.jp/bookreview/

祥伝社文庫

殺《ころ》しの口《くち》づけ　悪漢刑事《わるデカ》

平成25年10月20日　初版第1刷発行

著　者　安達《あだち》　瑤《よう》

発行者　竹内和芳

発行所　祥伝社《しょうでんしゃ》

東京都千代田区神田神保町3-3

〒101-8701

電話　03（3265）2081（販売部）

電話　03（3265）2080（編集部）

電話　03（3265）3622（業務部）

http://www.shodensha.co.jp/

印刷所　萩原印刷

製本所　ナショナル製本

カバーフォーマットデザイン　芥　陽子

Printed in Japan ©2013, Yo Adachi　ISBN978-4-396-33881-7 C0193

祥伝社文庫の好評既刊

安達　瑶

悪漢刑事《わるデカ》

「お前、それでもデカか？　ヤクザ以下の人間のクズじゃねえか！」罠と罠の掛け合い、エロチック警察小説の傑作！

安達　瑶

悪漢刑事《わるデカ》、再び

最強最悪の刑事に危機迫る。女教師の淫行事件を再捜査する佐脇《さわき》。だが署では彼の放逐が画策されて……。

安達　瑶

警官《サツ》狩り　悪漢刑事《わるデカ》

鳴海署の悪漢刑事・佐脇は連続警官殺しの担当を命じられる。が、その佐脇にも「死刑宣告」が届く！

安達　瑶

禁断の報酬　悪漢刑事《わるデカ》

ヤクザとの癒着は必要悪であると嘯く佐脇。マスコミの悪質警官追放キャンペーンの矢面に立たされて…。

安達　瑶

美女消失　悪漢刑事《わるデカ》

美しい女性、律子を偶然救った悪漢刑事《わるデカ》佐脇。やがて起きる事故。その背後に何が？　そして律子はどこに？

安達　瑶

消された過去　悪漢刑事《わるデカ》

過去に接点が？　人気絶頂の若きカリスマ代議士vs悪漢刑事佐脇の仁義なき戦いが始まった！

祥伝社文庫の好評既刊

安達 瑶　隠蔽の代償　悪漢《わる》刑事《デカ》

地元大企業の元社長秘書室長が殺された。そこから暴かれる偽装工作、恫喝、責任転嫁…。小賢しい悪に鉄槌を！

安達 瑶　黒い天使　悪漢《わる》刑事《デカ》

美しき疑惑の看護師――。病院で連続殺人事件!?　その裏に潜む闇とは……。医療の盲点に巣食う〝悪〟を暴く！

安達 瑶　闇の流儀　悪徳《わる》刑事《デカ》

狙われた黒い絆――。盟友のヤクザと共に窮地に陥った佐脇。警察と暴力団、相容れてはならない二人の行方は!?

安達 瑶　正義死すべし

嵌められたワルデカ！　県警幹部、元判事が必死に隠す司法の〝闇〟とは？　別件逮捕された佐脇が立ち向かう！

安達 瑶　ざ・だぶる

一本の映画フィルムの修整依頼から壮絶なチェイスが始まる！男は、愛する女のためにどこまで闘えるか!?

安達 瑶　ざ・とりぷる

可憐な美少女に成長した唯依《ゆい》は、予知能力まで身につけていた。そして唯依の肉体を狙う悪の組織が迫る！